KB251438

젊은 베르터의 고뇌

Die Leiden des jungen Werthers

젊은 베르터의 고뇌

요한 볼프강 폰 괴테 지음 | 정상원 옮김

니케북스

작가 소개

요한 볼프강 폰 괴테(1749~1832)는 독일을 대표하는 문학가이자 사상가로, 시·소설·극작은 물론 자연과학에 이르기까지 다방면에서 탁월한 업적을 남겼다. 프랑크푸르트의 부유한 가정에서 태어나 폭넓은 인문·예술 교육을 받은 그는 법학을 공부했으나 문학에 더 큰 열정을 느껴 평생 창작 활동에 몰두하였다. 괴테는 18세기 후반에서 19세기 초 유럽 문학의 중요한 흐름인 계몽주의와 낭만주의를 거쳐, 독일 고전주의를 대표하는 작가로 자리매김했다.

대표작 《젊은 베르터의 고뇌Die Leiden des jungen Werther》는 이루어질 수 없는 사랑과 감정의 격정을 서간체 형식으로 그려, 개인의 내면과 고독을 전면에 내세운 작품이다. 이 소설은 출간 즉시 유럽 전역에서 폭발적인 반향을 일으켜 젊은이들 사이에 '베르터 열풍'을 낳았고, 괴테를 세계적인 작가의 반열에 올려놓았다. 이후 그는 바이마르에서 정치와 행정을 맡는 한편, 이탈리아 여행을 통해 고대 예술에서 발견한 조화·균형·절제의 원리를 자신의 문학적 규범으로 삼았다. 괴테는 감정의 충동을 이성으로 조율하고, 개인적 체험을 보편적 형상으로 승화시키는 창작 태도를 통해 독일 고전주의 문학의 이론과 실천을 함께 확립했다.

평생에 걸쳐 집필한 대작 《파우스트Faust》는 악마 메피스토펠레스와의 계약이라는 서사를 바탕으로 인간의 지식 추구와 욕망, 구원과 책임의 문제를 총체적으로 탐구한 작품이다. 이 작품은 개인의 운명을 넘어 인간 존재 전체의 가능성과 한계를 묻는 철학적 드라마로, 서양 문학사에서 불후의 명작으로 평가된다. 괴테는 《파우스트》 2부를 완성한 이듬해인 1832년, 83세로 생을 마쳤다.

차례

일러두기
 - 이 책은 독일 함부르크 판Hamburger Ausgabe 괴테 전집 제 6권을
   번역의 저본으로 삼았다.
 - 괴테가 직접 붙인 주는 끝에 '원주'를 붙여 표기하였다.
   나머지는 작품 이해를 돕기 위해 옮긴이가 붙인 주다.

가엾은 베르터의 이야기와 관련해서
내가 찾아낼 수 있는 모든 자료를 성의껏 모아서
이렇게 독자 여러분 앞에 내어놓습니다.
여러분은 이런 나에게 고마워하리라 믿습니다.
여러분은 베르터의 정신과 성품에는
경탄과 사랑을, 베르터의 운명에는 눈물을
아끼지 않을 것입니다.
그대, 베르터와 같은 충동에 사로잡힌
선한 영혼이여, 부디 그의 고뇌를 알아가며
위안을 얻으십시오.
그대가 열악한 환경이나 자신의 허물로 인해
절친한 벗을 찾을 수 없는 처지라면,
이 자그마한 책을 그대의 벗으로 삼아주십시오.

제1부

1771년 5월 4일

훌쩍 떠나오니 얼마나 기쁜지 모르겠네! 둘도 없는 친구여, 사람 마음이란 도무지 알다가도 모르겠어! 잠시도 떨어지기 싫을 만큼 소중한 자네를 두고 떠나왔는데도 이렇게 기쁘다니 말일세. 그래도 자네는 이런 나를 용서해 주겠지. 자네가 아닌 다른 사람들과의 인연은 마치 운명이나 같은 사람을 겁주려고 공들여 골라놓은 게 아닌가 싶다니까.

가엾은 레오노레! 하지만 그건 내 잘못이 아니었어. 내가 레오노레 여동생의 유별난 매력에 푹 빠져 있는 동안에 딱하게도 레오노레의 마음에 나를 향한 열정이 타오른 것을 난들 어쩔 도리가 없지 않은가? 그런데 그렇다 쳐도 — 나에게는 정말 아무런 잘못이 없는 걸까? 내가 레오노레의 감정을 키운 건 아니었을까? 레오노레가 자신의 심정을 진솔하게 표현할 때면 우리는 웃음을 터트리곤 했지. 사실 전혀 우스꽝스러운 게 아니었는데 말이야. 나는 그런 그녀의 모습을 재미있어한 게 아닐까? 정말 그러지 않았다고 단언할 수 있을까? — 아아, 이렇게 자신을 책망할 줄도 안다니, 인간이란 정말이지 알다가도 모를 존재로군! 친구여, 내 자네에게 약속하겠네, 앞으로 달라지겠다고 말이야. 운명이 우리 앞에 차려 놓은 자잘한 불행을 나는 늘 되새김질하곤 했는데 앞으로는 그러지 않을 작정이네. 현재를 즐기고, 지나간 일은 지나간 걸로 내버려 두려고 하네. 그래, 불행한 기억을 되살리려고 애써 상상력을 발휘하는 대신에 현재를 덤덤히 견디는 데 전념한다면 괴로움은 한결 줄어들겠지.

부디 자네가 내 어머니께 소식을 좀 전해주게. 어머니께서 시키신 일은 잘 처리되었고, 내가 조만간 설명드릴 작정이라고 말일세. 친척 아주머니를 만나 뵈었는데 우리 집에서 생각했던 것처럼 그렇게 나쁜 분은 전혀 아니셨네. 활달하고 괄괄하시긴 해도 마음씨는 마냥 선량한 분이셔. 우리 몫의 유산을 아주머니가 넘겨주지 않아서 어머니가 불만을 품고 있다고 말씀드렸더니 아주머니는 당신 나름의 사정과 이유를 설명하시고는 몇몇 조건을 내세우며 그 조건만 채워지면 흔쾌히 죄다 내줄 수 있다고 하셨다네. 그것도 우리가 요구하는 것보다 더 많은 몫을 말일세. 흠, 지금은 이 일에 대해서 더 이상 이야기하고 싶지 않네. 자네가 내 어머니께 모든 일이 순조로이 풀리고 있다고만 말씀드려 주게. 친구여, 이런 사소한 일을 처리하면서 내가 새삼스레 깨달은 게 있네. 이 세상의 많은 갈등은 사람들이 악의나 흉계를 품어서라기보다는 해묵은 오해를 쉽사리 풀려고 하지 않는 탓에 일어난다는 걸세. 어쨌든 악의나 흉계로 인해 갈등이 생기는 경우는 훨씬 드물다는 건 확실할 걸세.

아무튼, 이곳에서 나는 아주 잘 지내고 있네. 낙원과도 같은 이 고장에서 고독은 나의 마음에 감미로운 진정제가 되어준다네. 게다가 청춘의 계절 봄은 곧잘 겁에 질리곤 하는 내 마음을 온갖 풍요로움으로 포근하게 품어주지. 나무 한 그루 한 그루, 덤불 하나하나가 꽃다발이라고나 할까. 아예 한 마리 풍뎅이가 되어 이 향기로운 바다를 누비면서 온갖 단 꿀을 찾아 헤매고 싶은 심정이야.

이 도시 자체는 그다지 마음에 들지 않지만, 그 주변에 펼쳐진 자연은 이루 말할 수 없을 만큼 아름다워. 지금은 고인이 된 M 백작은 이런 아름다움에 반해서 여기 언덕에 정원을 꾸몄다고 하더군. 이 근처 언덕들은 갖은 형상들을 뽐내며 얼기설기 얽혀서는 더할 나위 없이 아늑한 골짜기들을 빚어내고 있어. 백작의 정원은 워낙 소박해서 누구든 전문 조경사가 설계한 정원이 아니라는 것을 한눈에 알 수 있을 걸세. 감성이 풍부한 어떤 사람이 몸소 즐기려고 만든 정원이라는 게 여실히 보이거든. 나는 황폐해진 정자에서 고인이 된 백작을 기리며 몇 번이나 눈시울을 적셨다네. 이 정자는 백작이 생전에 즐겨 머물던 장소였다는데 이제 내가 즐겨 머무는 장소가 되었네. 머지않아 이 정원은 곧 내 차지가 될 걸세. 불과 며칠 전부터이긴 하지만, 정원사도 나를 호의적으로 대해주고 있네. 그렇게 해서 그에게 나쁠 건 없을 테니까.

5월 10일

내 영혼은 다시 없을 쾌활함에 흠뻑 취해 있네. 달콤한 봄날 아침을 마음껏 즐길 때의 쾌활함이라고나 할까. 나는 오롯이 홀로 나만의 삶을 만끽하고 있네. 이 고장은 나 같은 사람의 영혼을 위해 창조됐나 싶어. 정말이지 너무나 행복하다니까. 고요한 생활에 흠씬 파묻혀 있으려니 예술은 뒷전이 될 지경일세. 요즘 같아서는 그림을 그릴 수가 없을 것 같아. 한 획의 선조차도 말일세. 하지만 지금, 이 순간만큼 위대한 화가였던 적이 내 평생 또 언제 있었을까 싶네.

나를 에워싼 정다운 골짜기에서 안개가 모락모락 피어오르고 중천에 뜬 해가 빽빽한 숲에 막혀버리면, 고작 몇 줄기 햇살만이 어두침침하고 성스러운 숲속을 간간이 비집고 들어오곤 해. 그럴 때면 나는 졸졸 흐르는 시냇가의 무성한 풀숲에 파묻히듯 눕는다네. 그렇게 대지에 다가가면 수없이 많은 갖가지 풀들이 새삼 신기하게 여겨지곤 해. 풀줄기 사이사이 작디작은 세계에서 꼼지락대는 생명체들, 날고 기는 온갖 벌레들의 신비스러운 천태만상을 가슴 뿌듯이 느끼는 걸세. 그러면 우리네 인간을 당신의 형상대로 창조하신 전능하신 분의 존재를, 우리를 영원한 환희 속에 머물게끔 떠받쳐 주시는 지극히 자애로운 분의 숨결을 느끼게 되지. 그러다가 친구여! 어느덧 저녁노을이 내 눈가를 물들이고, 나를 둘러싼 세계와 하늘이 내 사랑하는 여인이기라도 한 듯이 내 영혼에 안겨서 안식을 취할 때면 — 그럴 때 나는 종종 그리움에 사로잡혀서는 이런 생각을 한다네. '아아, 내가 이것을 그려낼 수 있다면, 내 안을 가득 채운 그것, 이토록 뜨겁게 내 안에 살아 숨 쉬는 그것을 화폭에 옮겨놓을 수만 있다면! 그렇다면 내 영혼이 무한하신 하느님을 비추는 거울인 것처럼, 그 화폭은 내 영혼을 비추는 거울이 될 수 있으련만!' — 하지만 친구여,

그런 일을 벌인다면 나는 스러져버릴 걸세. 자연현상들의 웅장한 힘에 나는 짓눌려버리고 말 거야.

5월 12일

이 고장에 사람을 홀리는 정령들이 떠돌고 있어서인지, 아니면 내 안에서 상상력이 뜨겁게 달아오른 탓인지는 알 수 없지만, 내게는 주변이 온통 천국으로 보인다네. 시내를 벗어나자마자 바로 샘물이 하나 있는데, 나는 멜루지네[1]와 그 자매들이기라도 한 것처럼, 샘물가를 떠나지 못하고 있어. 야트막한 언덕을 내려가면 아치문이 하나 나오고, 거기서 다시 스무 계단을 내려가면 대리석 바위틈으로 수정같이 맑은 샘물이 콸콸 솟아나고 있네. 샘물은 야트막한 돌담에 에워

---

1 중세 프랑스 전설에 등장하는 물의 요정. 독일로 건너온 전설에서는 샘물에 사는 요정으로 변형된다.

싸여 있고, 그 주위에는 나무들이 우뚝 솟아 있지. 그곳에는 서늘한 기운이 감도는데, 이 모든 게 너무나도 매혹적이라서 섬뜩한 기분이 들 정도라니까. 나는 하루도 빠짐없이 이리로 와서 한 시간가량 앉아 있곤 해. 그러고 있노라면, 시내에 사는 아가씨들이 와서 물을 길어 간다네. 지극히 단순한 일이면서도 결코 거르면 안 되는 일이기에 옛날에는 공주들도 몸소 물을 길어 가곤 했다지. 거기 앉아 있으면, 족장 시대[2]의 풍경이 머릿속에 생생하게 되살아나곤 해. 우리 조상들이 샘터에서 친분을 트고는 혼인을 청하는 장면이나 자비로운 정령들이 우물가와 샘터를 떠도는 장면 말이야. 아, 한여름 고된 행군을 마치고 차디찬 샘물을 달게 들이킨 적이 없는 사람은 이런 기분을 공감하지 못하겠지.

---

2 구약성서 《창세기》에 나오는 아브라함과 이삭의 시대를 말한다.

5월 13일

내 책들을 보내줘야 하냐고 묻는 건가? 친구여, 제발 부탁이니 책 따월랑 그냥 거기 두게. 나는 이제 더는 가르침이나 격려, 응원을 받고 싶지 않네. 내 마음은 저 혼자서도 충분히 들끓고 있으니까. 나에게 필요한 건 이런 마음을 가라앉혀 줄 자장가일세. 그런데 자장가라면 내가 즐겨 읽는 호메로스에서 한가득 찾아냈거든. 나의 피가 격노해 솟구칠 때면 호메로스를 읊으며 잠재운 적이 얼마나 잦았는지 모른다네. 자네도 지금껏 나처럼 변덕스럽고 불안정한 마음을 가진 사람은 본 적이 없을 테지. 하긴 새삼스레 이런 소리를 자네에게 할 필요조차 없겠군. 근심에 잠겼다가 걷잡을 수 없이 날뛰는가 하면, 감미로이 우수를 즐기다가는 돌연 위태로운 열정에 빠져드는 나를 보면서 자네가 힘들어했던 적이 한두 번이 아니니까 말일세. 나 또한 내 마음을 병든 어린애 다루듯 하면서 마음이 원하는 건 다 해 주고 있네. 다른 사람들한테 이런 얘길랑 하지 말게. 이런 나를 못마땅해할 사람도 있을 테니까 말일세.

5월 15일

이 고장의 소박한 사람들은 벌써 나를 알아보고 내게 호감을 보여주는군. 특히 아이들이 나를 따른다네. 서글픈 일을 겪은 적도 있어. 처음에 내가 사람들에게 다가가 친근하게 이런저런 질문을 했더니 그중 몇몇은 내가 자기네를 놀리는 줄 알고 아주 퉁명스럽게 굴며 말도 못 붙이게 하더군. 나는 그렇다고 기분이 상하진 않았어. 다만 여태껏 몇 차례 깨달았던 사실을 더욱 생생하게 느꼈을 뿐이야. 무슨 말이냐 하면, 어느 정도 신분이 높은 사람들은 신분이 낮은 사람들을 가까이하면 손해를 본다고 여기는지, 언제나 냉

담하게 신분이 낮은 사람들을 멀리하고 있거든. 반면에 자신의 신분을 이탈해서는 심술궂은 장난을 치는 이들도 있어. 자신을 낮추는 척하면서 가난한 서민들이 높으신 분들의 방자함을 한층 더 뼈저리게 느끼게끔 구는 거지.

우리네 인간들이 평등하지 않으며, 그렇게 될 수도 없다는 건 나도 잘 알고 있네. 그러나 이른바 신분이 낮은 사람들을 멀리해야 존경을 받을 수 있다고 여기는 사람은 패배할 것이 두려워서 적 앞에서 숨어버리는 겁쟁이와 다를 바 없지 않겠나?

며칠 전에 샘터에 갔다가 젊은 하녀와 마주쳤네. 그녀는 물동이를 맨 아래 계단에 내려놓은 채 사방을 둘러보고 있더군. 물동이를 머리에 이는 걸 도와줄 다른 처녀가 오는가 싶어 두리번거리는 것이었네. 나는 아래로 내려가서 그녀에게 말을 걸었지.

"도와드릴까요, 아가씨?"

하녀는 얼굴이 새빨개져서 대답했어.

"아, 아니에요, 나리!"

"사양할 것 없어요."

그제야 하녀는 머리 위에 똬리를 얹었고, 나는 물동이 이는 것을 거들어주었네. 하녀는 고맙다는 인사를 하고는 계단을 올라가더군.

5월 17일

나는 온갖 부류의 사람들을 알게 되었지만, 가까이 지낼 만한 상대는 아직 찾지 못했네. 내게 사람들을 끌어당기는 무슨 매력이 있는지는 잘 모르겠지만, 아주 많은 사람이 나를 좋아하고 따르고 있다네. 그래서인지 그들과 내가 함께할 시간이 얼마 남지 않았다는 사실에 마음이 아파지곤 해. 이 고장 사람들이 어떠냐고 자네가 묻는다면, 어딜 가든 사람들은 다를 바가 없다고 대답할 수밖에 없네. 인간이란 족속은 죄다 똑같이 생겨먹었으니 말일세. 인간들은 대개 먹고사는 일에 시간을 거의 다 써버리지. 그러고도 자유로운 시간이 조금이라도 남아 있으면 불안에 떨면서, 온갖 방법을 다 써서 거기서 벗어나려고 기를 쓰곤 하지. 아아, 이게 인간의 운명이라니!

하지만 이 고장 사람들은 정말 선량하다네! 나는 때때로 모든 걸 잊고 아직 인간에게 허용된 기쁨을 그들과 함께 누리기도 하지. 푸짐하게 차려진 식탁에 둘러앉아 마음을 열고 거리낌 없이 농담을 주고받기도 하고, 좋은 날을 골라서 마차를 타고 나들이를 가기도 하고, 무도회에 참석하기도 하네. 그러고 나면 내 기분도 좋아지긴 하지. 다만 그럴 때 결코 생각해서는 안 되는 게 하나 있다네. 나의 내부에는 아직도 엄청나게 많은 다른 힘들이 아예 사용되지 않은 채 썩어가고 있는데, 나는 그 힘들을 남의 눈에 띄지 않도록 조심스레 숨겨야 한다는 사실 말일세. 아, 그런 생각을 하면 가슴이 갑갑하게 죄어와. 하지만 어쩌겠나! 오해받는 것이야말로 우리 인간의 운명이 아니던가.

아아, 그런 여인이 한때 내 곁에 있었건만! 나는 나 자신을 이렇게 다그쳐야 하겠지. '이 바보야! 너는 이 세상에서 찾을 수 없는 것만 찾고 있구나! 하지만 그녀는 정말로 나의 벗이었고 나는 그녀의 마음을, 그 숭고한 영혼을 가까이에서 느꼈었지. 그녀와 함께할 때면 나는 실제의 나를 능가하는 존재가 된 것처럼 느끼곤 했네. 아마 내 안에 깃든 가능성이 모두 다 현실이 되었기 때문이겠지. 정말이지, 그 당시 내 영혼이 지닌 힘 중 사용되지 않고 방치된 것이 하나라도 있었던가? 그녀와 함께하면 경이로운 느낌이 절로 솟아나면서 내 마음은 자연을 품지 않았던가? 우리의 교제는 더할 수 없이 섬세한 감수성과 비길 데 없이 날카로운 지성이 끝없이 어우러져 자아내는 직물이 아니었던가? 그 직물의 다양한 무늬가 다소 일그러진 형상을 띤 경우조차도 모든 무늬에는 강인한 정신의 도장이 찍혀 있었지. 그런데 이제는! 아아, 나보다 한참 먼저 태어난 그녀는 결국 나보다 먼저 무덤으로 가버리고 말았네. 나는 그녀를 결코 잊지 않으려네. 그녀의 꿋꿋한 기질과 숭고한 인내심을 절대 잊지 않으려네.

며칠 전에 V라는 청년을 만났는데, 이목구비가 수려하고 붙임성이 좋더군. 대학을 갓 졸업한 친구인데 자신이 현명하다고 자만하는 건 아니지만, 다른 사람들보다는 아는 게 많다고 믿는 눈치였네. 여러 가지 점으로 미루어 보건대 열심히 공부하는 건 확실해. 한마디로 두루두루 아는 게 많은 청년이지. 내가 그림을 곧잘 그리고, 그리스어를 할 줄 안다는 소문을 듣고는 (이 두 가지는 이 고장에서는 기적처럼 놀라운 능력이거든) 나를 찾아온 거야. 그러고는 바퇴에서 우드, 드필에서 빙켈만에 이르기까지 온갖 잡동사니 지식을 한가득 펼쳐놓더군. 거기다가 줄처의 이론 중

제1부를 처음부터 끝까지 독파했고 하이네[3]의 고대 연구 필사본도 한 부 가지고 있다고 으스대는 거야. 나는 그가 지껄이도록 내버려 두었지.

또 한 사람, 몹시 훌륭한 분을 알게 되었는데, 공국의 법무관이야. 솔직하고 진실한 분이지. 사람들 말로는 그분이 아홉 명이나 되는 아들딸들에게 둘러싸인 광경을 보면 절로 마음이 훈훈해진다고 하더군. 특히 맏딸에 대한 칭찬이 자자하네. 그분이 나더러 한번 집에 놀러 오라고 하셨으니, 조만간 찾아가 볼 생각이네. 그분은 여기서 한 시간 반가량 떨어진 공작의 수렵 별장에 살고 계셔. 부인이 별세하고 나니 시내 관사에서 그대로 사는 게 너무 힘들어서 허가를 구해 그리로 이사 갔다고 하더군.

그 밖에 삐딱하게 구는 괴짜들을 몇 명 알게

---

3 프랑스인 샤를 바퇴와 로제 드 필, 영국인 로버트 우드, 그리고 독일인 요한 요아힘 빙켈만과 요한 게오르크 줄처, 크리스티안 고틀로프 하이네는 모두 17세기에서 18세기에 걸쳐 활약한 저명 예술이론가나, 예술비평가, 예술사가들이다.

되었는데, 하나같이 비위에 거슬리는 사람들이야. 무엇보다 견디기 힘든 건 그들이 괜히 친한 체하는 태도라니까.

잘 있게! 이 편지는 자네 마음에 들겠지. 아주 사실적인 내용만 기록했거든.

5월 22일

사람 사는 게 한낱 꿈에 지나지 않는다는 건 이미 여러 사람이 느꼈겠지만, 나 역시 그런 느낌을 영 떨쳐내지 못하고 있네. 인간이 아무리 열심히 활동하고 애써 연구해 봤자 어차피 한계를 벗어날 수 없다는 걸 깨닫는 순간이 있어. 게다가 모든 노력은 그저 우리의 미천한 생명을 연장하려는 욕구를 충족하는 것에만 쏠려 있지 않은가. 그런데도 인간의 탐구가 어느 정도 수준에 다다랐다며 흐뭇해한다는 건 몽상가나 할 법한 체념이 아니겠나! 자신을 가두고 있는 사방의

벽에다 화려한 형상과 시원한 풍경을 그려놓고서 흡족해하는 꼴이란 말일세.

빌헬름, 이런 사실에 맞닥뜨리면 나는 그만 말문이 막혀버리고 마네. 그럴 때면 나는 내면으로 돌아가서 또 하나의 세계를 찾아낸다네. 늘 그렇듯이 제대로 된 표현이나 생동하는 에너지로 가득한 세계가 아니라, 예감과 어슴푸레한 욕망으로 이루어진 세계일세. 거기서는 온갖 것이 나의 오감 앞에서 아스라이 떠돌아다닌다네. 나는 꿈을 꾸듯 그 세계를 향해 미소를 짓곤 하네.

아이들은 무언가를 원하면서도 왜 그걸 원하는지 모른다고들 하지. 그 점에 대해서는 박식한 교사들과 가정교사들이 한결같이 동의하고 있네. 하지만 어른들 역시 이 대지 위를 휘청거리며 돌아다닐 뿐, 어디서 와서 어디로 가는지 모른다는 점에서는 아이들과 다를 게 없지 않은가. 어른들 역시 진정한 목적에 따라 행동하는 게 아니라 비스킷과 케이크, 혹은 회초리에 휘둘리고 있으니 말일세. 아무도 이러한 사실을 받아들이고 싶지 않겠지만, 내가 보기에는 너무나 뻔한 사실이야.

내가 이런 소리를 하면 자네가 뭐라고 말할지 잘 알고 있네. 아이들처럼 하루하루를 속 편히 살아가는 사람이야말로 가장 행복할 거라는 말에는 기꺼이 동의하네. 아이들은 인형을 안고 다니면서 옷을 입혔다 벗겼다 하는가 하면, 어머니가 과자를 넣고 잠가둔 서랍 주위를 살금살금 맴돌다가 마침내 애타게 바라던 것을 얻으면, 볼이 미어지게 우물거리면서 더 달라고 졸라대곤하지. 그렇게 사는 사람은 행복한 거야. 자신의 별 볼 일 없는 직업이나 심지어는 취미활동에까지 멋들어진 명칭을 붙이고서, 그것이야말로 인류의 구원과 행복을 위한 위대한 사업이라고 버젓이 내세우는 사람들 역시 행복한 거고. 그렇게 살 수 있는 사람들에게 축복이 있기를!

그러나 이 모든 일들이 결국 어떻게 끝날지를

겸허한 마음으로 깨닫는 사람도 있어. 세상에는 자그마한 정원을 낙원으로 가꾸며 사는 유복한 시민도 있고, 무거운 짐에 허덕이면서도 꿋꿋이 버티며 사는 불행한 사람도 있지만, 누구든 예외 없이 단 일 분이라도 더 오래 햇빛 아래 머물고 싶어 한다는 사실을 그 사람은 깨닫게 되는 걸세. 그래, 그런 사람은 묵묵히 자신만의 세계를 만들어 낸다네. 그 또한 자신이 인간임에 행복해하지. 그런 사람은 아무리 심한 제약을 받게 되더라도 가슴속에는 언제나 자유라는 달콤한 감정을 품고 있어. 언제든지 마음이 내키기만 하면 이 감옥에서 벗어날 수 있다는 걸 알기 때문이지.

5월 26일

자네는 오래전부터 내가 어딘가에 둥지를 트는 방식을 알고 있을 걸세. 나는 어디든 친근하게 여겨지는 장소를 발견하면 내 자리로 정해놓고 불편하면 불편한 대로 거기 머무르곤 하잖아. 여기서도 내 마음에 꼭 드는 장소를 발견했다네.

이 도시에서 한 시간쯤 걸리는 곳에 발하임[4]이라는 마을이 있네. 언덕배기에 자리 잡고 있는데 그 모양새가 아주 재미있어. 오솔길을 올라가다 보면 별안간 골짜기 전체를 한눈에 내려다보고 있는 마을이 나온다네. 마을 음식점에서는 나이는 많지만 싹싹하고 활달한 안주인이 포도주나 맥주, 커피 따위를 팔고 있는데, 무엇보다 마음에 드는 것은 두 그루의 보리수나무야. 보리수나무의 드넓게 퍼진 나뭇가지들이 교회 앞 조그만 광장을 뒤덮고 있고, 광장 주위를 농가와 곳간, 안마당들이 빙 둘러싸고 있지. 이렇게 정겹고 아늑한 장소를 찾아내기란 정말이지 쉽지 않을 거야. 나는 음식점에 있는 조그마한 탁자와

---

4 편지 원문에 적힌 실제 지명을 부득이 바꾸었으니 독자 여러분께서는 이 지명을 찾아보려는 헛수고를 하지 마시기 바랍니다.—원주

의자를 그리로 옮겨달라고 청하고는 거기 앉아서 커피를 마시며 호메로스를 읽는다네.

맑게 갠 어느 날 오후, 우연히 그 보리수나무 그늘을 찾아갔는데 광장은 정말 고적했네. 모두 밭을 매러 나간 거야. 네 살쯤 된 어린 사내아이 하나만 땅바닥에 앉아서 태어난 지 반년가량 된 아기를 제 다리 사이에 앉히고는 두 팔로 꼭 끌어안고 있었지. 아기를 제 가슴에 기대어 놓은 게 딱 봐도 안락의자 노릇을 하는 모양새였네. 사내아이는 검은 눈망울로 활기차게 사방을 둘러보면서도 아주 조용히 앉아 있었네. 그 광경에 내 마음이 훈훈해지더군. 나는 맞은편에 놓인 쟁기에 걸터앉아 매우 흐뭇한 심정으로 형제의 모습을 스케치로 담아냈지. 바로 옆에 있는 울타리와 헛간 문, 그리고 부서진 수레바퀴 두어 개도 배경에 있는 그대로 함께 넣어 그렸네. 그렇게 한 시간쯤 지나니 내 주관적인 상상을 전혀 덧붙이지 않고도 짜임새 있고 아주 재미있는 그림이 완성되었네.

그러고 나니 앞으로는 오직 자연에만 기대어 그림을 그리겠다는 결심이 더욱 굳어졌다네. 무한히 풍요로운 것은 오로지 자연뿐이며, 위대한 예술가를 만드는 것 역시 자연뿐이니 말일세.

물론 예술의 규칙에도 장점이 많다고 옹호할 수 있겠지. 하지만 그런 말은 대개 시민 사회를 칭송하는 데 쓰이는 말들에 지나지 않아. 예술의 규칙을 따르는 사람은 결코 비위를 거스르는 조악한 것을 만들어내지는 않겠지. 마치 법규와 안녕에 따라 행동하는 사람이 결코 고약한 이웃이나 기괴한 악당이 될 수는 없듯이 말일세. 그러나 규칙은 어떤 것이든 간에, 자연에 깃든 진실한 감정과 진실한 표현을 파괴할 수밖에 없지 않은가! 자네는 아마 이렇게 반박하겠지.

"그건 지나친 말이군! 규칙은 그저 제한을 가할 뿐이야. 마구 자란 덩굴을 잘라 내는 거라고!"

좋아, 그렇다면 내가 비유를 하나 들어도 되겠나? 사랑도 다르지 않다네. 어떤 청년이 한 처녀에게 홀딱 반해서 하루 종일 그녀의 곁에 붙어살 다시피 한다고 가정해 보세. 청년은 자신을 송두리째 바치려는 마음을 증명하려고 자신의 모든 에너지와 재산을 죄다 연인에게 쏟아붓겠지. 그런데 마침 공직에 있는 어떤 속물이 등장하여 청년에게 말하는 거야.

"이보시오, 젊은 친구! 사랑도 사람이 하는 일이니 사람답게 사랑하도록 해요. 당신의 시간을 잘 나누어서, 일부는 일하는 데 쓰고, 나머지 쉬는 시간은 사랑하는 여자를 위해 쓰도록 해요. 당신의 재산도 잘 계산해 보도록 하시오. 꼭 필요한 것을 장만하고도 남는 게 있으면 애인에게 선물을 준다 해도 내 말리지 않으리다. 다만 너무 자주 주지는 말고 생일이나 영명 축일(靈名祝日)[5] 같

---

5 로마가톨릭 교회에서 비롯된 풍습으로 중세 시대부터 사람들은 성인의 이름을 따라서 세례명을 받게 되었으며 교회력에서 세례명의 유래가 된 성인의 축일에 선물을 받는 풍습이 있었다. 이 풍습은 현재 서구 사회에서는 특별히 종교적 의미 없이 이어지고 있다.

은 때에만 주도록 해요."

그가 이런 충고를 따른다면 아주 쓸모 있는 젊은이가 되겠지. 나 역시 모든 군주에게 그를 관리로 채용하라고 추천할 걸세. 하지만 그의 사랑은 이로써 끝장이 난 거지. 그가 만일 예술가라면 그의 예술 역시 끝장이 나는 거야. 아아, 친구여! 천재의 물줄기가 드세게 터져 나오는 일은 왜 이토록 드물단 말인가? 그 물살이 집채만 한 파도로 들이닥쳐서 그대들의 영혼을 발칵 뒤집는 일은 왜 이다지도 드물단 말인가? 그건 물가의 양편에서 신사분들이 태평세월을 보내고 있어서라네. 그들은 행여나 자기네 정자나 튤립 화단, 혹은 채소밭이 망가질까 염려되어 제방을 쌓고 배수로를 뚫어서 닥쳐올 위험을 미리 막아두고 있거든.

5월 27일

그러고 보니 내가 너무 흥분해서 비유를 늘어

놓고 열변을 토하느라 앞서 언급한 아이들이 그 후 어떻게 되었는지 이야기하는 것을 잊어버렸구먼. 어제 편지에서 드문드문 이야기했다시피, 나는 그림 같은 분위기에 흠뻑 취해서 쟁기에 걸터앉은 채 족히 두 시간을 보냈다네. 저녁 무렵이 되어서야 웬 젊은 여자가 여전히 꼼짝하지 않고 앉아 있는 아이들에게 서둘러 다가왔네. 여자는 바구니를 팔에 걸고는 멀리서 외치더군.

"필립스! 정말 착하기도 해라!"

그녀가 나에게 인사를 하기에 나도 인사에 답하며 일어나서는 그녀에게 다가가 아이들의 어머니냐고 물었지. 그녀는 그렇다고 대답하고는 큰아이한테 흰 빵 반 조각을 건네주더군. 그러더니 갓난아기를 안아 올리고는 어머니의 사랑을 듬뿍 담아 입을 맞추었네. 그러면서 이렇게 말했네.

"필립스에게 아기를 맡겨놓고서 맏이를 데리고 시내에 다녀오는 길이에요. 흰 빵과 설탕, 죽을 쑬 냄비를 사야 했거든요."

덮개가 떨어져 나간 바구니 속으로 그 물건들이 보이더군.

"저녁때 한스(막둥이 이름이라네)에게 수프를 끓여주려고요. 어제 개구쟁이 큰 놈이 바닥에 눌어붙은 죽을 먹겠다고 필립스와 다투다가 그만 냄비를 깨뜨려 버렸다니까요."

나는 맏아들은 어디에 있느냐고 물었지. 풀밭에서 거위들을 쫓아다니는 중이라고 그녀가 대답했는데, 대답이 채 끝나기도 전에 녀석이 뛰어오더니 둘째 필립스에게 개암나무 가지를 하나 건네주더군. 나는 여자와 좀 더 대화를 나누었네. 그녀는 학교 교사의 딸이며, 남편은 사촌의 유산을 상속받기 위해 스위스에 갔다더군. 그녀는 이렇게 말했어.

"친척들이 모두 남편을 속이고 유산을 가로채려 했던 거죠. 남편이 편지를 몇 번이나 보내도 답장이 안 오는 거예요. 그래서 남편이 직접 그리로 간 거지요. 남편에게 나쁜 일이 생긴 게 아니어야 할 텐데, 도무지 소식이 없어서요."

나는 그녀와 그대로 헤어지자니 마음이 무거워서, 두 아이에게 1크로이처[6]씩 주었네. 막둥이 몫은 여자에게 주고는 혹시 시내에 가거든 수프에 곁들일 흰 빵을 사라고 말했네. 그러고서 우리는 헤어졌지.

나의 사랑하는 벗이여, 도저히 내 마음을 진정시킬 수가 없을 때, 그런 사람들을 대하면 온갖 격렬한 감정이 잦아들곤 해. 행복하고 여유로운 마음으로 좁은 테두리 안에서 하루하루를 살아나가는 사람들, 그들은 나뭇잎이 지는 것을 보고도 이제 겨울이 온다는 생각 말고 다른 생각은 아예 하지 않으니까 말이야.

그날 이후로 나는 곧잘 그곳에 간다네. 아이들도 이제 나와 아주 친해져서, 내가 커피를 마시고 있으면 설탕을 얻어먹고, 저녁에는 버터 빵

---

6 과거 독일 및 오스트리아 등지에서 사용되었던 소액 은화.

과 요구르트를 나와 나눠 먹기도 한다네. 일요일에는 어김없이 아이들에게 1크로이처씩 주고 있네. 내가 혹시 저녁 예배가 끝나도록 보이지 않거든 나 대신 동전을 주라고 음식점 안주인에게 부탁해 두었네.

두 아이는 스스럼이 없어져서 나에게 온갖 이야기를 다 해줘. 마을 아이들이 많이 모여들 때면 나를 독차지하려고 열을 올리며 마구 욕심을 부리는데 그 모습을 보는 게 특히 재미있다네.

아이들이 신사분을 성가시게 한다고 아이들 어머니가 걱정하는 바람에 안심시키느라 내가 꽤 애를 먹었지.

5월 30일

지난번에 내가 그림에 관해 했던 말은 문학에도 그대로 들어맞는다네. 진정 탁월한 것을 포착해서 그것을 언어로 표현하기만 하면 되는 거지.

물론 짧은 말로 많은 내용을 담아내야 하겠지. 오늘 나는 어떤 정경을 목격했는데 그걸 있는 그대로만 써 내려간다면 아마도 세계에서 가장 아름다운 목가[7]가 될 걸세. 하지만 문학이니 정경이니 목가니 하는 것들이 도대체 무슨 의미가 있겠나? 자연현상에 그냥 공감하면 되는데도 굳이 그것을 이리저리 주물럭대며 다듬을 필요가 과연 있을까?

내가 서론을 거창하게 늘어놓았다고 해서 뭔가 고귀하고 대단한 것을 기대하지는 말게. 그런 다면 자네는 또 나한테 속은 걸세. 이토록 강렬히 내 흥미를 끈 대상은 어느 농가의 머슴에 지나지 않으니까. 나야 늘 그렇듯이 이야기 솜씨가 없으니, 자네 역시 늘 그렇듯이 내가 또 과장하고 있다고 생각하겠지. 이번에도 발하임에서 있었던 일이야. 이런 희한한 일들이 일어나는 곳은

______

7 목가(牧歌: idylle)는 아름다운 자연 안에서 소박하면서도 조화로운 삶을 사는 이들을 소재로 삼는 시 문학 장르이다.

언제든 발하임밖에 없다니까.

보리수나무가 있는 광장에서 사람들이 모여 커피를 마시고 있었네. 거기 모인 사람들이 별로 탐탁지 않아서 나는 핑계를 대고 멀찌감치 떨어져 있었네.

그때 마침 농사꾼으로 보이는 한 젊은이가 근처의 농가에서 나오더니, 지난번에 내가 그린 적이 있는 그 쟁기를 손질하기 시작하더군. 나는 그가 풍기는 인상이 마음에 들어서 그에게 말을 걸고는 이것저것 그의 신상에 관해 물어보았네. 우리는 금세 가까워졌고, 이런 부류의 사람들과는 항상 그렇듯이 곧 허물없는 사이가 되었지. 그는 어떤 과붓집에서 머슴을 살고 있는데, 여주인이 잘 대우해 준다고 말하더군. 그는 여주인에 대해 많은 이야기를 늘어놓으며 칭찬을 아끼지 않았어. 그래서 그가 몸과 마음을 다 바쳐 여주인을 사모하고 있다는 걸 금세 알 수 있었지. 여주인은 이제 젊지도 않고, 죽은 남편에게 워낙 모진 대접을 받았기 때문에 재혼할 마음이 전혀 없다고 하더군. 젊은이의 이야기를 듣고 있자니 그는 여주인을 다시없이 아름답고 매력 넘치는 존재로 여기고 있으며, 그녀가 첫 남편의 고약한 기억을 떨쳐버릴 수 있게끔 자기를 선택해 주기를 간절히 바라고 있다는 사실을 또렷이 알 수 있었네.

이 남자의 순수한 호감, 사랑과 충성심을 자네에게 있는 그대로 보여주려면 그가 한 말을 하나하나 되풀이해야만 하겠지. 그래, 맞아. 그의 몸짓에서 드러나는 감정, 목소리에 담긴 행복감, 눈길에 깃든 은밀한 정열을 한꺼번에 자네에게 전달하려면 여간 위대한 시인이 아니고서는 불가능할 걸세. 아니, 그의 태도와 표정에서 우러나오는 다정함은 그 어떤 단어도 따라잡을 수가 없을 거야. 내가 애써 설명하려 한들 죄다 조악한 수준에 그치고 말 걸세. 특히 내 마음을 뭉클하게 한 것은, 내가 자기와 여주인의 관계를 적절치 않다고 여기고는 여주인의 행실을 미심쩍어하지나 않을까 싶어서 그가 염려하는 모습이었어. 젊은이는 여주인의 자태에 대해, 청춘의 풋풋함은 없어도 그의 마음을 온통 사로잡은 그녀의 몸매에 관해 이야기했다네. 그런 그의 모습은 정말이지 너무도 아름다웠네. 나는 그저 마음 깊숙이에서 그런 그를 연거푸 떠올릴 수 있을 뿐이야. 나는 태어나서 지금껏, 절절한 욕구와 뜨겁고 간절한 소망이 이토록 순수한 형태로 모습을 드러낸 것을 본 적이 없네. 아니, 이처럼 순수한 것이 있으리라고는 꿈에도 생각한 적이 없다고 단언할 수 있네. 이런 순진무구하고 진실한 사랑을 떠올리는 순간, 내 영혼 가장 깊숙한 곳이 뜨겁게 달아오른다네. 어디를 가든 그 충실한 사랑의 이미지를 떨쳐낼 수가 없고 마치 그 불꽃이 나에게 옮겨붙기라도 한 것처럼 숨이 가쁘고 그리움에 허덕이게 된다네. 이런 나를 너무 나무라지는 말게.

될수록 이른 시일 안에 그 여인을 한번 만나 보고 싶네. 아니, 다시 생각해 보니 그러지 않는 게 나을 것 같아. 사랑하는 남자의 눈에 비친 그녀를 보는 편이 더 좋겠다 싶어. 아마 내 눈으로 그녀를 직접 보면, 지금 내 마음속에 떠오르는 여자와는 딴판일 수 있으니까. 상상 속의 아름다운 형상을 굳이 망가트릴 까닭이 없지 않은가?

6월 16일

왜 요즘 편지를 하지 않느냐고? 그런 걸 물으면서도 자네가 많이 배운 사람 축에 낀다고 할 텐가? 내가 잘 지내고 있다는 것쯤이야 자네도 짐작할 수 있어야 하지 않나? 그러니까 말이야 — 간단히 말하자면 내가 알게 된 사람이 하나 있는데. 몹시 마음이 끌리는 상대야. 내가 말이야…… 흠, 뭐라고 말해야 할지 모르겠군.

어쩌다 내가 사랑스럽기 그지없는 여자를 알

게 되었는지, 자네에게 그 자초지종을 차근차근 이야기하기란 너무도 어려운 일이겠다 싶어. 나는 너무도 즐겁고 행복하기에 연대기를 기록하듯 조목조목 쓸 수가 없다네.

천사라고나 할까! 맙소사! 이건 누구나 자기 애인을 두고 하는 소리 아닌가? 그걸 알면서도 나는 그녀가 얼마나 완벽한지, 왜 그렇게 완벽한지를 자네에게 설명할 도리가 없네. 한마디로 그녀는 내 마음을 모조리 사로잡아 버렸다네.

어쩌면 그리 총명하면서도 마냥 소박한지! 어쩌면 그리 굳건하면서도 마냥 선량한지! 참으로 생기발랄하고 부지런하면서도 마음은 늘 여유로울 수 있다니!

내가 그녀에 대해 이러쿵저러쿵해 봤자 죄다 공허한 말장난일 뿐, 그녀의 참모습이 전혀 담기지 않은 추상적인 표현만 늘어놓게 될 걸세. 이야기는 다음에…… 아니지, 그게 아니고, 지금 당장 이야기해야겠네. 지금 이야기하지 않으면 앞으로도 영영 못 할 것 같아. 왜 그러냐 하면, 자네한테만 하는 말인데, 사실 나는 이 편지를 쓰기 시작한 뒤로 벌써 세 번이나 펜을 내려놓고 말을 몰고 달려나갈 뻔했다네. 오늘 아침까지만 해도 멀리 나가지 않겠다고 스스로 맹세했는데도 말일세. 그런데도 나는 자꾸만 창가로 가서는 해가 얼마나 높이 떠 있는지를 확인하곤 하네.

내 마음을 어쩔 수가 없어서 나는 그녀에게 가지 않을 수가 없었어. 지금 막 돌아온 참일세. 빌헬름, 나는 밤참으로 버터 빵을 먹으며 자네에게 편지를 쓰고 있다네. 그녀가 귀엽고 명랑한 아이들, 그러니까 여덟 명이나 되는 동생들에게 둘러싸인 광경을 보고 있노라면, 내 영혼이 얼마나 환희에 벅차오르는지!

내가 계속 이런 식으로 써 내려가면, 자네는 편지를 끝까지 읽고도 읽기 전이나 마찬가지로 영문을 몰라 하겠지. 좋아, 내 억지로라도 마음을 다잡고 자초지종을 털어놓을 테니 들어보게.

지난번 편지에서 법무관 S 씨를 알게 되었다고 썼었지? 그분은 나에게 자신의 은둔처, 아니 자신의 자그마한 왕국으로 한번 놀러 오라고 청했다네. 나는 방문을 차일피일 미루고 있었어. 만일 그 한적한 고장에 숨겨진 보물을 우연히 발견하지 않았더라면, 아마 나는 평생 그곳을 찾아가지 않았을지도 몰라.

내가 알고 지내는 젊은이들이 시골에서 무도회를 연다고 해서 나도 기꺼이 참석하기로 했지. 나는 마음씨가 곱고 예쁘긴 하지만 달리 이렇다 할 특징이 없는 이 고장 아가씨에게 파트너가 되어달라고 부탁했네. 내가 마차를 세내어 파트너 아가씨와 그녀의 친척 언니를 태우고 무도회장으로 가다가 도중에 샤를로테 S라는 아가씨도 태워 가기로 약속이 되었지.

우리가 나무를 베어내어 널찍해진 숲길을 따라 수렵 별장으로 달리는 동안 내 파트너가 말했네.

"곧 아름다운 아가씨를 만나게 되실 거예요."

그러자 그녀의 친척 언니가 한마디 거들더군.

"그러니 반하지 않도록 주의하세요."

"왜요?"

내가 물어보니 내 파트너가 이렇게 대답하더군.

"그 아가씨는 벌써 약혼한 분이 있으니까요. 약혼자는 아주 훌륭한 분인데, 지금 여행 중이랍니다. 아버님이 돌아가셔서 여러 가지로 정리할 일도 있고, 좋은 일자리도 알아보려고 한다는군요."

나는 그런 이야기를 대수롭지 않게 흘려들었네. 해가 서산으로 넘어가려면 십오 분가량 남았을 무렵 우리는 별장 대문 앞에 도착했네. 날씨가 몹시 후덥지근했기에 여자들은 소나기가 한바탕 내리지나 않을까 걱정하더군. 마침 지평선 위로 우중충한 잿빛 구름이 뭉치는 게 한소나기 내릴 것 같았네. 나는 어설픈 기상학 지식을 들먹이며 여자들을 안심시키긴 했지만, 막상 마음속으로는 모처럼의 무도회가 망쳐질지 모른다는 걱정이 슬그머니 들더군.

　내가 마차에서 내리자, 하녀가 대문으로 나와 서는 로테 아가씨가 곧 나오실 테니 잠깐만 기다려 달라고 말하더군. 나는 안뜰을 지나서 모양새 좋게 지어진 안채 쪽으로 걸어갔지. 입구의 계단을 올라가서 현관 안으로 들어서자, 일찍이 본 적이 없는 너무도 매혹적인 광경이 눈에 들어오는 거야. 현관에 맞닿은 방에는 두 살에서 열한 살가량 되는 아이들 여섯이 아리따운 아가씨를 에워싼 채 꼬물대고 있었네. 중간 키 정도의 아가씨는 팔과 가슴에 연분홍 리본이 달린 소박한 흰 드레스를 입고 있었어. 그녀는 흑빵을 들고는 자기를 둘러싼 아이들에게 각자의 나이와 먹성에 맞게 한 조각씩 잘라서는 아이들 한 명 한 명에게 지극히 다정하게 건네주는 것이었네. 아이들은 빵을 채 자르기도 전에 고사리손을 높이 치켜든 채로 한참을 있다가, 빵 조각을 받으면 천진난만하게 "고마워요!"라고 외치더군. 그러고

는 자기 몫의 저녁 빵에 만족해하며 로테 누나가 타고 갈 마차와 손님들을 구경하러 대문으로 가는 거야. 달려 나가는 아이도 있고 차분한 성격인지 얌전히 걸어가는 아이도 있었지. 그녀는 나를 보고 말했네.

"여기까지 이렇게 들어오시게 해서 죄송합니다. 숙녀분들도 기다리고 계시겠군요. 옷을 갈아입고, 집을 비우기 전에 이런저런 일을 처리하느라 아이들에게 저녁 빵을 주는 걸 깜빡 잊어버렸답니다. 아이들은 제가 잘라주는 빵이 아니면 아예 먹으려 들질 않아서요."

나는 그녀에게 별 의미 없는 상투적인 인사를 건네긴 했지만 내 마음은 온통 그녀의 자태와 목소리, 동작에 쏠려 있었네. 그녀가 장갑과 부채를 가지러 안으로 들어가고 나서야 비로소 나는 놀란 마음을 진정시킬 시간을 벌 수 있었다네. 아이들은 조금 떨어져서 나를 곁눈질하고 있었어. 나는 제일 복스럽게 생긴 막둥이에게 다가갔다네. 아이는 슬금슬금 뒷걸음질을 쳤지만 마침 로테가 되돌아와서 말하더군.

"루이스, 사촌 형님하고 악수해야지."

그러자 꼬마 아이는 스스럼없이 손을 내밀었네. 아이의 앙증맞은 코밑은 콧물로 조금 지저분했지만, 나는 진심으로 입을 맞추지 않을 수 없었어.

나는 로테에게 손을 내밀면서 말했지.

"사촌 형님이라고요? 제가 당신과 친척이 되는 행운을 누릴 자격이 있다고 생각하시나요?"

로테는 살포시 미소를 지으며 말했네.

"아, 우리는 사촌지간이란 말을 아주 넓게 사용한답니다. 당신이 제 사촌 중에서 가장 몹쓸 분은 아니어야 할 텐데요."

집을 나서면서 로테는 열한 살쯤 되어 보이는 바로 아래 여동생 조피에게 동생들을 잘 돌보고 말을 타고 출타하신 아버지가 돌아오시거든 잘 말씀드려 달라고 당부하였네. 그리고 다른 아이들에게는 조피 언니를 자기라고 여기고 말을 잘 들어야 한다고 타일렀어. 몇몇 아이는 그러겠노 라고 약속했지만 여섯 살쯤 된 금발의 여자아이 는 당차게 말하더군.

"그렇지만 조피 언니는 로테 언니가 아니잖 아. 우리는 로테 언니가 더 좋단 말이야."

제일 나이 든 사내아이 둘은 어느 틈에 마차 뒤로 기어오르고 있었네. 내가 좀 태워주면 어떻 겠냐고 부탁하자, 로테는 아이들에게 장난치지 않고 얌전히 있겠다고 약속하면 숲 입구까지만 마차를 타도 된다고 허락했네.

각기 제 자리에 앉자마자 여자들은 인사를 나 누고 서로의 옷맵시, 특히 모자에 대해 몇 마디 씩 말을 주고받았네. 그러고는 무도회에 참석하 는 사람들을 하나하나 품평하더군. 이윽고 로테 는 마차를 멈추게 하고는 동생들을 내리게 했네. 사내아이들은 로테의 손에 다시 한번 입을 맞추 고 싶어 하더군. 큰아이는 열다섯 나이에 어울리게 아주 다정하게 입을 맞추었지만, 작은아이는 급하게 후딱 해치워 버리더군. 로테가 집에 남은 동생들에게 다시 한번 인사를 건넨 후, 우리가 탄 마차는 달리기 시작했지.

내 파트너의 친척 언니가 로테에게 얼마 전 자기가 보내 준 책을 다 읽었느냐고 물으니 로테는 이렇게 대답했네.

"아니요. 그 책은 마음에 들지 않더군요. 곧 돌려드리겠어요. 먼젓번 책도 별로였어요."

나는 로테에게 그게 어떤 책이냐고 물었고 로테의 대답을 듣고는 놀라지 않을 수 없었다네.[8]

나는 로테가 하는 모든 말에서 강한 개성을 감지할 수 있었네. 말 한마디 한마디는 신선한 매력을 뿜어냈고, 표정에서는 재치가 번뜩였어. 내가 자기 말을 제대로 이해하고 있다는 걸 느꼈는지

---

8 행여 다른 사람의 심기를 건드렸다가 항의받는 일이 없게끔 편지의 이 부분은 부득이 삭제하기로 한다. 물론 젊은 아가씨나 변덕이 심한 젊은이의 판단에 크게 신경 쓸 작가는 드물 것이다. ─원주

그녀는 갈수록 유쾌한 표정을 짓는 것 같았다네.

로테는 말을 이어갔어.

"좀 더 어렸을 때는 소설 읽는 것만큼 좋은 게 없었어요. 일요일이면 방 한구석에 틀어박혀서 미스 제니[9]의 행복과 불운에 마음을 졸이며 빠져들곤 했었지요. 그때 내가 얼마나 즐거워했는지는 하느님만 아시겠지요. 지금도 그런 종류의 책에 마음이 끌린다는 것을 부정하진 않겠어요. 그렇지만 요즘은 좀처럼 책을 읽을 기회가 없어서 이왕이면 내 취향에 딱 맞는 책만 읽으려 해요. 나는 내가 사는 세계를 작품에서 보여주는 작가를 제일 좋아한답니다. 내 주변에서 일어나는 일을 그리면서, 작품 속 이야기들이 내 가정생활처럼 흥미롭고 진정성 있게 다가오게끔 만드는 그런 작가가 좋아요. 물론 우리 가정이 천

---

9 프랑스의 작가 마리-장 리코보니Marie-Jeanne Riccoboni가 쓴 인기 소설 《미스 제니 그랑빌의 이야기》의 여주인공. 이 소설은 1764년 독일어로 번역되었다.

국은 아니지만, 아무튼 이루 말할 수 없는 행복의 원천이니까요."

나는 이 말에 몹시 감동했지만 그걸 티 내지 않으려고 애를 썼네. 물론 그리 오래가지는 못했다네. 로테가 지나가는 말로《웨이크필드의 시골 목사》[10]와 《○ ○ ○》[11]에 관해 너무나 옳은 말을 하자 나는 그만 자제심을 잃고는 하고 싶은 말을 죄다 쏟아내고 말았어. 그러다가 얼마 후 로테가 다른 여자들에게 말머리를 돌리고 나서야 비로소 그동안 대화에 끼지 못한 채 멀뚱멀뚱 앉아 있던 여자들이 어이가 없다는 듯이 눈을 휘둥그레 뜨고 있다는 사실을 알아차렸네. 친척 언니라는 여자는 몇 번이나 콧등을 찡그리며 비웃듯이

---

10 영국 작가 올리버 골드스미스Oliver Goldsmith가 1766년 발표한 소설.
11 여기서도 독일 작가 몇 사람의 이름을 삭제했다. 로테의 호평에 동의하는 사람이라면 이 대목을 읽으며 누구 애기인지 마음으로 느낄 것이며, 그렇지 않은 독자라면 굳이 몰라도 될 것이다. ―원주

나를 쳐다보았지만, 나는 전혀 개의치 않았네.

화제는 춤이 주는 즐거움으로 넘어갔네. 로테가 이렇게 말하더군.

"춤에 열광한다는 건 잘못일 수도 있겠지만 솔직히 고백하자면 저는 춤보다 더 좋아하는 게 없답니다. 뭔가 걱정거리가 있을 때면, 음도 제대로 맞지 않는 피아노 앞에 앉아서 춤곡을 탕탕 두들기고 나면 다시 기분이 풀리곤 해요."

이런 대화를 나누는 동안에도 나는 그녀의 검은 눈에서 시선을 뗄 수가 없었다네. 생기발랄한 입술과 싱그럽고 환한 볼이 얼마나 내 마음을 사로잡았던지! 그녀의 멋들어진 화술에 넋을 빼앗긴 나머지 정작 로테가 하는 말을 흘려들은 게 얼마나 많았을지! 자네는 나를 잘 아는 만큼 내가 어땠을지 족히 상상할 수 있을 걸세. 하여튼 우리가 무도회장에 도착하자 나는 마치 몽유병 환자처럼 마차에서 내려서는 사방에 어둠이 짙어 가는 속에서 넋을 잃고 멍하니 있었네. 불이 환히 밝혀진 홀에서 울려 나오는 음악 소리도 내 귀에는 거의 들리지 않을 지경이었어.

아우드란 씨와 또 다른 신사가(이름 따위를 어떻게 일일이 다 기억하겠나!) 내 파트너의 친척 언니와 로테의 춤 파트너였는데, 이 두 신사가 마차 문 앞까지 와서 우리를 맞이하고는 각자 자기의 파트너를 에스코트했네. 나도 내 파트너와 함께 안으로 들어갔지.

우리는 미뉴에트를 추느라 빙글빙글 돌면서 이리저리 뒤섞였네. 내 파트너도 여러 번 바뀌었는데 마음에 들지 않는 여자일수록 한번 짝을 지으면 좀처럼 떨어져 나가려 하지 않더군. 로테와 파트너는 영국식 춤을 추기 시작했네. 로테가 우리와 같은 열에서 춤을 추기 시작하였을 때, 내가 얼마나 기뻤는지는 자네도 짐작하겠지. 로테가 춤추는 모습을 자네도 봐야 해! 로테는 온 마음과 영혼을 바쳐 춤을 춘다네. 아무런 근심 걱정 없이 오직 춤만이 전부인 것처럼, 그밖에는 아무런 생각도 느낌도 없는 듯이 몸 전체가 조화로이 어우러지는 모습이라니! 춤추는 순간만큼은 다른 것은 모두 그녀 앞에서 사라져 버리는 듯했어.

나는 로테에게 두 번째 대무(對舞)의 파트너가 되어달라고 요청했네. 로테는 세 번째 대무의 파트너가 되어주겠노라고 약속하고는, 그지없이 사랑스럽고 솔직한 태도로, 자기가 정말 좋아하는 것은 독일 춤이라고 힘주어 말하는 것이었네. 로테는 말을 계속했다네.

"여기서는 독일 춤을 출 때 함께 온 쌍들이 그대로 짝을 짓는 것이 관례예요. 그런데 제 파트너는 왈츠를 잘 못 추니까, 그걸 안 춰도 되면 좋아할 거예요. 당신 파트너도 왈츠는 출 줄 모르고 좋아하지도 않아요. 영국식 댄스를 출 때 보니 당신은 왈츠를 잘 추시더군요. 그러니까 독일 춤을 저와 함께 추고 싶으시다면, 당신이 제 파트너에게 가서 양해를 구해주세요. 저는 당신 파트너에게 가서 양해를 구할게요."

나는 흔쾌히 그러겠노라고 했네. 우리가 함께 춤추는 동안, 로테의 파트너와 내 파트너는 서로 담소를 나누기로 이야기가 되었지.

드디어 춤이 시작되었네. 우리는 얼마 동안 팔을 이런저런 포즈로 바꿔 잡으며 춤을 즐겼지. 로테가 얼마나 매혹적으로, 얼마나 경쾌하게 몸을 움직이던지! 이윽고 왈츠가 시작되면서 우리는 우주의 천체처럼 서로의 주위를 빙글빙글 돌기 시작했네. 물론 왈츠를 제대로 출 줄 아는 사람이 얼마 없어서 처음에는 다소 어수선했네. 우리는 꾀를 내어서 슬쩍 비켜서는 혼란이 가라앉기를 기다렸지. 아주 서투른 사람들이 자리를 비운 후 우리는 다시 앞으로 나서서 유일하게 남은 또 다른 한 쌍인 아우드란 커플과 함께 춤을 즐겼다네, 내 몸이 이토록 경쾌하게 움직인 적은 일찍이 없었네. 내가 이 세상 사람이 아닌 것 같았지. 그지없이 사랑스러운 여인을 품에 안고 바람처럼 이리저리 날아다니려니, 주변의 온갖 것은 그냥 사라져 버리더군. 그래서…… 빌헬름, 정직하게 고백하자면. 나는 맹세를 했다네. 내가 사랑하고 원하는 아가씨가 결코 나 이외의 다른 남자와는 왈츠를 못 추게 하겠노라는 맹세였네. 설령 그 때문에 내가 파멸하는 한이 있더라도 말일세. 자네는 내 심정을 알아주겠지!

우리는 잠시 숨을 돌리려고 홀을 두세 차례 거닐었네. 그런 다음에 로테는 자리에 앉았어. 나는 오렌지 몇 개를 따로 챙겨 두었는데 남은 과일이라곤 그게 전부였기에 제구실을 톡톡히 했다네. 그런데 로테가 옆자리에 앉은 염치없는 여자에게 예의 바르게 오렌지를 나누어 줄 때는 내 가슴이 쓰리더군.

세 번째 영국식 춤에서 우리는 두 번째 쌍이 되었네. 우리가 대열에 맞춰 춤을 추는 동안 내가 얼마나 기뻤는지는 하느님만이 아시겠지. 나는 로테와 팔을 걸고 춤추며, 해맑은 즐거움으로 넘쳐흐르는 로테의 눈에서 헤어나지 못하고 있었어. 그러다가 어떤 부인 옆을 지나게 되었네. 이미 젊다고는 할 수 없으나 사랑스러운 표정 때문에 시선이 가던 여자였지. 그 부인은 미소를 지으며 로테를 보고는 위협하듯이 손가락 하나를 쳐들더니 우리를 스쳐 지나가며 의미심장하게 알베르트라는 이름을 두 번씩이나 입 밖에 내는 것이었네. 나는 로테에게 물었지.

"실례가 되지 않는다면 알베르트가 누군지 물어도 될까요?"

로테가 대답하려는 순간에 우리는 커다란 8자 대형을 만들기 위해 서로 떨어져야만 했네. 그랬다가 서로 엇갈리며 스쳐 지나면서 보니, 로테는 뭔가 생각에 잠긴 듯한 표정이었어. 로테는 프롬 나드 포지션[12]을 위해 나에게 손을 내밀면서 말했네.

"당신에게 숨길 이유가 어디 있겠어요. 알베

---

12 댄스의 기본자세 중 하나로 남녀가 같은 방향을 보고 서서 왼손은 왼손끼리, 오른손은 오른손끼리 허리 높이에서 잡는다.

르트는 착실한 분으로, 저하고는 약혼한 것이나
다름없는 사이에요."

그건 처음 듣는 말은 아니었지. (이리로 오는 도
중에 여자들한테 들었으니까) 그런데도 내게는 생
판 처음 듣는 말처럼 들렸네. 잠깐 사이에 나에
게 이토록 소중한 존재가 된 여인을 얼핏 들은
이야기와 연관 지어 생각해 보지 않았으니까. 나
는 몹시 당황하고 넋이 나가서, 엉뚱한 조에 끼
어들고 말았다네. 그 바람에 대열이 죄다 엉망진
창이 되어버렸지. 로테가 침착하게 이리저리 끌
고 당기며 수습한 덕에 그나마 다시 질서를 회복
할 수 있었다네.

벌써 한참 전부터 지평선 너머에서 번개가 번
쩍였지만 나는 매번 마른번개라며 사람들을 안
심시키려 했어. 그런데 춤이 미처 끝나기 전에
번개가 점점 더 요란해지더니 이윽고 천둥소리
가 음악 소리를 뒤덮어 버린 거야. 여자 셋이 춤
대열에서 빠져나갔고 파트너인 남자들도 그 뒤

를 따랐네. 무도회장 분위기가 어수선해지더니 음악도 멈추더군. 한창 즐겁게 놀고 있을 때 갑자기 불상사나 끔찍한 일이 닥치면 보통 때보다 더 강한 인상을 받게 되는데, 지극히 자연스러운 일이 아닐지 싶어. 두 상황이 대조되면서 감정이 한층 더 생생해지는 까닭도 있겠지만, 더 중요한 이유는 우리의 감각이 활발히 작동하는 중이라서 그만큼 더 빠르게 인상을 받아들이기 때문이겠지. 몇몇 여자들이 그토록 오만상을 찌푸린 것도 그래서가 아닌가 싶네. 나름 영리한 편인 한 여자는 홀 한구석에 창문을 등지고 앉아서 귀를 틀어막더군. 두 번째 여자는 첫 번째 여자 앞에 주저앉아서 그 무릎에 얼굴을 파묻고 있었네. 세 번째 여자는 두 여자 사이에 파고들어서 둘을 끌어안고는 눈물을 하염없이 흘리더군. 몇몇 여자들은 집으로 돌아가려 했고 몇몇 여자들은 어쩔 줄 모르고 허둥대느라 짓궂은 젊은 남자들의 장난질에 속수무책으로 당하고 있었네. 여자들이 불안한 마음에 하늘을 향해 애타게 기도를 드리는 틈을 타서 장난꾼들이 그 아름다운 입술을 훔치려 들었거든. 몇몇 신사들은 여유 있게 담배나 피우려고 아래로 내려갔어. 그 집의 안주인이 기지를 발휘해서 나머지 사람들에게 덧문과 커튼이 있는 방에 가 있으라고 권하자 다들 그 말을 따랐지. 우리가 그 방에 들어서자마자 로테는 부지런히 오락가락하며 의자들을 둥그렇게 세워 놓더니, 사람들을 자리에 앉히고는 재미있는 게임을 하자고 제안했다네.

몇몇 남자들은 키스 같은 달콤한 벌칙을 기대하며 입술을 삐죽이 내밀고는 팔다리를 꿈틀거렸다네.

"숫자 세기 놀이를 해요!"

로테가 말했네.

"자, 다들 집중하세요. 제가 오른쪽에서 왼쪽으로 빙빙 돌 테니 여러분은 각자 자기 차례에 맞춰 숫자를 말하는 거예요. 속사포처럼 후딱후

딱 맞는 숫자를 말해야 해요. 말이 막히거나 틀린 숫자를 대면 뺨을 한 대 맞는 거예요. 자, 우리 천까지 세어보아요."

곧 재미있는 광경이 펼쳐졌네. 로테는 한쪽 팔을 내뻗고는 원을 그리며 돌기 시작했네. 첫 번째 사람이 '하나'하고 세기 시작하자 다음 사람이 '둘'을 세고, 또 그다음 사람이 '셋'을 세는 식으로 게임이 진행되었다네. 로테는 점점 더 빨리 돌아가기 시작했어. 점점 더 빨리! 그러자 누군가가 틀렸네. 찰싹, 로테가 뺨을 때리더군. 한바탕 웃음보가 터지는 바람에 그다음 사람도 틀려버렸어. 찰싹! 속도는 더욱더 빨라졌다네. 나도 따귀를 두 번이나 얻어맞았는데, 로테가 다른 사람보다 나를 더 세게 때리는 듯해서 은근히 기분이 좋았다네. 다들 신나게 웃고 떠들어 대는 바람에 숫자를 천까지 세기도 전에 게임은 끝나버렸지. 친한 사람들끼리 삼삼오오 모여 앉아 즐기다 보니 어느새 뇌우도 멎어 있었다네. 나는 로테를 따라 홀로 되돌아갔지. 가는 도중에 로테는 이렇게 말했네.

"따귀를 때리고 맞는 데 정신이 팔려서 모두 소나기고 뭐고 다 잊어버렸어요."

내가 아무런 대답도 못 하고 있는데 로테가 말을 이었네.

"사실 나도 남들 못지않게 겁이 덜컥 났었어요. 하지만 다른 사람들에게 용기를 주려고 용감한 체하다 보니까 용기가 나지 뭐예요."

우리는 창가로 다가갔네. 천둥소리가 멀리서 울리고 푸근한 비가 대지를 적시고 있었네. 훈훈한 대기에서 이루 말할 수 없이 상쾌한 향기가 우리 있는 데까지 가득 피어올랐네. 로테는 창틀에 팔꿈치를 괴고 서서 창밖 풍경을 묵묵히 바라보더군. 로테는 하늘을 우러러보다가 나를 보았는데, 그녀의 눈에는 눈물이 가득 고여 있었어. 로테는 자기 손을 내 손 위에 얹으며 이렇게 말하더군.

"클롭슈토크!"[13]

나는 로테가 생각하고 있는 장엄한 송가(頌歌)를 곧장 떠올렸네. 그러고는 로테가 이 짧은 암호로 나에게 전한 감정의 물결에 깊숙이 빠져들었네. 나는 더는 참을 수 없어 몸을 굽히고 감격의 눈물을 흘리며 그녀의 손에 키스했네. 그러고는 다시 그녀의 눈을 쳐다보았지. 고귀한 시인이시여! 당신은 그녀의 눈길에 담긴 당신을 향한 존경심을 보셨어야 합니다. 이제 나는 당신의 이름이 다시는 사람들의 입에 오르내리며 더럽혀지지 않기를 바랄 뿐입니다!

6월 19일

지난번에 어디까지 이야기하다 말았는지 도

---

13 프리드리히 고틀리프 클롭슈토크Friedrich Gottlieb Klopstock (1724~1803): 독일 시인으로 자연을 이상화하는 시를 많이 썼다. 이 대목에서 베르터와 로테가 떠올리는 시는 1759년 발표된 송가 〈봄의 축전Frühllingsfeier〉으로 폭풍우가 내리치는 광경과 폭풍우가 걷힌 후의 평화로움을 장중한 언어로 노래하고 있다.

무지 모르겠군. 잠자리에 누우니 새벽 두 시였다는 것만 기억나니 말이야. 편지를 쓰는 대신 자네를 눈앞에 두고 떠벌릴 수 있었더라면 아마도 아침이 될 때까지 자네를 놓아주지 않았을 거야.

무도회에서 돌아올 때 있었던 일은 아직 이야기하지 않았지. 하지만 오늘도 그 이야기를 늘어놓을 시간이 없을 것 같네.

그날 해는 정말이지 찬란하게 떠올랐다네. 사방에는 이슬을 듬뿍 머금은 숲과 싱그러운 들판이 펼쳐져 있었어. 함께 마차에 탄 두 여자는 꾸벅꾸벅 졸고 있었어. 로테는 나에게 자기는 신경 쓰지 말고 마음 편히 눈을 붙이라고 권했네. 나는 로테를 뚫어져라 보며 말했네.

"내가 당신의 눈을 보고 있는 동안은 잠들 리가 없지요."

그렇게 우리 두 사람은 로테의 집에 도착할 때까지 그대로 깨어 있었네. 하녀가 조용히 대문을 열어주고는 아버지와 동생들은 잘 있으며 아직

자고 있다고 로테를 안심시켰지. 헤어질 때 나는 그날 중으로 한 번 더 만나달라고 로테에게 청했지. 로테는 승낙했고 나는 집으로 돌아왔어. 그 후에도 해와 달과 별들은 묵묵히 제 갈 길을 가고 있겠지만, 나는 이제 낮인지 밤인지도 모르고 지낸다네. 세계가 온통 내 주위에서 사라져 버린 걸세.

6월 21일

나는 하느님이 성인(聖人)들 몫으로 아껴둔 듯한 행복한 나날을 누리고 있네. 설령 앞으로 내게 무슨 일이 닥칠지라도, 내가 인생의 가장 순수한 기쁨을 맛보지 못했다고는 할 수 없을 걸세. 나의 발하임을 기억하지? 나는 거기에 아주 터를 잡았다네. 발하임에서 딱 반 시간만 가면 로테의 집이거든. 거기 있으면 나는 나 자신을 온전히 느끼고, 인간이 누릴 수 있는 갖은 행복을 죄다 맛본다네.

발하임을 산책의 목표로 정했을 때만 해도 그 곳이 이토록 천국에 가까우리라고는 꿈에도 생 각지 못했는데 말이야! 멀리 산책할 때면 언덕 위에서건, 강 건너 들판에서건 그 수렵 별장을 그토록 자주 보았는데 그 별장이 내 모든 소망을 품고 있을 줄이야!

빌헬름, 나는 인간 내면의 욕망에 대하여 이런 저런 생각을 해보았네. 인간은 자기를 확장하고 새로운 발견을 하고, 여기저기를 쏘다니려는 욕 망을 품고 있지. 그런가 하면 기꺼이 속박을 받 아들이고, 한눈팔지 않고 습관의 쳇바퀴를 돌리 려는 내적 충동도 있잖아. 그것에 대해서도 생각 하게 되더군.

돌아보면 참으로 놀라운 일이 아닌가 싶네! 이리로 와서 언덕에서 아름다운 골짜기를 내려 다보고 있노라면, 내 마음은 주위의 모든 것에 매료되곤 했어. 저기 아담한 숲이 있구나! 아아,

저 숲 그늘로 녹아들 수만 있다면! 저기 산봉우리가 있네! 아아, 저기 서서 광활한 대지를 굽어볼 수만 있다면! 겹겹이 늘어선 언덕들과 정겨운 골짜기들! 아아, 그것들과 하나가 될 수 있다면! 나는 서둘러 그리로 갔다가 바라던 것을 찾지 못한 채 되돌아오곤 했어. 아아, 저 너머 먼 곳이란 미래와 같다네! 거대한 세계가 통째로 우리 영혼 앞에 어슴푸레 모습을 드리우면 우리의 눈과 감정은 그 안을 몽롱하니 떠돌게 되지. 그렇게 우리는, 아아! 우리는 가진 걸 죄다 바쳐서라도 거대하고 숭고한 감정을, 두 번 다시 없을 환희의 감정을 가득 맛보기를 동경하는 걸세. 그러나 아아! 서둘러 그리로 달려가 봤자, 저기 저곳이 여기 이곳이 되고 보면 만사는 전과 다를 바가 없는 거야. 우리는 궁핍하고 옹색한 삶을 벗어나지 못한 채이고, 우리의 영혼은 놓쳐버린 청량제를 갈망하고 있는 거지.

그렇기에 진득하지 못하기로는 제일가는 방

랑자라도 결국에는 고국을 그리워하기 마련이지. 넓은 세상을 돌아다녀도 찾을 수 없었던 기쁨을 자신의 오두막과 아내의 품, 생때같은 자식들에게서 찾고는 이들을 먹여 살리느라 기쁘게 일하게 되는 게 아닌가 싶어.

아침에 해가 뜨면 나는 집을 나서서 발하임으로 간다네. 그곳 음식점의 채소밭에서 완두콩을 따고는, 걸상에 앉아 콩깍지를 까며 틈틈이 호메로스를 읽곤 해. 그러고는 비좁은 부엌에서 냄비를 하나 골라 버터를 잘라 넣은 후 완두콩을 넣고는 냄비를 불 위에 얹고 뚜껑을 덮는 거야. 나는 불 옆에 앉아서 가끔 냄비를 흔들어주곤 해. 그러고 있노라면 페넬로페[14]를 차지하려는 오만방자한 구혼자들이 소와 돼지를 잡아서 조각을 낸 후 불에 굽는 광경이 눈앞에 생생히 살아난다

---

14 호메로스의 서사시 《오디세이아》의 등장인물. 남편 오디세우스가 집을 비운 20년 동안 페넬로페는 수많은 구혼자들에게 시달린다. 하지만 끝까지 정절을 지킨 결과 남편과 행복한 결말을 맞는다.

네. 족장 시대의 생활 방식만큼 평온하고 진실한 감정을 풍기는 것은 다시 없을 걸세. 나는 그 시대의 생활 방식을 아무런 가식 없이 내 생활 속에 살려낼 수 있으니 다행이다 싶네.

손수 가꾼 양배추를 식탁에 올리는 소박하고 순수한 기쁨을 느낄 수 있다니 정말 행복한 기분일세. 아니, 양배추뿐만이 아니야. 그것을 심었던 맑게 갠 아침, 물을 주며 무럭무럭 자라나는 걸 보며 즐거워했던 정겨운 저녁, 그 모든 행복했던 시간을 죄다 짧은 순간에 맛볼 수 있다네.

6월 29일

그저께, 시내에 사는 의사가 법무관 집에 찾아왔었네. 그때 나는 마침 로테의 동생들과 함께 땅바닥에서 뒹굴고 있었지. 어떤 아이들은 내 몸을 타고 올라오고, 어떤 아이들은 나를 놀려대며 장난을 치고 있었어. 나 역시 아이들을 간질이면서 한데 어울려 야단법석을 떨고 있었다네. 그 의사는 독단적이며 앞뒤가 꽉 막힌 멍청이인데 말하는 중에도 줄곧 커프스의 주름이나 목깃의 장식을 추스르더군. 그는 내 행동거지가 신사의 품위에 어긋난다고 여기는 듯했어. 표정만 봐도 단번에 알 수 있었지. 그러나 나는 그의 반응에 아랑곳하지 않고 그가 점잖은 말을 떠벌리게 내버려 둔 채 아이들이 무너뜨린 카드 집을 다시 지어 주었네. 그런 일이 있고 난 뒤 의사는 온 도시를 돌아다니며 법무관네 아이들은 안 그래도 버릇이 없었는데, 베르터가 애들을 완전히 망쳐 놓았다고 험담을 늘어놓았다더군.

그래, 빌헬름, 이 세상에서 아이들만큼 나에게 친근한 존재는 다시 없다네. 아이들을 지켜보고 있으면 앞으로 그들이 꼭 지녀야만 할 모든 덕성과 힘이 자잘한 것들에서 싹트고 있음을 알 수 있네. 아이들의 고집은 장차 꿋꿋하고 굳건한 성격으로 변할 것이고 아이들의 장난기는 세상살이의 위험을 헤쳐 나가는 데 필요한 유머와 재치로 변하리라는 게 보이거든. 이 모든 것이 손때 묻지 않고 온전하게 모습을 드러내는 걸 바라보고 있으면, 나는 언제나 인류의 스승이 하신 값진 말씀을 되뇌고 또 되뇐다네.

"만일 너희가 어린아이와 같이 되지 아니하면……"[15]

그런데 친구여, 우리는 우리 못지않은 아이들을, 우리가 본보기로 삼아야 할 아이들을 아랫사람 취급하고 있지 않은가. 아이들이 자기 의지대로 하게 내버려두어서는 안 된다니! 그러면서 우리네 어른들은 자기가 하고 싶은 대로 하지 않는단 말인가? 대체 우리에게 무슨 특권이 있단 말인가! 우리가 나이가 많고 분별이 있기 때문이라고?

오, 하늘에 계신 아버지, 당신이 보기에는 그

저 나이 많은 어린애와 나이 적은 어린애가 있을 뿐이지 않습니까! 그리고 어느 쪽이 당신에게 더 큰 기쁨을 주는지는 당신의 아들 예수께서 이미 오래전에 가르쳐 주셨습니다. 그런데도 사람들은 당신의 아들을 믿으면서도, 정작 그분 말씀에는 귀를 기울이려 하지 않습니다.

하긴 이것 역시 어제오늘 일은 아니지! 그렇게 어른들은 아이들을 어른의 틀에 맞게 빚어내고 있지. 게다가 …… 잘 있게, 빌헬름! 이 문제를 놓고 길게 왈가왈부하고 싶지 않군.

7월 1일

로테가 환자에게 얼마나 소중한 존재인지 온 마음으로 느끼고 있네. 지금 내 마음은 병상에서 시들어가는 그 어떤 환자보다도 더 비참한 상태이거든. 로테는 며칠을 시내에 머물기로 했어. 어느 신실한 부인 집에서 묵을 예정이야. 그 부인은 살날이 얼마 남지 않았다는 진단을 의사들한테 받았다는데, 마지막 순간에 로테가 곁에 있어 주기를 바란다더군.

지난주에·나는 로테와 함께 성(聖) ○○ 마을의 목사를 찾아갔네. 여기서 한 시간 정도 걸어가야 하는 자그마한 산골 마을인데, 로테의 둘째 여동생도 같이 갔어. 우리가 네 시경 그곳에 당도해 호두나무 두 그루가 우뚝 솟은 목사관 안뜰에 들어서니, 선량한 인상의 노인이 현관 앞 벤치에 앉아 있었네.

로테를 보더니 노인은 기운이 부쩍 나는 듯 지팡이도 잊어버리고, 로테를 맞이하러 일어서려 하더군. 로테는 얼른 달려가서 노인을 앉히고 자기도 그 곁에 앉아 아버지의 인사말을 전한 다음, 목사가 늘그막에 얻은 막둥이라는 꾀죄죄한 사내아이를 안고 다독였네. 로테가 노인을 대하는 모습을 자네도 한번 봤어야 해. 반쯤 귀가 먹은 목사가 알아듣게끔 목소리를 높여서는 한창

나이의 튼튼한 사람들이 갑자기 세상을 떴다는 소식을 전하는가 하면, 카를스바트 온천물이 좋다고들 하니 이번 여름에 그리로 가기로 하신 건 정말 잘한 거라고 목사를 칭찬해 드렸지. 지난번에 뵈었을 때보다 훨씬 건강해 보인다는 말도 빼놓지 않았네.

그러는 사이 나는 목사 부인에게 인사를 드렸지. 노(老)목사는 아주 쾌활해졌어. 나는 우리에게 시원한 그늘을 드리워주는 아름다운 호두나무를 칭찬하지 않을 수 없었다네. 그러자 목사는 다소 숨 가빠하면서도 나무에 얽힌 이야기를 들려주더군.

"두 그루 중 더 오래된 나무는 누가 심었는지 모르겠어요. 이 목사가 심었다는 사람들도 있고, 저 목사라는 사람들도 있거든요. 그런데 저 뒤편에 있는 조금 어린 나무는 우리 집사람과 동갑이니까 오는 시월로 쉰 살이 됩니다. 장인어른께서 아침에 나무를 심었는데, 그날 저녁에 집사람이 태어났다는 거예요. 장인은 나보다 먼저 이곳의 목사로 일하셨는데. 이루 말할 수 없이 그 나무를 애지중지하셨답니다. 나 역시 장인 못지않게 그 나무를 좋아합니다. 이십칠 년 전 가난한 대학생이었던 내가 처음으로 이 안뜰에 들어섰을 때, 집사람은 나무 아래 평상에 앉아서 뜨개질을 하고 있었답니다."

따님은 어디 갔느냐고 로테가 물으니까, 슈미트 씨와 같이 들판의 일꾼들에게로 갔다더군. 그러고 나서 노인은 이야기를 이어갔네. 선임 목사가 자기를 마음에 들어 했고, 목사의 딸도 자기를 좋아하게 되었다는 사연이었지. 그렇게 처음에는 부목사가 되었다가 얼마 후에 장인의 자리를 물려받았다고 하더군.

이야기가 막 끝났을 무렵, 목사의 딸 프리데리케가 슈미트 씨라는 사람과 같이 정원을 가로질러 들어왔어. 프리데리케는 진심으로 따듯하게 로테를 반기더군. 솔직히 말해서, 프리데리케는 제법 내 마음에 들었네. 균형 잡힌 몸매에 민첩한 갈색 머리 아가씨로, 이런 시골에서 함께 즐겁게 지내기에는 충분해 보였어. 그녀의 애인(슈미트 씨가 애인이라는 건 금세 알 수 있었어)은 교양 있는 사람 같은데 워낙 말수가 적어서, 로테가 아무리 애를 써도 우리의 대화에 끼어들려고 하질 않더군. 그의 표정을 보아하니 함께 어울리려 들지 않는 것은 식견이 부족해서라기보다는 오히려 고집스럽고 쉽게 불쾌해하는 성격 때문인 것 같아 상당히 내 마음이 불편했다네.

유감스럽게도 얼마 뒤 내 느낌은 명백한 사실이 되어버렸어. 다 함께 산책할 때였어. 프리데리케는 로테와 나란히 걸었고 어쩌다 나와 나란히 걷기도 했는데, 그럴 때면 워낙 가무잡잡한 슈미트 씨의 얼굴이 한층 더 칙칙해지는 거야. 보다 못한 로테가 내 옷소매를 잡아당기고는, 프리데리케에게 너무 친근하게 굴지 말라고 넌지시 귀띔할 정도였다니까. 사람들이 공연히 서로를 괴롭히는 것보다 더 한심한 일은 없을 걸세. 특히나 꽃다운 청춘을 맞아 온갖 기쁨에 마음을 활짝 열어야 마땅할 젊은이들이 괜스레 다투느라 얼마 되지도 않는 행복한 나날을 망쳐버리는 것처럼 한심한 일은 다시 없을 걸세. 나중에 허비해 버린 순간을 되돌릴 수 없음을 깨달을 때는 이미 늦은 거지.

나는 이런 생각을 떨쳐낼 수가 없었어. 우리는 저녁에 목사관으로 돌아와 마당 테이블에 둘러앉아 우유를 마시고 있었는데, 마침 화제가 이 세상의 즐거움과 괴로움에 관한 얘기로 접어들었네. 나는 이때다 싶어 말꼬리를 잡고는 불쾌해하는 습성을 비판하게 되었지.

"우리 인간들이 곧잘 하는 푸념이 있지요. '복된 날은 너무 적고 힘겨운 날은 너무 많다'라고 말입니다. 그런데 제가 보기에는 그건 대부분 옳지 않습니다. 우리가 마음을 활짝 열고 하느님이 날마다 베푸시는 은총을 즐길 수만 있다면, 불행한 일이 닥칠지라도 거뜬히 견뎌낼 만한 힘을 가지게 될 것입니다.”

그러자 목사 부인이 이렇게 대꾸하였네.

“하지만 우리 기분은 우리 뜻을 따르려 들지 않아요. 기분은 몸 상태에 따라 정말 많이 좌우되잖아요! 몸이 좋지 않으면 뭘 봐도 좋지 않으니까요.”

나는 그 말에 동의하고는 대화를 이어갔어.

“그렇다면 불쾌한 기분을 일종의 병이라 가정하고, 병을 치료할 방법이 없을까 생각해 보면 어떨까요?”

그러자 로테가 끼어들었어.

“그럴싸하게 들리네요. 적어도 저는 많은 것들이 우리 자신에게 달려 있다고 생각해요. 제 경우만 봐도 알 수 있어요. 뭔가 속상한 일이 있어서 기분이 엉망일 때면, 저는 벌떡 일어나 정원을 이리저리 거닐며 춤곡을 두어 곡 불러대곤 해요. 그러면 불쾌한 기분이 곧 풀리거든요.”

내가 곧 말을 받았지.

"제가 하려던 말이 바로 그겁니다. 불쾌한 기분에 빠져 지내는 것은 게으름과 같다고 할 수 있습니다. 아니, 게으름의 일종이지요. 우리는 선천적으로 게으름을 피우려는 성향이 있습니다. 하지만 일단 기운을 내어 마음을 다잡으면 일은 척척 진척되게 마련이요, 활동 속에서 진정한 만족을 발견할 수 있는 것이지요."

프리데리케가 아주 집중해서 듣고 있는데 슈미트 씨라는 청년은 이의를 제기하더군. 인간은 자기 자신을 통제할 수 없는 존재인데 하물며 자신의 감정을 뜻대로 조종하는 건 불가능하다는 논지였어. 나는 이렇게 받아쳤지.

"지금 내가 말하고자 하는 건 언짢은 감정입니다. 모두가 떨쳐버리고 싶은 감정이지요. 그런데, 자신이 가진 능력이 어디까지인지는 한번 시도해 보기 전에는 아무도 알 수 없는 겁니다. 병에 걸린 사람은 누구든 백방으로 의사들을 찾아다니겠지요. 건강을 회복할 수만 있다면 아무리 즐기던 것이라도 절제할 테고, 아무리 쓴 약이라도 마다하지 않을 겁니다.”

나는 점잖은 노목사가 우리의 토론에 참여하고 싶어서 귀를 기울이고 있는 것을 눈치채고는, 노인을 향해 목소리를 높여 말했지.

“여러 악덕을 꾸짖는 설교는 많이 들어봤습니다만, 불쾌한 기분을 꾸짖는 설교는 아직 들은 적이 없습니다.”[16]

그러자 노인은 이렇게 대꾸하더군.

“그런 거야 도회지 목사들이 할 일이라오. 농부들은 불쾌한 기분에 시달리지는 않거든. 하지만 가끔 그런 설교를 하는 것도 나쁘지는 않겠구려. 시골 목사의 마누라나 법무관 나리에게는 도

---

16 현재는 이에 관한 라바터의 훌륭한 설교문이 있는데 특히 《요나서》에 관한 글을 추천한다. — 원주.
(요한 카스파 라바터Johann Kaspar Lavater(1741~1801)는 괴테와 동시대의 신학자이며 계몽주의 철학자이다. 1772년 9월 15일자 편지에 그의 이름이 다시 등장한다.)

움이 될 거요.”

그 말에 다들 웃음을 터뜨렸네. 노인도 껄껄 웃다가 기침이 터지는 바람에 잠시 대화가 끊겼지. 이윽고 슈미트 씨가 다시 말을 꺼냈지.

“당신은 불쾌한 기분을 가지는 것도 악덕이라 하셨는데 그건 좀 지나친 말씀 같습니다.”

나는 이렇게 대꾸했네.

“아니요, 제 생각은 다릅니다. 자기 자신이나 이웃에게 해를 끼치는 게 악덕이라면 그것 역시 악덕이라 불려야 마땅합니다. 우리 인간이 서로 행복하게 해주지 못할망정 각자가 애써 맛보려 하는 즐거움마저 상대방에게서 빼앗으려 든다는 게 말이 됩니까? 그리고 기분이 몹시 불쾌한 데도 남들의 즐거움을 망치지 않으려고 자기 기분을 감추고 혼자 참아낼 만큼 선량한 사람을 하나라도 아신다면 말씀해 보십시오! 불쾌한 기분이란 어쩌면 자신의 초라한 모습에 대한 불만이 아닐까요? 어리석은 허영심에서 비롯된 질투 때문에 자기 자신을 못마땅해하는 것이겠지요. 다른 이를 행복하게 해주지도 못하면서 그들이 행복해하는 것은 못 견디는 심보라고요.”

내가 열변을 토하는 모습에 로테가 빙긋이 미소를 짓더군. 프리데리케의 눈에는 눈물이 그렁그렁했는데 그걸 보니 나는 한층 더 열이 올라 말을 이어갔지.

“어떤 사람의 마음을 좌지우지할 힘이 있다고 해서, 그 사람의 마음에서 저절로 솟아나는 단순한 기쁨마저 앗아버린다면, 정말이지 고약한 짓일 겁니다. 우울한 폭군이 시기심에 우리의 짧은 기쁨을 망쳐놓는다면, 세상의 그 어떤 선물이나 호의로도 그 기쁨을 보상할 수는 없는 겁니다.”

그 순간, 내 가슴이 복받쳐 오른 거야. 지난날의 갖가지 기억들이 되살아나면서 눈물이 핑 돌더군. 나는 소리 높여 이렇게 말했지.

“우리가 날마다 자신을 이렇게 타이른다면 얼마나 좋을까요!

'친구의 기쁨을 훼방 놓지 않고 그들의 행복을 함께 나눔으로써 그 행복을 더욱 북돋우어 주는 것만이 네가 할 일이다. 친구의 영혼이 괴로운 격정에 시달리며 근심에 망가져 갈 때, 너는 친구에게 한 방울의 진통제라도 줄 수 있는가?'

자, 당신 때문에 꽃다운 시절을 망쳐 버린 어떤 아가씨가 이제 끔찍한 불치병에 걸려서 다 죽어가는 수척한 몰골로 병상에 누워 있다고 가정해 봅시다. 그녀의 눈은 무덤덤하니 허공을 응시하고, 죽기도 힘든지 창백한 이마에는 진땀이 송골송골 맺히는데 당신은 저주받은 사람처럼 병상 앞에 서 있는 겁니다. 당신이 가진 것 전부를 동원한다 해도 그녀에게 해줄 수 있는 게 아무것도 없다는 걸 뼈저리게 느끼면서 말입니다. 죽어가는 아가씨의 기운을 돋우고 약간의 용기를 불어넣을 용한 약 한 방울이라도 구할 수 있다면 모든 걸 내주어도 좋다는 심정으로 당신이 안타까워 떨고 있다고 상상해 보십시오."

이렇게 말하다 보니, 내가 얼마 전 겪었던 장면이 떠오르며 무서운 기세로 나를 덮쳤네. 나는 손수건으로 눈물을 훔치며 자리를 박차고 일어나야 했어. 그만 돌아가자고 부르는 로테의 목소리에 나는 겨우 제정신을 차렸다네. 돌아오는 길에 로테는, 내가 매사에 너무 지나치게 몰입한다고 나무라는 거야. 그러다가는 몸을 망칠 수 있으니 자중하라고 하더군. 내 몸은 내가 돌봐야 한다고 말이야! 아아, 천사여! 나는 그대를 위해서 살아가겠어요!

7월 6일

로테는 여전히 사경을 헤매는 부인을 보살피고 있네. 언제나 한결같이 도움의 손길을 뻗치는 마음씨 고운 사람인지라 로테의 눈길이 머무는 곳에선 항상 고통은 줄어들고 행복이 넘친다네. 어제저녁에 로테는 마리안네와 꼬맹이 말헨을 데리고 산책하러 나갔네. 나는 그것을 미리 알고는 도중에서 만나 함께 걸었지. 한 시간 반 정도 산책한 다음 우리는 시내로 되돌아와 그 샘터에 이르렀네. 샘터는 전부터 나에게 소중한 곳이었지만 이제는 천 배나 더 소중한 곳이라네. 로테는 나직한 돌담에 걸터앉고, 우리는 그 앞에 서 있었어. 나는 주위를 둘러보았네. 그러자 아아! 나 홀로 보냈던 시간들이 다시금 생생히 되살아나더군. 나는 샘물에게 말을 걸었지.

"사랑하는 샘물이여, 그날 이후 시원한 네 물에 목을 축이고 쉰 적이 통 없구나. 바삐 지나쳐 가느라, 너에게 시선 한 번 돌리지 않았던 적조차 더러 있었지."

아래를 내려다보니, 말헨이 컵에 물을 떠가지고 부지런히 올라오고 있었어. 나는 로테를 보았고 로테가 나에게 얼마나 소중한 사람인지를 절절히 느꼈다네. 그사이에 말헨이 물컵을 들고 다가왔네. 마리안네가 물컵을 받으려 하자 말헨은 그지없이 사랑스럽게 소리쳤네.

"안 돼! 안 된다고! 로테 언니, 로테 언니가 먼저 마셔!"

그 말에 묻어 나오는 순진하고 착한 마음씨가 어찌나 귀엽던지, 나는 내 감정을 주체하지 못하고 말헨을 번쩍 안아 올려서 키스를 퍼부었네. 그러자 말헨은 곧장 큰 소리로 울기 시작했네.

"당신이 잘못하신 거예요."

로테의 말에 나는 당황하여 어쩔 줄 몰랐지.

"이리 와, 말헨!"

로테가 아이의 손을 잡고 계단을 내려갔지.

"저기 깨끗한 샘물로 얼른 씻으렴. 얼른 씻기만 하면 아무렇지도 않을 거야."

나는 우두커니 선 채 꼬마 아이가 고사리손을 물에 적셔 제 뺨을 열심히 문지르는 모습을 지켜보고 있었네. 기적의 샘물로 모든 부정한 것을 말끔히 씻어내면, 흉측한 수염이 뺨에 나는 불행을 피할 수 있으리라고 믿는 모양이었네.

잠시 후 로테가 말했어.

"이제 그만해도 돼!"

하지만 말헨은 이왕이면 많이 씻어야 더 안전하다고 생각하는지 부지런히 씻고 또 씻더군.

빌헬름, 자네한테만 하는 말인데 나는 어느 세례식 때보다도 더 경건한 마음으로 그 광경을 바라보았다네. 로테가 다시 위로 올라왔을 때, 나는 종족 전체의 죄를 깨끗이 사하여주신 예언자라도 대하듯 로테 앞에 넙죽 엎드리고 싶은 심정이었어.

저녁때, 나는 감동을 주체하지 못하고 어떤 남자에게 그 일을 이야기했네. 지적인 인물이라 인간에 대한 이해가 있으리라 믿고 그런 건데, 그가 어떻게 반응했는지 아나! 그는 로테가 잘못한 거라면서, 아이들에게 터무니없는 믿음을 불어넣어서는 안 된다고 말하더군. 그런 식으로 아이를 다루다 보면 아이가 수많은 망상과 미신을 갖게 된다는 거야. 우리 어른들은 일찌감치 그런

오류로부터 아이들을 보호해야 한다는 게 그의 주장이었어. 나는 그 사람이 바로 일주일 전에 세례를 받았다는 게 생각나서 잠자코 듣고만 있었네. 그러면서 마음속으로 '우리는 하느님이 우리를 대하듯 어린이를 대해야 한다'라는 진리를 깊이 되새겼다네. 하느님은 늘 우리를 즐거운 환상에 취하게 하심으로 우리에게 가장 행복한 순간을 주시는 분이 아닌가!

7월 8일

사람이 이다지도 어린애 같다니! 단 한 번만이라도 눈길을 받고 싶어 이토록 애를 태우다니! 어찌 이리 어린애 같을 수가! 우리는 발하임에 갔었네. 여자들은 마차를 타고 갔지. 다 함께 산책하는 도중 내 느낌으로는 로테의 검은 눈이 분명…… 정말이지 바보 같은 나를 용서하게나! 자네도 그 눈을 직접 봤어야 하는데, 그 눈동자를…… 간단히 말하겠네. (졸려서 눈꺼풀이 자꾸 내려오고 있거든) 그러니까 여자들은 마차에 올라타고, 젊은 W군과 젤슈타트, 아우드란, 그리고 나는 마차 주위에 둘러서 있었네. 쾌활하고 경쾌하기 그지없는 녀석들은 마차 속 여자들과 잡담을 나누었네. 나는 로테의 눈길을 찾고 있었어. 그 눈길은 이 사람에게서 저 사람으로 옮겨 갔건만! 제발 나를! 나를! 한 번만이라도 나를 바라봐 줘요! 홀로 풀이 죽어서 서 있는 사람에게 눈길 한 번 주지 않는다니요! 나는 마음속으로 로테에게 천 번도 더 작별을 고했건만 로테는 나를 보지 않는 거야! 이윽고 마차가 우리를 앞질렀네! 내 눈에는 눈물이 핑 돌았지. 멀어져 가는 마차를 바라보고 있으려니까, 로테의 머리 장식이 마차 문밖으로 삐죽이 나오더니 뒤를 돌아다보는 게 아닌가! 아아, 나를 보려고 그랬을까?

친구여! 확신할 수는 없지만, 나는 잔뜩 들떠 있다네. 아마 그러려니 생각하면 얼마나 위로가

되는지! 아마 나를 보려고! 잘 자게! 아아, 어찌
내가 이다지도 어린애 같을 수가!

7월 10일

사람들이 모인 자리에서 로테 이야기가 나오
면 내가 얼마나 바보처럼 구는지 자네가 한 번 봤
어야 하는데! 심지어 누군가가 내게 로테가 마음
에 드냐고 묻기라도 하면…… 마음에 드냐고! 나
는 그런 말이 죽기보다 싫네. 로테를 그저 마음에
들어 할 뿐, 모든 감각과 느낌이 온통 로테로 가
득 채워지지는 않는 사람이 과연 있을까! 마음에
드냐고! 하긴 며칠 전 나에게 오시안[17]이 마음에

---

17 3세기경에 활동했다고 하는 켈트족의 전설적 시인이며 영웅
핑갈의 아들이다. 스코틀랜드의 시인 제임스 맥퍼슨은 1761년
에서 1765년에 걸쳐 켈트어로 쓰인 오시안의 시들을 수집했다
면서 책을 냈다. 이른바 오시안의 서사시는 영국을 넘어 유럽 대
륙의 문학에 큰 영향을 미쳤다. 특히 청년 괴테를 비롯한 독일의
젊은 작가들은 열광하며 오시안을 수용했다. 그러나 오늘날의 연
구를 통해 오시안이란 시인이 실제 존재했는지는 확인할 수 없
으며 오시안의 시들은 맥퍼슨이 직접 창작한 것으로 밝혀졌다.

드냐고 물어보는 사람도 있었으니까!

7월 11일

M 부인의 병세가 매우 심각하다네. 나는 부인이 살아나기를 기도하고 있어. 로테가 괴로우면 나 역시 괴롭기 때문일세. 요즘은 로테를 친구네 집에서 드문드문 볼 뿐인데, 오늘 로테는 나에게 아주 어이없는 이야기를 들려주더군. 부인의 남편인 M 노인은 아주 인색하고 욕심 많은 수전노로서, 평생 부인을 들들 볶았고 돈도 못 쓰게 했다더군. 하지만 부인은 어떻게든 곧잘 살림을 꾸려왔다는 걸세. 며칠 전, 의사가 그 부인에게 살날이 얼마 남지 않았다는 진단을 내리자, 부인은 남편을 병상에 불러놓고(로테도 그 자리에 있었다더군) 이렇게 말했다고 하네.

"당신에게 고백할 일이 하나 있어요. 내가 죽은 뒤에 당신이 당황해하며 화를 내는 일이 생길까 봐 미리 말하려고 해요. 나는 지금까지 최대한 절약하면서 알뜰하게 살림을 꾸려 왔어요. 하지만 당신에게 용서를 청해야 할 일이 있어요. 나는 30년 동안 줄곧 당신을 속여왔어요. 당신은 우리가 결혼했을 때, 식비와 기타 생활비로 얼마 안 되는 액수의 돈을 정해놓았어요. 그 뒤로 우리의 살림 규모도 늘고 장사가 번창하는데도, 당신은 매주 생활비를 바뀐 상황에 맞게 올려주려 하지 않았어요. 집안 살림이 가장 큰 규모였을 때조차 당신은 내게 7굴덴[18] 으로 일주일을 꾸려나가라고 했잖아요. 나는 군소리 없이 7굴덴을 받았고, 모자라는 돈은 매주 가게 수입금에서 빼 썼어요. 안주인이 금고에서 돈을 훔치리라고는 아무도 생각하지 않았어요. 하지만 나는 한 푼도 낭비하지 않았어요. 그런 만큼 굳이 이 일을 털어놓지 않더라도 마음 편히 저세상으

---

18 독일어권의 금화 단위.

로 갈 수 있었을 거예요. 하지만 내 뒤를 이어 살림을 꾸려나갈 사람이 어려움을 겪을 것 같아 고백하는 거예요. 당신이 전처는 그 돈으로 거뜬히 살림을 꾸려나갔다고 우길 테니까요."

로테와 나는 사람의 분별력이 어쩌면 그렇게 흐려질 수 있는지에 관해 이야기를 나누었네. 살림에 드는 돈이 7굴덴의 두 배는 될 게 뻔한데도 그걸로 꾸려가고 있다면 분명 그 뒤에 숨은 곡절이 있는 게 아닌지 의심해야 하지 않았을까? 하기야 내가 아는 사람 중에도 자기 집에 예언자의 마르지 않는 기름 단지[19] 가 있다고 굳게 믿는 사람들이 있으니까.

7월 13일

아니, 이건 내 착각이 아닐세! 나는 로테의 검

---

19 《열왕기》 상 17장의 내용으로 예언자 엘리야가 행한 기적을 의미한다.

은 눈동자에서 나와 나의 운명에 대한 진정한 관심을 읽어낼 수 있다네. 그래, 나는 그걸 느껴. 내 마음을 믿어도 된다면, 로테는 — 아아, 이런 말로 천국을 표현할 수 있을까 — 나를 사랑하고 있다고!

나를 사랑한다고! 로테가 나를 사랑하게 된 이후로 내가 나 자신을 얼마나 소중하게 여기고 있는지, — 자네는 이런 기분을 충분히 이해할 만한 사람이니 다 얘기해도 괜찮겠지 — 나 자신을 얼마나 떠받들고 있는지 모르네!

나의 교만한 착각일까, 아니면 정말로 그런 걸까? 로테의 마음을 차지하고 있을 그 남자를 나는 전혀 모른다네. 그런데도 로테가 약혼자에 관해 말할 때면, 온기와 사랑을 듬뿍 담아 말할 때면, 나는 모든 명예와 품위를 박탈당하고 장검까지 빼앗긴 남자의 심정이라네.

7월 16일

아, 어쩌다 내 손가락이 로테의 손가락에 닿거나, 우리의 발이 테이블 아래에서 맞닿기라도 할 때면, 내 몸의 혈관 곳곳에 전기가 흐르는 기분이야! 나는 불에 데기라도 한 것처럼 움찔 손발을 뒤로 빼지만, 알 수 없는 힘에 이끌려 다시 앞으로 뻗게 된다네. 그럴 때마다 모든 감각이 어지럼증을 일으키려 들어. 아! 그런데도 천진난만하고 구김살 없는 영혼을 가진 로테는 그런 대수롭지 않은 친근감의 표시가 나를 얼마나 괴롭히는가를 전혀 알지 못한다네. 로테는 이야기를 나누는 도중에 자기 손을 내 손 위에 얹기도 하고, 이야기에 열중해서 나에게 바싹 다가앉기도 하는데 그러면 그녀의 입에서 흐르는 천상의 숨결이 내 입술에 와 닿는 일조차 있다네. 그럴 때면 나는 벼락이라도 맞은 듯 쓰러질 것만 같아. 그런데 빌헬름, 혹시 내가 언젠가 이 천상의 존재를, 그녀의 신뢰를 감히……! 자네는 내 마음을 이해해 주겠지? 아니 내 마음이 그토록 타락하지는 않았네! 다만 약할 뿐이야! 너무나 약할 뿐이야! 그러나 이러한 약함이 곧 타락이 아닐까?

로테는 나에게 신성한 존재일세. 그녀 앞에 서면 모든 욕망이 잠잠해져. 그녀 곁에 있으면 내가 어떻게 되는지 나도 잘 모르겠어. 마치 내 모든 신경 안에서 영혼이 곤두박질을 치는 기분이랄까. 로테가 피아노로 어떤 멜로디를 연주할 때면 천사의 손을 빌린 듯, 너무나도 소박하면서도 심오하게 들리는 거야! 로테가 가장 좋아한다는 그 곡의 첫 음을 치기만 해도 내 온갖 고통과 혼란과 시름은 씻은 듯 사라진다네.

옛적에, 음악에는 마력이 있다고들 했는데 허무맹랑한 소리는 아닌 듯해. 그 소박한 노래가 얼마나 내 마음을 사로잡는지! 가끔 내 머리에 총알을 박아 넣고 싶을 때가 있거든. 하필 그럴 때 로테가 그 노래를 불러주는 거야. 그러면 내 영혼의 혼돈과 암흑은 홀연히 흩어져 버리고 나는 다시금 자유롭게 숨을 쉬곤 해.

7월 18일

빌헬름, 이 세상에 사랑이 없다면 우리의 마음은 어떻게 될까? 빛을 받지 못하는 환등기나 다를 바 없지 않겠나! 작은 램프를 환등기 안에 끼워 넣으면 각양각색의 형상들이 하얀 벽에 나타나지. 그것들이 한낱 스쳐가는 환영에 지나지 않는다 하더라도, 우리가 철부지 소년처럼 벽 앞에 서서 신비로운 현상에 황홀해한다면, 그것이야말로 행복이 아니겠나? 오늘 나는 로테에게 가지 못했네. 절대 빠지면 안 되는 모임이 있었기 때문이지. 그래서 내가 어떻게 했는지 아나? 나는 하인을 로테에게 보냈어. 오늘 로테 가까이에 있었던 사람이라도 하나 내 곁에 두고 싶었던 걸세. 얼마나 마음을 졸이며 하인이 돌아오기를 기

다렸는지 모른다네. 그가 돌아왔을 때 얼마나 반
갑던지! 창피하다는 생각만 안 했다면 그의 머
리를 끌어안고 키스를 퍼붓고 싶을 정도였지.

보노니아의 돌[20]에 관해 이런 얘기를 들은 적
이 있어. 그 돌은 햇빛 아래 있으면 빛을 흡수했
다가 밤이 되면 얼마 동안 빛을 발한다고 하더
군. 내게는 그 하인이 바로 그런 존재였네. 그녀
의 눈길이 그의 얼굴, 그의 뺨, 그의 저고리 단추,
그리고 그의 외투 깃에 머물렀다고 생각하니, 그
모든 것이 나에게는 신성하고 소중해졌던 거야.
그 순간만큼은 누가 천만금을 준다고 해도 나는
그 하인을 내어주지 않았을 걸세. 그가 내 곁에
있다는 것만으로 더 할 수 없이 행복했거든. 자
네, 이런 나를 비웃지는 말게나. 빌헬름, 우리를
이렇듯 행복하게 하는 것을 한낱 환영 취급해도
되는 걸까?

---

20 보노니아는 이탈리아의 볼로냐를 의미하며, 이 돌은 17세기에
　　이 지방에서 처음 발견된 황화바륨 중정석(重晶石)을 말한다.

7월 19일

"그녀를 만나야지!"

아침에 눈을 뜨면 나는 이렇게 외치며 명랑한 마음으로 아름다운 태양을 미주하곤 해.

"그녀를 만나야지!"

온종일 내가 바라는 건 이것뿐이라네. 이 한 가지 바람 속에 온갖 것이 죄다 들어 있으니까.

7월 20일

어머니와 자네는 내가 공사(公使)와 같이 ○ ○ ○ 으로 가야 한다는 의견이지만, 나는 그럴 생각이 없네. 남에게 예속되는 건 좋아하지 않으니까. 게다가 공사라는 자는 모두가 알다시피 몹시 불쾌한 인간이지. 어머니께서 내가 뭔가 활동을 하기를 바라고 계신다는 자네 글을 읽고, 나는 웃지 않을 수 없었네. 그럼 내가 지금 활동하고 있지 않다는 말인가? 완두콩을 세건 강낭콩을 세건 근본을 따지고 보면 그게 그거 아닌가! 세상만사라는 건 결국은 대단치 않은 것으로 귀결되기 마련이야. 그런데도 꼭 하고 싶지도 않고 할 필요성도 못 느끼는 일을 다른 사람을 위해서 혹은 돈이나 명예, 또는 그 밖의 어떤 것을 위해서 한다는 건 바보짓일세.

7월 24일

그림 그리기를 등한히 하지 말라고 자네는 진심으로 염려하지만, 나는 그 문제라면 그냥 슬그머니 넘어가고 싶네. 바른대로 말하자면 그날 이후로 그림을 거의 그리지 않고 있네.

하지만 지금처럼 행복했던 적은 일찍이 없었네. 작은 돌멩이 하나에서 풀 한 포기에 이르기까지 자연에 대한 감수성이 지금처럼 풍성하고 진실했던 적도 일찍이 없었다네. 그런데…… 이 느낌을 어떻게 표현해야 좋을지 모르겠는 거야. 나의 표현력이 너무도 빈약한 탓에, 마음속 느낌들이 온통 흐릿하게 떠돌며 아스라이 가물거리기만 해서 나는 두통 윤곽을 잡아낼 수가 없네. 점토나 밀랍이라도 있으면, 무엇이든 곧잘 빚어낼 수 있을 거라는 생각이 들기도 해. 이런 상태가 좀 더 지속된다면, 점토를 집어 들고 주물럭거리게 될지도 모르겠네. 뭐, 케이크 반죽이라도 나오겠지.

로테의 초상화를 그려보려고 세 번이나 시도했지만 번번이 실패했네. 얼마 전까지만 해도 그림이 꽤 만족스럽게 그려졌기 때문에. 한층 더 울화가 치밀더군, 그러다가 나는 그녀의 실루엣을 그렸다네. 그것으로 만족할 수밖에 없지.

7월 26일

그래요, 사랑하는 로테, 어떤 일이든 성심껏

처리할게요. 부디 내게 더 많은 일을 맡겨주어요. 자주 그래줄수록 더 좋아요. 이거 하나만 부탁할게요. 내게 편지를 쓸 때는 종이에 모래를 뿌리지 말아주어요.[21] 오늘 편지를 받자마자 곧장 입술을 갖다 대었다가 모래를 씹어버렸거든요.

다시 7월 26일

로테를 너무 자주 찾아가지 말자고 벌써 몇 번이나 결심했는지 모른다네. 하지만 누가 그 결심대로 할 수 있겠나! 나는 날마다 유혹에 넘어가버린 후 다시금 엄숙히 맹세하곤 하네. 내일 하루라도 찾아가지 않겠다고 말일세. 그랬다가 그 내일이 되면, 나는 다시금 가지 않아서는 안 될 이유를 찾아내고 말아. 그러다 보면 미처 정신을 차리기도 전에 벌써 그녀 곁에 가 있게 되는

---

21 당시에는 잉크가 번지는 것을 막기 위해 종이에 모래를 뿌렸다.

걸세. 예를 들어 전날 저녁에 로테가 "내일도 오시지요?"라고 말했다면, 누가 가지 않고 배길 수 있겠는가? 어떤 때는 로테가 내게 무인가를 부탁한 거야. 그러니 내가 직접 가서 결괴를 보고해야 예의에 맞기에 가게 된다네. 또 어떤 때는 날씨가 하도 좋아서 발하임으로 산책을 나섰더니 거기서 로테의 집까지는 불과 반 시간밖에 안 걸리는 거리잖아! 로테를 느낄 수 있는 대기권 안에 벌써 들어선 거야. 그러다 보면 나는 어느새 로테 곁에 있어.

할머니는 자석 산에 관한 동화[22]를 들려주시곤 했어. 배가 그 산에 너무 가까이 다가가면, 별안간 배 안의 쇠붙이란 쇠붙이는 모조리 그 산으로 빨려 들어간다는 거야. 못들이 자석 산으로 날아가 버리는 바람에 배에 탄 사람들은 와르르

---

22 민속 전설에 자주 등장하는 내용이다. 《천일야화》에서 선원 신드바드는 항해 중 자석 산 때문에 죽을 고비를 넘기게 된다.

무너져 내리는 널빤지에 끼여서 처참하게 죽는
다는 내용이었지.

7월 30일

알베르트가 돌아왔네. 이제 나는 이곳을 떠나
려고 하네. 그는 아주 훌륭하고 고귀한 인물이라
서 어느 모로 보나 나보다 뛰어나다는 걸 인정할
수밖에 없어. 그렇다 치더라도, 그토록 완벽한
여성을 차지하고 있는 사람을 지켜본다는 건 정
말 견딜 수가 없군. 그녀를 차지하다니! 무슨 말
을 더 하겠나, 빌헬름. 약혼자가 돌아온 걸세! 착
실하고 친절한 신사로, 누구나 호감을 품지 않을
수 없는 사람이라네. 다행히 그가 돌아와서 환영
받는 자리에 나는 없었네. 만일 그 자리에 있었
더라면 내 마음이 갈가리 찢어졌을 거야. 그는
아주 점잖은 사람이라서, 내가 보는 앞에서는 아
직 한 번도 로테에게 키스하지 않았다네. 하느

님, 그를 축복하소서! 그가 로테를 존경하고 있다는 사실만으로도 나는 그를 좋아할 수밖에 없군. 그도 나에게 호의를 보이는데, 아마 마음에서 우러나서라기보다는 로테가 그렇게 이끌었기 때문이라는 게 내 짐작이야. 그런 상황에서 여자들은 원래 섬세하고 똑똑하거든. 자신을 떠받드는 두 남자가 서로 사이좋게 지낼 수만 있다면, 그 덕을 보는 건 언제나 여자 쪽이거든. 물론 그런 관계가 지속된다는 게 힘들긴 하지만 말일세.

아무튼 나는 알베르트에게 경의를 표하지 않을 수 없네. 그의 차분한 몸가짐은 좀체 감출 수 없는 나의 불안한 성격과 대조되며 한층 돋보이고 있네. 그는 감수성도 풍부하며, 로테의 진가도 잘 알고 있네. 불쾌한 기분에 휘말리는 일도 별로 없는 듯싶어. 자네도 알다시피 불쾌한 기분이야말로 내가 가장 혐오하는 죄악이거든.

알베르트는 나를 분별 있는 사람으로 여기고

있어. 내가 로테를 좋아하며 그녀의 일거수일투
족에 진정한 기쁨을 느낄수록 그의 승리감은 더
욱 커질 것이고 로테를 향한 사랑 또한 커지겠
지. 그가 때때로 사소한 질투로 로테를 괴롭히지
나 않는지, 나야 알 수가 없군. 내가 알베르트라
면 못난 질투심을 말끔히 떨쳐내지는 못할 걸세.
　하여튼 이제 로테 곁에 머무는 기쁨은 사라져
버렸네. 내가 어리석었다고 해야 하나, 눈이 멀
었다고 해야 하나? 하기야 뭐라고 하든 무슨 차
이가 있겠나? 사실 그 자체가 말해주고 있는 것
을! 지금 내가 알고 있는 것은 죄다, 알베르트가
돌아오기 전부터 이미 알고 있던 것들이네. 로테
에게 아무런 요구도 해서는 안 된다는 것을 알
고 있었고, 실제로 아무런 요구도 하지 않았다
네. 물론 이토록 사랑스러운 여인과 함께 있으면
서 아무런 욕심도 없을 수는 없겠지만 할 수 있
는 한껏 참고 버틴 거야. 그런데 이제 다른 남자
가 정말로 나타나서 그녀를 빼앗아 가버리자, 이

멍청이는 눈이 휘둥그레져 있다네.

나는 이를 악물고 비참한 내 몰골을 비웃는다네. 하지만 만일 나더러 어쩔 도리가 없으니 단념하라고 말하는 자가 있으면, 그자를 두 배 세 배로 비웃어 주겠네. 그런 속이 텅 빈 인간들은 꼴도 보기 싫으니 꺼지라고! 숲속을 이리저리 돌아다니다가 로테를 찾아갔는데 정원 정자에 알베르트와 둘이 앉아 있는 걸 보고 말았다네. 나는 그만 어찌할 바를 모르고 푼수처럼 마구 익살을 부리며 정신 나간 짓을 한참 해버렸네. 로테가 오늘 이렇게 말하더군.

"제발 부탁이니 어제 저녁 같은 모습은 다시 보이지 마세요. 당신이 그렇게 우스꽝스럽게 구는 건 전혀 어울리지 않아요."

자네에게만 하는 얘긴데, 나는 알베르트가 바쁠 때를 노리고 있다가 마침 그런 기회가 오면 얼른 길을 나선다네. 혼자 있는 로테를 보면 얼마나 행복해지는지 몰라.

8월 8일

이보게 빌헬름, 어쩔 수 없는 운명이니 순순히 받아들이라고 하는 자들은 꼴도 보기 싫다고 내가 욕하긴 했지만 그건 자네를 두고 한 말은 절대 아니었네. 자네도 그런 비슷한 의견일 거라고는 정말이지 상상조차 하지 않았거든. 사실 따지고 보면 자네 말이 다 옳아. 그렇지만 친구여, 이거 하나만은 짚고 넘어가야겠네. 이 세상에는 '이것 아니면 저것' 식으로 딱 부러지게 나뉘는 경우는 극히 드문 법일세. 매부리코와 납작코 사이에 수많은 높이의 코가 있듯이 인간의 감정과 행동에는 실로 다양한 단계가 있게 마련이거든.

그러니 내가 사실 자네의 논리를 받아들이면서도, '이것 아니면 저것'이라는 선택의 빈 틈새로 슬그머니 빠져나가도 너무 나쁘게 생각하지는 말아 주게나.

자네 말대로라면 내가 로테와 맺어질 가망이

있거나, 없거나 둘 중 하나여야 하겠지. 가망이 있는 경우라면 끝까지 밀고 나가서 소망을 이루도록 해야 할 테고, 가망이 없는 경우라면 마음을 다잡고 모든 힘을 갉아먹는 불행한 감정에서 벗어나도록 노력해야 옳겠지. 친구여! 그 말인즉 지당하네. 하지만 그걸 실행에 옮기는 건 다른 문제라네.

큰 병에 걸려 서서히 죽어가는 불행한 사람이 있다고 치세. 자네라면 그런 사람에게 단검으로 푹 찔러서 단번에 고통을 끝내라고 권유할 수 있겠는가? 게다가 병에 시달리는 사람은 그런 상태에서 벗어나려는 용기마저도 빼앗기지 않았을까?

어쩌면 자네는 유사한 다른 비유를 들어서 반론을 제기할 수도 있겠군. 우물쭈물 망설이다가 생명을 위태롭게 하느니 차라리 팔 하나를 잘라 버리는 편이 낫지 않느냐고 말일세. 나도 잘 모르겠네! 그러니 우리 이런저런 비유를 끌어다

대면서 다투는 짓은 그만두었으면 하네. 그래 빌헬름, 때때로 벌떡 일어나서 훌훌 떨쳐내려는 용기가 치솟는 순간도 있어. 그럴 때 내가 가야 할 곳이 어디인지 알 수만 있다면 당장 그리로 갈 텐데 말이야.

같은 날 저녁

한동안 팽개쳐 두었던 일기장을 오늘 무심코 펼쳐보고는 무척 놀랐네. 이렇게 될 줄을 뻔히 알면서도 한 걸음 한 걸음 지금의 상황으로 빠져들어 갔다니! 내 상황을 항상 분명하게 인식하고 있으면서도 나는 어린애같이 행동했던 거야. 지금도 상황을 분명히 알고는 있지만 나아질 기미는 여전히 보이질 않는군.

8월 10일

내가 바보만 아니라면 더할 나위 없이 행복하게 살 수 있을 텐데. 사람의 마음을 기쁘게 해줄 여건들이 지금 나의 현실에서처럼 멋지게 어우러지기도 힘들 거야. 아, 우리의 행복이란 오직 마음에 달려 있다는 말이 맞아. 화목한 가족의 일원이 되어서 늙은 아버지에게는 친아들처럼 사랑받고, 아이들에게는 친아버지처럼 사랑을 받는 데다가, 로테에게도 사랑을 받고 있잖아! 거기다가 알베르트는 점잖은 사람답게 불쾌한 티를 내어서 내 행복을 망치려 들지 않는다네. 그는 진심 어린 우정으로 나를 감싸주고 있어. 그가 이 세상에서 로테 다음으로 아끼는 존재가 바로 나라니까! 빌헬름, 나와 알베르트가 산책하면서 로테에 관해 한 이야기를 누군가가 듣는다면 무척 재미있을 거야. 세상에서 우리의 관계만큼 우스꽝스러운 것이 또 있을까 싶어. 그런 생각을 하다 보면 종종 눈에 눈물이 고이곤 한다네.

알베르트는 로테의 어머니 이야기를 나에게 해 주었네. 성품이 올곧은 분이셨는데 임종하실 때 로테에게 집안 살림과 아이들을 맡기셨고 알베르트에게는 로테를 부탁하셨다고 하더군. 그 이후로 로테는 아주 다른 사람이 되어 진짜 어머니의 정성으로 집안일을 제대로 꾸려나갔고, 잠시도 쉬지 않고 바지런히 일하면서도 쾌활하고 상냥한 성품을 잃지 않고 있다는 걸세.

나는 알베르트와 나란히 걸어가면서, 길가의 꽃들을 꺾어 공들여 꽃다발을 만들었네. 그러다가 그걸 흐르는 개울물에 던지고는 살랑살랑 떠내려가는 꽃들을 물끄러미 바라보았지. 내가 지난번 편지에 썼었나? 알베르트는 이곳에 정착하게 되었어. 궁정에서 상당한 보수를 받는 관직을 얻게 될 거라더군. 그는 궁정에서 무척 평판이 좋아. 알베르트처럼 성실하고 부지런한 사람은 정말 보기 힘들 정도라네.

8월 12일

알베르트는 이 세상에서 가장 선량한 사람이야. 암, 그렇고말고. 그런데 어제 나는 그와 기묘한 논쟁을 한바탕 벌였다네. 내가 작별 인사를 하러 그를 찾아갔을 때 일이야. 문득 말을 타고 산으로 여행을 떠나고 싶어졌거든. 지금, 이 편지도 산중에서 쓰는 것이라네. 아무튼 방 안을 이리저리 거닐다 보니, 권총 몇 자루가 눈에 들어오는 거야. 그래서 이렇게 물었지.

"권총 좀 빌릴 수 있을까요? 여행길에 가지고 다니려고요."

"그렇게 하세요. 그런데 총알을 장전하는 건 직접 해야 합니다. 이것들은 그냥 장식용으로 걸어둔 것이니까요."

내가 권총 한 자루를 집어 드는 동안 알베르트는 계속 이어 말했어.

"조심하려다가 도리어 어이없는 사건에 휘말

린 적이 있어서 이제 이런 총에는 손도 대지 않으려 하거든요.”

내가 무슨 곡절이 있는지 궁금해하자 알베르트가 이야기를 꺼내더군.

“시골에 있는 친구 집에 석 달 정도 머물렀던 적이 있었지요. 그때 소형 권총 한 쌍을 가지고 있었는데 총알을 장전해 두지 않아도 그냥 총이 있다는 것만으로 마음 편히 밤잠을 잘 수 있었답니다. 그런데 비가 내리던 어느 날 오후, 무심히 앉아 있으려니까 느닷없이 강도가 들지도 모른다는 생각이 드는 겁니다. 그러면 권총이 필요할 테니 미리 준비해 두어야지…… 대강 이렇게 생각이 이어졌지요. 어땠는지 당신도 짐작이 가지요? 그래서 나는 하인에게 권총을 내주며, 잘 청소한 뒤 총알을 장전해 두라고 일렀어요. 그런데 하인 녀석이 하녀들과 시시덕거리면서 겁을 준답시고 권총을 들이댔는데 어찌 된 영문인지 그만 권총이 발사되고 말았습니다. 총구에 장전용

밀대가 꽂혀 있었는데, 그것이 튕겨 나가며 한 하녀의 오른손 근육 깊숙이 박히는 바람에 엄지손가락이 아주 박살이 나 버렸지요. 그렇게 한바탕 난리가 났고 나는 치료비까지 물어줘야 했답니다. 그 일 이후 나는 어떤 총이든 예외 없이 총알을 빼놓고 있습니다. 조심한다는 게 무슨 소용이 있겠습니까? 위험이란 전혀 예측할 수 없으니까요! 비록……"

흠, 자네도 알다시피 나는 알베르트를 무척 좋아하지만, 그가 '비록'이라는 말을 꺼내는 순간 얘기는 달라진다네. 모든 일반적인 명제에는 예외가 따른다는 것은 너무나 당연한 일 아닌가? 그런데도 이 인간은 늘 자기를 방어하려 든다니까! 자신이 조금 경솔한 발언을 했다거나, 모호하고 확실치 않은 발언을 했다 싶으면, 먼저 한 말의 의미를 축소하고, 수정하고 첨삭하기를 멈추지 않는다네. 그러다 보면 나중에는 발언의 논지가 남아 있는 게 없을 지경이야. 이번에도 그

는 아주 열심히 자신이 한 말을 변호하기 시작
했네. 결국 나는 그의 말을 건성으로 흘려들으
면서, 망상에 빠져들었어. 그러다가 한껏 과장된
몸짓으로 총부리를 내 오른쪽 눈 위 이마에 갖다
대었다네. 그러자 알베르트는 내게서 권총을 홱
낚아채면서 소리치더군.

"젠장! 대체 무슨 짓이오?"

"총알도 없다면서요?"

알베르트는 짜증을 내며 쏘아붙였네.

"그렇다 쳐도, 이게 무슨 짓입니까? 나로서는
인간이 자신을 쏴 죽일 정도로 어리석을 수 있다
고는 상상도 되질 않아요. 그런 생각만 해도 역
겨워지는군요."

나 역시 목청을 높여 대꾸했지.

"당신 같은 사람은 어떤 일을 두고 '이건 어리
석고 저건 현명하다, 이건 좋고 저건 나쁘다!'라
는 식으로 단박에 규정짓지 않고는 못 배기는군
요. 어떻게 그럴 수 있습니까? 어떤 행동에 숨은

속사정이 있는지 알아보기라도 했나요? 무슨 이유로 그런 일이 일어났는지, 어째서 그런 일이 일어났는지, 일어나야만 했는지 명확히 알고 있습니까? 만일 알려고 노력했더라면 그렇게 섣부른 판단은 내리지 않을 겁니다.”

알베르트는 이렇게 응수하더군.

“어떤 행위는 그 동기야 무엇이든 죄악일 수밖에 없어요. 그건 당신도 인정할 겁니다.”

나는 어깨를 으쓱이며 그의 말에 동의하고는 말을 이어갔어.

“그렇지만 그런 경우라도 몇몇 예외는 있습니다. 도둑질이 죄악임은 분명하지요. 그러나 가족들과 함께 굶어 죽지 않으려고 도둑질을 한 사람은 과연 벌을 받아야 할까요, 아니면 동정을 받아야 할까요? 한 남자가 불륜을 저지른 아내와 야비한 불륜남에 대한 분노를 참지 못하고 그들을 죽였다 칩시다. 과연 누가 먼저 그 남자에게 돌을 던질 수 있겠습니까? 한 아가씨가 순간의 환희에 취해 사랑의 기쁨에 몸을 내던졌다면 누가 돌을 던지겠냐고요? 우리의 법률조차, 차갑고 고지식한 법관들조차 마음이 뭉클해져 형벌을 유보하려 들 겁니다.”

그러자 알베르트가 대답하더군.

“그건 전혀 다른 문제입니다. 격정에 사로잡힌 사람은 분별력을 잃게 되니 술에 취한 사람이나 미친 사람과 같은 취급을 받아야 하니까요.”

나는 피식 웃으며 이렇게 외쳤네.

“흠, 당신네 이성적인 사람들이란 참! 격정! 취기! 광기라니! 당신네 도덕군자들은 태연자약하게 꿈적도 하지 않고 술에 취한 사람을 나무라고, 정신 나간 사람을 한심해하는군요. 성직자들처럼 그런 사람들을 지나쳐 버릴 테고, 바리새인답게 당신들을 그들과 다르게 빚어주신 하느님께 감사의 기도를 올리겠지요.[23] 나는 술에 취한

---

23 《루가복음》 18장 11절 참조.

적이 여러 번 있습니다. 격정에 사로잡혀 미치기 직전까지 간 적도 있었지요. 그러나 나는 술과 격정에 빠진 것을 후회하지 않습니다. 불가능으로 여겨졌던 위대한 일을 해낸 비범한 인간들은 모두 옛날부터 주정뱅이나 미치광이로 지탄받았다는 것을 충분히 알게 되었으니까요.

그러나 평범한 일상에서조차 누군가가 뜻밖에도 고결한 일을 자발적으로 하려 들면, 대다수 사람에게 '저놈이 취했군, 저놈은 바보야'라고 매도를 당해야 하니, 이건 정말 참기 어려운 일입니다. 당신처럼 정신이 말짱한 사람들은 부끄러운 줄을 아셔야 합니다! 당신처럼 똑똑한 사람들은 부끄러운 줄을 아셔야 한다고요!"

그러자 알베르트는 말했네.

"당신은 또 엉뚱한 말을 하고 있군요. 당신은 무엇이나 지나치게 과장합니다. 적어도 이번 경우는 당신 생각이 옳지 않습니다. 지금 문제가 되는 건 자살인데, 그것을 위대한 행위와 비교한다는 건 당치않은 일이지요. 자살은 나약한 행위로밖에는 볼 수 없어요. 고통스러운 인생을 꿋꿋이 참고 견디느니 죽어버리는 편이 훨씬 더 쉬울 테니까요.”

나는 그만 논쟁을 끝내려고 했네. 한껏 진심을 담아 이야기하고 있는데 상대가 시답지 않은 격언 따위를 논거랍시고 들이대는 것만큼 못 견딜 노릇도 또 없거든. 그러나 이런 일은 전에도 여러 차례 겪었고, 몇 번 화가 난 적도 있었기에, 나는 마음을 다잡고 다소 강한 어조로 맞받아쳤네.

“나약한 행위라니요. 제발 눈앞에 보이는 것에 현혹되지 마세요. 폭군의 지독한 압제 아래 시달리던 백성들이 마침내 들고일어나 폭군의 쇠사슬을 끊어버린다면 그것을 당신은 나약한 행위라 부르시겠습니까? 자기 집에 불이 난 것을 본 사람이 경악한 나머지 갑자기 온몸에 힘이 불끈 솟아서 멀쩡한 정신으로는 제대로 들지도 못하던 육중한 물건을 번쩍 들어 옮겼는가 하면,

모욕을 당한 사람은 격분한 나머지 여섯 사람과 맞붙어 싸워서 이기기도 했습니다. 그러한 사람들을 나약하다고 부르시렵니까? 전력을 다하는 것이 강함이라면, 죽기 살기로 안간힘을 쓰는 것은 왜 그 반대가 되어야 합니까?"

알베르트는 나를 물끄러미 보며 말했네.

"기분 나빠하지 말아요. 방금 당신이 제시한 사례들은 이 경우에는 전혀 어울리지 않는다고 생각되는군요."

"그럴지도 모르지요. 내가 사실들을 연결하는 방식이 때로는 황당하기 그지없다는 비난을 여러 차례 들었으니까요, 그렇다면 다른 방식으로 한번 상상해 봅시다. 인생이라는 건 원래는 즐거운 짐인데 누군가가 그 짐을 내던지려고 한다면 그 사람은 어떤 심정일지 말입니다. 함께 느끼지 않고서는 다른 사람의 문제에 대해 왈가왈부할 자격이 없는 법이니까요."

나는 이야기를 이어갔네.

"인간은 한계를 가진 존재입니다. 기쁨이나 슬픔, 고통을 어느 일정한 한도까지는 견뎌낼 수 있지만, 그 한도를 넘어서면 무너지고 맙니다. 그러니까 어떤 사람이 약하냐 강하냐 하는 문제가 아니라, 정신적이든 육체적이든 자신의 고통을 어느 한도까지 견뎌낼 수 있느냐가 문제지요. 악성 열병을 앓다가 죽는 사람을 비겁하다고 매도해서는 안 되는 것과 마찬가지로, 스스로 목숨을 끊은 사람을 비겁하다고 부르는 건 있을 수 없는 일입니다."

"그건 궤변입니다! 지나친 궤변이라고요!"

알베르트가 소리를 쳤고 나는 이렇게 대꾸하였다네.

"당신이 생각하는 것처럼 궤변은 아닙니다. 어떤 병이 몸을 몹시 해치는 경우를 생각해 봅시다. 그 병에 걸리면 기력을 잃어가고 온갖 기능이 고장 나버리는 겁니다. 아무리 신통한 치료법으로도 환자가 평범한 삶을 사는 게 불가능해진다면 우리는 그걸 죽음에 이르는 병이라 불러 마땅하겠지요.

그러면 이것을 정신에 적용해 봅시다. 시야가 그다지 넓지 않은 사람이 있는데 밖에서 받은 인상에 잘 흔들리고, 한 생각을 외곬으로 파고들곤 하다가 격정이 점점 쌓여서 차분히 생각하는 능력을 상실하고는 결국에는 파멸에 이르게 된다고 상상해 봅시다.

냉철하고 이성적인 사람이 이 딱한 사람의 상태를 위에서 굽어본들 무슨 소용이 있겠습니까? 그 사람을 붙들고 이야기해 봤자 무슨 소용이 있겠냐고요! 건강한 사람이 환자의 침대맡에 한참을 머무른다 할지라도 정작 자기의 기력을 눈곱만치도 환자에게 불어넣을 수 없는 것과 같은 이치입니다."

하지만 알베르트는 내 말이 너무 포괄적이고 막연하다는 반응이었네. 그래서 나는 얼마 전에 물에 빠져 죽은 한 소녀를 상기시키면서 그 사연을 그에게 들려주었지.

"착한 아가씨였지요. 옹색한 환경에서 집안일을 거들고 정해진 일을 해내며 자라났답니다. 낙이라고는 틈틈이 돈을 모아 장만한 나들이옷을 입고 일요일에 또래 친구들과 어울려 읍내로 산책하러 간다거나, 어쩌다 큰 축제가 열리면 춤을 추러 가는 게 고작이었지요. 그 밖의 소일거리라고는 사소한 다툼이 있거나 나쁜 소문이 돌면 이웃집 여자와 한참을 정신없이 수다를 떠는 것뿐이었습니다.

그런데 열정적인 천성의 이 아가씨는 마침내 보다 내밀한 욕구를 느끼게 되었습니다. 주변 남자들의 달콤한 말들에 욕구는 마냥 커져만 갔습니다. 여태까지 즐거움을 주었던 일들이 차츰 시들해지던 즈음 드디어 한 남자를 만나게 된 겁니다. 그녀는 미처 알지 못했던 감정에 자신도 모르게 빠져들었고, 자기의 모든 희망을 그 남자에게 걸게 되었습니다. 주변 세상 따위는 까맣게

잊고는 오직 그 남자 하나 말고는 아무것도 보이지 않고, 들리지도 않고 느끼지도 못하는 상태가 되어서 오직 그 남자 하나만을 그리워하게 된 것입니다.

그 아가씨는 허영심에 휘둘리거나 부질없는 쾌락을 좇을 만큼 방탕하지 않았기에 바라는 거라곤 오직 그의 아내가 되는 것뿐이었지요. 백년해로의 언약을 맺고 지금까지 몰랐던 모든 행복을 누리고 싶었고, 그토록 갈망해 온 하나 됨의 기쁨을 누리고 싶었습니다. 남자는 그녀의 희망이 죄다 이루어질 거라고 거듭 약속했고, 대담한 애무로 그녀의 욕정을 부추김으로써 그녀의 영혼을 송두리째 홀려버렸지요. 그녀는 의식이 몽롱한 상태에서 온갖 기쁨을 예감하며, 한껏 기대에 차서 소망하는 것들을 품에 안으려고 두 팔을 벌렸습니다. 그런데 그 후 애인은 그녀를 버렸습니다.

그녀는 넋을 잃고 멍한 상태로 낭떠러지 앞에 섰습니다. 사방은 온통 칠흑같이 깜깜했습니다.

아무런 미래도, 아무런 위로나 대안도 그녀에겐 남아 있지 않았으니까요! 유일한 존재의 의미였던 남자가 그녀를 버린 겁니다. 그녀에겐 자기 앞에 펼쳐진 넓은 세계도 보이지 않고, 잃어버린 사람을 대신해 줄 수많은 사람도 보이지 않습니다. 세상 전체가 자신을 버려서 철저히 외톨이가 되었다고 느낄 뿐입니다. 끔찍한 마음의 고통으로 인해 궁지에 몰린 아가씨는 무작정 낭떠러지로 뛰어내립니다. 죽음의 팔에 안기어 모든 고통을 잠재워 버리려는 겁니다. 보세요, 알베르트, 이것이 많은 사람의 운명이 아니겠습니까! 이것이 아까 말한 병자의 경우와 뭐가 다릅니까? 서로 모순되는 힘들이 어지럽게 뒤엉킨 미로에서 탈출구를 찾아내지 못한 사람은 죽을 수밖에 없는 것입니다.

이것을 지켜보며 이렇게 말하는 사람도 있겠지요. '어리석은 여자 같으니라고! 조금만 더 기다렸더라면 세월이 약이 되어서 절망도 사그라

들었을 테고, 위로해 줄 다른 남자도 만날 수 있었을 텐데 말이야.' 이런 소리를 입에 담는 작자는 저주받아 마땅합니다. 그건 이렇게 말하는 거나 마찬가지니까요. '그 사람, 어리석기는! 열병으로 죽다니! 기력이 회복되고 몸속 기관이 좋아지고 요동치는 피가 잠잠해질 때까지 조금만 더 기다렸다면 모든 게 잘 풀려서 지금까지도 살아 있을 텐데.'"

알베르트는 이 비유 역시 이해가 되지 않는 듯 몇 가지 이의를 제기했는데 그중 하나는 이랬다네.

"당신은 무지한 철부지 소녀 얘기를 했을 뿐입니다. 분별력이 있고 시야가 꽉 막히지 않아서 상황을 넓게 개관할 수 있는 사람의 경우라면 그런 변명이 통할지 의문이 드는군요."

나는 소리쳤네.

"알베르트, 인간은 다 마찬가지랍니다. 들끓는 격정을 어쩌지 못해 한계점까지 몰린 사람에게는 한 줌의 분별력 따위는 거의, 아니 어쩌면 전혀 소용이 없습니다. 오히려…… 이 이야기는 다음으로 미루는 게 좋겠군요."

그렇게 말하며 나는 모자를 집었네. 아, 가슴이 어찌나 답답하던지! 그렇게 우리는 서로 이해하지 못한 채 헤어졌지. 하기야 이 세상에서 다른 사람을 이해한다는 것은 결코 쉬운 일이 아니니까.

8월 15일

이 세상에서 사랑만큼 사람이 필요로 하는 건 또 없을 걸세. 로테를 보노라면 나를 잃고 싶지 않다는 마음이 느껴지곤 해. 아이들도 내가 날마다 찾아온다는 것을 티끌만큼도 의심치 않는다네. 오늘 나는 로테의 피아노를 조율해 주러 갔는데, 아이들이 옛날 이야기를 해달라고 조르는 바람에 피아노는 건드리지도 못했어. 로테도 아이들의 청을 들어주라고 했거든. 나는 우선 아이들에게 저녁 빵을 잘라주었지. 아이들은 이제 내가 빵을 나눠주어도 로테가 줄 때와 다름없이 기꺼이 받아먹는다네. 그리고 공주님이 수많은 손의 시중을 받는 이야기[24]를 해주었네. 옛이야기를 하다 보면 많은 걸 배우게 돼. 정말이라니까. 아이들이 이야기에 어찌나 섬세하게 반응하는지 깜짝 놀라지 않을 수 없어. 간혹 이야기 속 세세한 대목은 즉석에서 지어내기도 하는데 두 번째로 들려줄 때 먼저 내용을 잊고 좀 다른 소리를 하면, 아이들은 즉시 지난번에는 그렇지 않았다고 지적하곤 해. 그래서 요즘은 이야기가 달라지지 않게끔 노래하듯 가락을 붙여 술술 구연하는 연습을 하고 있어.

그러면서 깨달은 게 하나 있네. 작가가 자기

---

24 프랑스의 작가 마리-카트린 르 쥐멜 드 바르네빌Marie-Catherine Le Jumel de Barneville(1650~1705)이 쓴 〈하얀 고양이〉라는 예술 동화에 나오는 일화. 갇혀서 굶주리는 공주님에게 천장으로부터 많은 손이 내려와 시중들었다는 이야기.

작품의 개정판을 내는 경우 예술적으로는 더 좋아질 수 있겠지만 작품 자체는 어쩔 수 없이 손상을 입게 마련이라는 걸세. 독자에게는 아무래도 첫인상이 강하게 남는 법이거든. 인간은 원래 지독히 기상천외한 것이라도 쉽사리 받아들이게끔 만들어져 있지. 그렇게 받은 첫인상은 곧장 머릿속에 달라붙어서 떨어지지를 않는단 말이지. 그러니 그것을 긁어내고 삭제해 버리려는 자여, 저주를 받을지어다!

8월 18일

인간을 행복하게 해주는 바로 그것이 결국에는 불행의 원인이 되어야만 하는 걸까?

전에는 살아 숨 쉬는 자연을 접하면 내 마음에 따듯한 감정이 가득했고 환희의 물결에 휩싸여서는 주변 세계가 낙원으로 보였다네. 그런데 이제 그 감정은 내게 혹독한 고통만 안겨주는 못된 악령이 되어 내가 어디를 가든 쫓아다니고 있어. 전에는 바위 위에 우뚝 서서 강 넘어 언덕까지 이어지는 풍요로운 골짜기를 굽어보고 있노라면 주위의 온갖 것들이 싹을 피우고 자라나는 게 느껴졌어. 산들은 발치에서 봉우리에 이르기까지 우뚝 솟은 나무들로 빽빽이 덮여 있었고, 굽이굽이 얽히고 포개진 골짜기에는 정다운 숲이 그림자를 드리웠지. 강물은 소곤대는 갈대들 사이로 미끄러지듯 흐르며, 저녁 산들바람에 살랑대는 사랑스러운 구름에 거울이 되어주었다네. 사방에서 지저귀는 새들 소리에 숲은 살아났고, 무수한 모기떼는 붉은 저녁노을을 받으며 신나게 춤추었지. 지는 해가 마지막으로 눈을 끔벅이면 풍뎅이들이 윙윙대며 풀숲을 빠져나오고 사방에서 바스락대고 웅성거리는 기척에 내 시선은 대지를 향했네. 내가 딛고 선 단단한 바위에서 양분을 찾아내서 자라는 이끼, 메마른 모래언덕 저 아래까지 뿌리 내린 관목, 이런 것들은 자연 깊숙이에서 뜨겁게 타오르는 성스러운 생명이 있음을 내게 알려주었지. 이 모두를 내 뜨거운 가슴에 품고 넘치는 풍요로움에 취하노라면 내가 마치 신이 된 느낌이었어. 무한한 세계의 수려한 형상들이 내 마음속에서 살아나며 꿈틀거렸다네. 장대한 산들이 나를 에워쌌고, 아득한 심연이 내 눈앞에 있었으며, 폭풍우에 불은 물은 폭포수처럼 콸콸 쏟아져 내렸고 발밑으로는 강물이 흘러갔지. 숲과 산은 메아리로 화답했다네. 나는 대지 깊숙한 데서 이 모든 불가사의한 힘들이 어우러져 일하며 서로를 창조하는 광경을 지켜보았네. 그렇게 해서 하늘과 땅 사이에는 온갖 종류의 피조물들이 우글대고 있는 걸세. 어디든, 그 어디든 천태만상을 한 존재들로 가득하단 말일세.

그런데 인간은 콩알만 한 집에 모여서 위험을 피하려고 둥지를 틀고 사는 주제에 넓은 세계를 지배하고 있다고 여기다니! 오, 가엾고 어리석은 존재여! 스스로가 왜소한 만큼 만물을 업신여기는 게 바로 인간이지. 오르지 못하는 산들과 사람의 발길이 닿지 않은 황무지에서 미지의 대양 끝자락에 이르기까지 영원한 창조주의 숨결이 서려 있지 않는 곳은 없어. 창조주는 자신을 영접하며 살아가는 온갖 미물들을 기꺼이 품으신다네. 아, 예전에 나는 저 위를 나는 두루미의 날개를 타고 망망대해 너머로 날아가기를 얼마나 갈망했는지. 무한하신 존재의 넘쳐흐르는 술잔에서 솟구치는 생명의 환희를 들이마심으로써 만물을 제 안에서 홀로 창조해 내는 존재가 느낄 복락을 단 한순간이나마 맛보기를 얼마나 갈망했는지 모른다네.

친구여, 그 시절을 회상하기만 해도 기분이 좋아지네. 형언할 수 없는 그 무렵의 감정을 되새기며 말로 표현하려는 노력만으로도 내 영혼은 드높이 솟구친다네. 하지만 그러고 나면 현재 나를 에워싼 암담한 상황을 몇 곱절 더 절절히 느끼게 되더군.

내 영혼에 드리워졌던 장막이 걷힌 걸까? 무한한 생명체가 활개 치던 무대가 이제 내 눈앞에서 쩍 벌린 입을 다물 줄 모르는 까마득한 무덤으로 변해버린 걸세. 모든 게 지나가 버리는데, 모든 게 번갯불처럼 후다닥 스쳐버리는데, 자네라면 '그것은 존재한다'라고 말할 수 있겠는가? 아, 어떤 존재가 지닌 힘이 온전히 지속되는 경우는 극히 드물고 결국에는 물살에 휩쓸려 가라앉거나, 바위에 부딪혀 으스러지지 않던가? 자네와 자네 주변 사람들을 파먹고 있지 않는 순간이란 없으며, 자네가 파괴자가 아니며 그러지 않아도 되는 순간이란 없는 걸세. 무심코 산책을 나서기만 해도 수천 마리 벌레의 생명을 빼앗고, 한 발짝을 디딜 때마다 개미들의 공든 탑을 무너뜨려서 작은 세계를 참혹한 무덤으로 만들어놓지 않는가!

아, 내 마음을 뒤흔드는 것은 어쩌다가 일어나

는 세계적인 재앙이 아니라네. 여러 마을을 휩쓸어버리는 홍수도, 도시를 삼켜버리는 지진도 아닐세. 내 억장을 무너뜨리는 것은 온갖 자연의 만물에 숨어 있는 침식의 힘이야. 자연이 빚어낸 것은 아무런 예외 없이 자신의 이웃은 물론이고 자기 자신마저 파괴하고 마니까. 그렇기에 나는 겁에 질려 비틀거리고 있어. 하늘과 땅, 그리고 내 주위에서 얽히고설키는 힘들이 두려워져! 내 눈에 보이는 거라곤 끝도 없이 집어삼키고 끝도 없이 되새김질하는 괴물뿐이라네.

8월 21일

아침에 답답한 꿈에서 가물가물 깨어나면, 나는 그녀를 향해 헛되이 양팔을 내뻗곤 한다네. 한밤중에는 그녀와 나란히 풀밭에 앉아 그녀의 손을 잡고 천 번이나 키스를 퍼붓는 천진난만한 단꿈에 홀려서 침대에 누운 채 그녀를 찾을 정도라니까. 아아, 잠결에 그녀를 찾아 헤매다가 퍼뜩 제정신이 들면 가슴이 미어지는 듯 눈물이 하염없이 쏟아져 나오는 거야. 나는 그렇게 암울한 앞날을 바라보며 서럽게 울고 있다네.

8월 22일

이 무슨 불행인가, 빌헬름! 활력이 넘치던 나는 간데없고 불안해하는 게으름뱅이만 남았으니 말일세. 나는 한가로이 있지도 못하면서 아무것도 할 수 없는 상태라네. 머릿속에서 아무런 생각도 떠오르지 않고, 자연을 접해도 아무런 느낌이 없는 데다가 책이라면 진절머리가 나네. 자기 자신을 잃게 되면 모든 걸 잃게 된다고들 하지. 이건 농담이 아니라, 때때로 날품팔이가 되고 싶기까지 해. 그러면 아침에 눈을 떴을 때 그날 하루의 목표에 맞춰서 기운을 내고 희망을 품을 수 있을 테니까 말이야. 때로는 서류

더미에 머리를 박고 있는 알베르트가 부러워지
기도 해. 내가 그의 처지라면 얼마나 좋을까! 이
런 상상을 할 지경이라니까. 나는 벌써 몇 번이
나 자네와 장관님께 편지를 보내어 공사관의 그
자리를 맡게 해달라고 부탁하려 했다네. 그 자리
라면 안 될 리가 없을 거라고 자네가 장담한 데
다가 내 생각에도 그럴 것 같으니까. 오래전부터
장관님은 나를 아껴주셨고, 어떤 자리든 맡아서
일해 보라고 권유하셨거든. 한 시간 정도 정말
그럴 작정이었어. 하지만 나중에 곰곰이 생각하
다 보니 말에 관한 우화가 떠올랐어. 어떤 말이
자유롭게 있는 게 초조해져서 제 몸에 안장을 얹
고 마구를 채워달라고 했다가 죽도록 사람을 태
우고 다녀야 했다는 우화 말일세. 내가 무얼 해
야 할지 나도 모르겠어. 친구여! 내가 환경의 변
화를 갈망하는 건 어쩌면 마음속 깊이 자리 잡은
못난 초조함 때문은 아닐까? 그런 초조함은 내
가 어디를 가든 쫓아오지 않을까?

내 병이 고쳐질 수 있는 것이라면, 진정 이 사람들이 고쳐줄 걸세. 오늘은 내 생일인데 아침 일찍 알베르트가 보낸 소포가 왔더군. 포장을 끄르자 곧바로 분홍색 리본이 눈에 들어오는 거야. 로테를 처음 만난 날 로테가 달고 있던 것인데, 그걸 갖고 싶어서 그날 이후 여러 번 그녀에게 졸라대곤 했지. 소포에는 또 사륙판 크기의 책 두 권이 들어 있었네. 베트슈타인 출판사에서 나온 작은 판형의 호메로스 선집이야. 산책할 때 묵직한 에르네스티 판을 들고 다니기가 거추장스러워서 몹시 갖고 싶어 하던 것이라네. 이렇다니까! 이 사람들은 내가 원하는 것을 미리 알아내고는 이런 사소한 배려로 우정을 보여준다네. 허영심에서 주는 값진 선물을 받으면 굴욕감을 느끼게 되는데 그런 거에 비하면 천 배나 더 귀중한 선물이지. 나는 리본에 수도 없이 키스를 퍼부었네. 숨을 들이쉴 때마다 행복의 기억을 들이마시게 되더군. 다시는 돌아오지 않을 소중한, 며칠 동안 누렸던 행복의 기억을 말일세. 빌헬름, 이게 지금 내 처지야. 하지만 불평은 하지 않겠네. 인생에서 피어나는 꽃이란 한낱 눈속임에 지나지 않는 거니까. 흔적 하나 남기지 못하고 시드는 꽃들이 얼마나 많은가! 열매를 맺는 꽃은 얼마나 귀하며, 무르익는 열매는 또 얼마나 귀한가! 그래도 아직은 무르익은 열매들이 넉넉하다네. 아, 친구여! 그러니 무르익은 열매들을 업신여기고 홀대하고 맛도 보지 않은 채 썩게 내버려 두어서야 쓰겠는가?

잘 있게. 아주 눈부신 여름이야. 나는 종종 로테의 과수원에 있는 배나무에 올라가 길쭉한 장대로 꼭대기에 달린 배를 따곤 해. 로테는 나무 아래에 서서 내가 던져주는 배를 받는다네.

8월 30일

불행한 자여! 너는 정녕 바보가 아닌가? 너 자신을 속이고 있지 않는가? 사납게 날뛰는 끝모르는 열정은 도대체 어쩌려는 것일까? 나는 이제 로테에게 바치는 기도 말고는 기도를 아예 할 수 없게 되어버렸네. 내 머릿속에 떠오르는 건 오직 로테의 모습뿐이고, 나를 둘러싼 온갖 것도 로테와 연관될 때만 눈에 들어온다네. 그러다 보면 행복한 시간도 얼마쯤 있긴 하지만…… 나는 다시 그녀 곁을 벗어나야만 한다네!

아아, 빌헬름! 내 마음은 어쩌자고 나를 이토록 괴롭히는지! 그녀 곁에 두 시간이고 세 시간이고 머무노라면 그녀의 자태와 행동거지, 그리고 숭고한 말들에 흠뻑 취해버리곤 해. 그러고 있으면 차츰 모든 감각이 옥죄어 오는 거야. 눈앞이 캄캄해지고 귀가 먹먹해지며, 자객에게 목이 졸리는 듯 숨이 막혀와. 내 심장은 옥죄인 감각에 숨통을 터주려는 듯 거칠게 뛰지만, 오히려 감각을 더 큰 혼란에 빠트릴 뿐이야. 빌헬름, 나는 종종 내가 이 세상에 존재하는지조차 모르겠어! 때로는 슬픔을 어쩌지 못해 로테의 손에 얼굴을 파묻고 실컷 울어서 마음속 응어리를 풀고 싶은데, 로테가 이런 미흡한 위안마저 허락하지 않는다면…… 나는 뛰쳐나갈 수밖에! 그렇게 밖으로 나가서 들판을 마구 헤집고 다닌다네. 가파른 산을 기어오르거나 길도 없는 숲을 헤치고 나가느라 덤불에 걸리고 가시에 찔릴 때면 심지어 즐겁기까지 하다네. 그러면 기분이 조금은 나아지거든! 조금은 말일세! 그러다가 지치고 목이 마르면 그냥 그 자리에 드러눕곤 한다네. 보름달이 휘영청 뜬 깊은 밤에는 한적한 숲속 구부정한 나뭇등걸에 걸터앉아 상처투성이가 된 발바닥을 잠시나마 쉬게 해주지. 그러다가 아스라이 새벽빛이 스며들 무렵 기진맥진해서 깜박 잠이 들기도 해. 아, 빌헬름! 내 영혼의 갈증을 풀어줄 청량제가 있다면 그건 고독한 쪽방과 거친 삼베옷과 가시 돋친 허리띠이겠지. 잘 있게! 이런 비참함은 무덤에서나 끝이 날 걸세.

9월 3일

나는 여기를 떠나야겠네! 고맙네, 빌헬름. 결정을 못 내리고 흔들리다가 자네 덕에 결심을 굳혔다네. 벌써 이 주일 전부터 로테를 떠나야겠다는 생각을 줄곧 했었다네. 나는 떠나야만 해. 로테는 시내의 친구 집에 가 있네. 그리고 알베르트는…… 그러니까…… 나는 떠나야만 해.

9월 10일

너무도 힘든 밤이었네! 빌헬름, 이제 나는 무슨 일이든 이겨낼 수 있을 거야. 다시는 로테를 보지 않을 걸세. 아, 친구여! 자네를 부둥켜안고 실컷 눈물을 흘리며, 북받치는 감정들을 마음껏 털어놓을 수 있으면 좋으련만! 나는 여기 앉아서 숨을 고르고 마음을 가라앉히면서 아침이 되기를 기다리고 있다네. 해가 뜨는 대로 마차가 오기로 되어 있거든.

아아, 로테는 곤히 잠든 채 나를 다시는 보지 못하리라는 걸 꿈에도 모르고 있겠지. 나는 마음을 단단히 먹었기에 두 시간이나 대화를 나누면서도 내 계획을 발설하지 않을 만큼 꿋꿋했다네. 그런데 아아! 어쩌다가 그런 대화를 나누게 되었을까!

알베르트는 저녁 식사를 마치는 대로 로테와 함께 정원으로 나오겠다고 약속했지. 나는 높다란 밤나무가 드리운 테라스에 서서 정겨운 골짜기와 잔잔한 강물 너머로 해가 지는 광경을 마지막으로 바라보았네. 이미 여러 차례 로테와 나란히 서서 그 장엄한 광경을 바라보곤 했었지. 그런데 이제는…… 나는 몹시도 좋아하는 가로수

길을 서성였네. 아직 로테를 알기 전부터 뭐라 말할 수 없는 신비한 힘에 이끌려 곧잘 여기서 발길을 멈추곤 했었다네. 우리가 알게 된 지 얼마 안 되어서, 둘 다 이곳을 좋아한다는 것을 알고는 함께 얼마나 기뻐했던지! 정말이지 이곳은 내가 본 어느 예술 작품보다도 더 낭만적인 장소일세.

우선 밤나무들 사이로 시원하게 트인 전망을 즐길 수 있거든. 아, 생각해 보니 이 얘기는 지난번 편지에 벌써 길게 쓴 것 같군. 높다란 너도밤나무들이 병풍처럼 사방을 둘러싸고 있는 데다가, 나무 사이를 메운 덤불숲 때문에 길은 점점 더 어두워지지. 그러다가 길 끄트머리에는 사방이 꽉 막힌 조그만 마당이 나타나는데, 등골이 오싹할 만큼 정적이 감도는 곳이야. 어느 날 한낮에 처음으로 이곳에 발을 들여놓았을 때 얼마나 푸근했던지, 그 느낌이 지금도 생생할 정도라네. 이곳이 장차 내 행복과 고통의 한 무대가 되리라는 걸 어렴풋이 예감했던 거야.

내가 반 시간가량 이별과 재회라는 애달프고 달콤한 상념에 잠겨 있으려니까, 두 사람이 테라스로 올라오는 소리가 들렸네. 나는 얼른 달려가서 그들을 맞이하고, 전율을 느끼면서 로테의 손을 잡고 키스했네. 우리 셋이 테라스에 오르자, 때마침 달이 덤불로 뒤덮인 언덕 너머로 떠올랐어. 이런저런 이야기를 나누며 걷다 보니, 어느새 어두침침한 정자에 이르렀네. 로테는 정자 안으로 들어가 앉았네. 알베르트와 나도 옆에 앉았지. 하지만 나는 마음이 어수선해서 오래 앉아 있을 수가 없었네. 나는 일어나서 그녀 앞을 이리저리 서성이다가 다시 앉았네. 마음이 너무도 불안하더군. 로테는 달빛이 얼마나 아름답게 비추는지 우리에게 일깨워 주었네. 달은 너도밤나무 숲의 꼭대기에 걸려 우리가 앉아 있는 테라스를 두루 비추고 있었네. 참으로 아름다운 광경이었네. 짙은 어둠이 우리 주변을 감싸고 있었기에 더욱 경이로웠지. 우리는 한동안 아무 말도 하지

않았어. 이윽고 로테가 말문을 열었네.

"달빛을 받으며 산책할 때면 언제나 돌아가신 분들이 생각나고, 죽음이나 내세가 가까이 느껴져요. 우리도 언젠가는 그곳에 있지 않겠어요!"

그러고는 숭고하기 그지없는 목소리로 말을 이었네.

"그런데 베르터, 우리는 저세상에서 다시 만나게 될까요? 서로를 알아볼 수 있을까요? 어떻게 생각하세요?"

"로테!"

나는 그녀에게 손을 내밀며 말했네. 내 눈에는 눈물이 가득 고였어.

"우리는 다시 만나게 됩니다! 이 세상에서건 저세상에서건 다시 만나고말고요!"

나는 더는 말을 이을 수가 없었네. 빌헬름, 내가 불안에 떨며 이별을 마음에 품고 있을 때 하필 로테가 나에게 그런 질문을 하다니!

로테는 말을 계속하였다네.

"돌아가신 그리운 분들은 우리가 어떻게 지내는지 알고 계실까요? 우리가 몸 성히 잘 지내며, 온정을 듬뿍 담아 그분들을 추억하고 있는 걸 알고 계실까요? 아아! 조용한 저녁이면 어머니는 아이들을 당신 곁에 불러 모으시곤 하셨어요. 이제 내가 저녁 무렵 어머니가 남기신 아이들을, 내 아이들을 내 곁에 불러 모을 때면 언제나 어머니의 모습이 눈앞에 아른거려요. 그럴 때면 나는 그리움에 눈물 흘리며 하늘을 보곤 해요. 어머니가 돌아가실 때 나는 동생들의 어머니가 되어주겠다고 어머니께 약속했어요. 내가 그 약속을 잘 지키고 있는지 어머니가 지켜봐 주신다면 얼마나 좋을까요! 감정이 복받쳐 이렇게 외친 적도 있답니다.

'사랑하는 어머니, 만일 내가 동생들에게 어머니 노릇을 제대로 못 하고 있다면 부디 용서해 주세요. 아아! 그래도 나는 힘에 닿는 건 죄다 하고 있어요. 입히고 먹이는 것뿐 아니라 정성을 다해 아이들을 보살피고 사랑해 주고 있어요. 하늘에 계신 그리운 어머니! 우리가 화목하게 지내는 모습을 보실 수 있다면 아마 하느님께 뜨거운 감사의 기도를 드리시겠지요. 어머니는 마지막 순간에 비통한 눈물을 흘리며 자식들을 하느님 품에 맡기셨잖아요.'"

이게 그녀가 한 말이네. 아아, 빌헬름, 그녀가 한 말을 어느 누가 되풀이할 수 있겠는가! 생명 없는 차가운 글자로 성스러운 정신의 꽃망울을 어찌 그려낼 수 있겠는가! 그때 알베르트는 다정하게 그녀의 말을 가로막았네.

"로테, 자꾸 그러면 몸에 해로워요. 당신이 곧잘 그런 상념에 빠져든다는 건 이미 알고 있지만 제발 부탁이니……"

그러자 로테가 말했네.

"아아, 알베르트! 당신도 분명 잊지 않았을 거예요, 아버지가 여행으로 집을 비우셨을 때였어요. 저녁마다 우리는 아이들을 재워놓은 뒤 조그마한 원탁에 함께 둘러앉아 있곤 했잖아요. 당신은 가끔 책을 들고 오기도 했지만, 책을 읽는 일은 아주 드물었지요. 어머니의 고귀한 영혼을 알게 되는 것이야말로 세상에서 가장 값진 일이었을 테니까요. 어머니는 아름답고 자상하고 쾌활하신 데다가 부지런한 분이셨어요. 나는 종종 침대에 누워 눈물을 흘리며 하느님께 기도드리곤 했답니다. 부디 나를 어머니 같은 사람이 되게 해달라고 말이에요.”

“로테!”

나는 이렇게 소리치며 그녀 앞에 무릎을 꿇고는 그녀의 손을 잡았다네. 그러고는 하염없이 흐르는 나의 눈물로 그 손을 적셨네.

“로테, 하느님의 은총이 당신과 함께하실 것이고, 어머니의 영혼도 당신과 함께하실 겁니다!”

로테는 내 손을 꼭 잡으며 말했네.

“베르터, 당신이 우리 어머니를 알았더라면 얼마나 좋았을까요! 당신은 분명 우리 어머니와 잘 지냈을 거예요. 정말 훌륭한 분이셨거든요!"

내 정신이 아득해지려 했네. 이토록 대단한 찬사를 들어본 적이 없었거든.

로테는 말을 계속하였네.

"하지만 어머니는 한창나이에 돌아가셔야만 했어요. 막내아들이 태어난 지 채 6개월도 안 되었을 때예요. 병을 오래 앓지는 않으셨어요. 어머니는 조용히 운명을 받아들이시면서도 아이들 걱정에, 특히 막내 걱정에 힘들어하셨지요. 마침내 임종의 순간이 다가오자, 어머니는 내게 아이들을 데리고 오라고 하셨어요. 나를 따라 방으로 들어온 아이 중 어린 동생들은 아무것도 알지 못했고, 조금 큰 동생들은 넋이 나가 있었어요. 아이들이 침대 주위에 둘러서자, 어머니는 두 손을 들고 아이들을 위해 기도를 하시고는, 한 아이씩 차례로 입을 맞춰준 다음 밖으로 내보내셨어요. 그러고는 내게 말씀하셨지요.

'네가 저 아이들의 어머니가 되어다오!'

내가 어머니의 손을 잡고 맹세하자 어머니는 이렇게 말씀하셨어요.

'내 딸아, 너는 힘든 약속을 한 거란다. 어머니의 마음과 어머니의 눈을 지녀야 하거든. 그것이 무슨 의미인지 너는 이미 느끼고 있을 거다. 네가 종종 감사의 눈물을 흘리는 걸 보았으니까. 네 동생들을 위해서 부디 그런 마음을 가져주려무나. 그리고 아버지는 아내와 같은 정성과 순종하는 마음으로 모시도록 해라. 네가 아버지께 큰 위로가 될 거야.'

어머니는 아버지를 찾으셨지만, 아버지는 밖에 나가고 안 계셨어요. 슬픔에 겨워 괴로워하는 모습을 우리에게 보이지 않으려 하셨으니까요. 아버지는 제정신이 아니셨어요.

알베르트, 당신은 마침 방에 있었지요. 어머니는 인기척을 듣고는 누구냐고 물으시더니 당신을 곁에 부르셨어요. 그러고는 마음이 놓인다는 듯 조용한 눈길로 당신과 나를 번갈아서 유심히

보셨어요. 우리 둘이 함께 행복하게 잘 살 거라
고 믿으시는 듯했어요.”

그러자 알베르트가 로테의 목을 끌어안고 키
스하면서 외쳤다네.

“그렇고 말고요! 우리는 행복할 거요!”

늘 침착하던 알베르트가 완전히 자제력을 잃
은 거야. 나 역시 제정신이 아니었네. 그 순간 로
테가 다시 입을 열었다네.

“베르터, 그런 어머니가 돌아가시다니요! 아,
하느님! 이따금 세상에서 가장 사랑하는 사람을
잃는다는 게 무슨 의미일지 생각해 보곤 해요.
그 누구도 자식들만큼 그런 상실감을 사무치게
느끼지는 못할 거예요. 동생들은 검은 옷을 입은
남자들이 엄마를 데려갔다면서 오래도록 슬퍼
했지요.”

로테는 몸을 일으켰지. 나는 그제야 정신이 들
긴 했지만, 감동을 떨쳐내지 못해 로테의 손을
쥔 채 앉아 있었지.

“그만 돌아가요. 시간이 많이 지났어요.”

로테는 이렇게 말하며 손을 빼려 했으나, 나는 더욱 힘껏 손을 쥐며 외쳤다네.

“우리는 다시 만나게 될 겁니다. 우리는 분명 서로를 찾아낼 겁니다. 어떤 모습을 하고 있더라도 서로 알아볼 겁니다. 자, 나는 갑니다. 기꺼이 가겠습니다. 하지만 영원히 가는 거라면 도저히 견딜 수 없을 겁니다. 잘 있어요, 로테! 잘 있어요, 알베르트! 우리 다시 만납시다.”

“내일 말이지요?”

로테는 농담하듯 대꾸하더군.

내일이라는 그 말이 얼마나 아프던지! 아아, 로테는 아무것도 모른 채 내 손에서 자기 손을 빼내고는…… 두 사람은 가로수길을 나란히 걸어갔다네. 나는 우두커니 서서 달빛을 받으며 걸어가는 두 사람의 뒷모습을 바라보았지. 그러고는 땅바닥에 몸을 던지고 실컷 울었다네. 그러다가 벌떡 일어나서는 테라스로 뛰어 올라갔네. 저

아래 키 큰 보리수나무 그늘에서 로테의 하얀 치맛자락이 정원 문 쪽으로 펄럭이는 게 어렴풋이 보였네. 나는 두 팔을 뻗었지만 이미 아무것도 보이지 않더군.

제2부

1771년 10월 20일

우리는 어제 이곳에 도착했네. 공사는 몸이 좀 불편해서 며칠 동안 집 안에 틀어박혀 있으려나 봐. 공사가 그렇게 괴팍하게 굴지만 않는다면 만사가 순조로울 텐데. 보아하니 운명이 나를 가혹한 시험에 들게 하려고 작정했나 봐. 그럴수록 용기를 내야겠지! 명랑한 마음이면 못 견딜 게 없다고들 하지 않나! 명랑한 마음이라? 이런 단어를 내 펜이 쓰고 있다니, 웃음이 절로 나는군. 아아, 내가 조금이라도 명랑한 기질을 지니고 있었더라면 세상에서 가장 행복한 사람이 되었겠지. 이 무슨 기막힌 일인가! 다른 사람들은 알량한 능력과 재능을 가지고도 내 앞에서 보란 듯이 거들먹거리며 활개를 치고 다니는데, 어찌하여 나는 나의 능력과 재능에 절망하고 있는 걸까? 저에게 이 모두를 아낌없이 베푸신 자비로운 하느님, 제게 주신 것에서 절반을 도로 거둬가시고 그 대신 자신감과 만족감을 주셨어야지요?

참아! 참으라고! 그러면 차차 나아질 거야. 그래, 친구, 자네 말이 맞네. 날마다 사람들 틈에 끼여 부대끼며, 그들이 무엇을 하며 어떻게 하는지를 보게 된 이후로 나는 나 자신에게 훨씬 더 너그러워졌다네. 확실히 우리네 인간은 모든 것을 우리 자신과 비교하고, 우리를 다른 모든 것과 비교하게끔 만들어진 존재라니까. 그렇기에 행복과 불행은 우리가 어떤 대상과 묶여 있느냐에 달린 걸세. 그러니 고독한 것만큼 위험한 건 또 없을 거야.

우리의 상상력은 본래 더 높은 것을 추구하는 성향을 지닌 데다가, 문학 속의 비현실적인 이미지에서 영감을 얻어서 일련의 존재들을 만들어 낸다네. 가상의 존재들과 비교하면 우리 자신은 제일 한심해 보이고, 우리가 아닌 존재들은 모두 더 잘나고 더 완전해 보이거든. 그건 너무나 자연스러운 일이라네. 종종 우리는 자기 자신에게는 많은 것이 부족하다고 느끼며 우리에게 부족한 바로 그것을 다른 사람이 가지고 있다고 여기곤 해. 그렇게 우리는 우리가 지닌 것까지 전부 다 그 사람에게 덧붙여 놓고는 그 사람이 현실에는 없을 만족감을 누린다고 상상해버리는 걸세. 그렇게 해서 완전무결하게 행복한 인간이 창조되는 거야. 바로 우리 자신이 만들어낸 작품이지.

이와는 반대로 우리가 약하면 약한 대로 온 힘을 다해 오로지 앞만 보고 나아간다면, 비록 주

춤거리고 비틀댈지라도 돛을 올리고 노를 저어서 가는 이들을 어느새 앞지르게 되는 일도 종종 있지. 그렇게 해서 다른 사람들과 어깨를 나란히 하거나 심지어 그들을 앞서갈 때 비로소 진정한 자신감이 생기게 마련이지.

11월 26일

이제 이곳에서 그럭저럭 잘 지내고 있다네. 무엇보다도 다행인 건 할 일이 많다는 점이야. 게다가 갖가지 유형의 인물들이 온갖 새로운 모습으로 등장해서 내 영혼에 다채로운 구경거리를 제공하고 있거든. 나는 C 백작이라는 분을 알게 되었는데 보면 볼수록 존경심이 절로 우러나오게 하는 인물이라네. 명석한 두뇌를 지녔는데 식견이 넓어서인지 인정도 많으시다네. 만나면 만날수록 우정과 사랑을 아주 소중하게 여긴다는 게 느껴지더군. 그분이 내게 관심을 보인 건 내가 업무차 찾아뵈었을 때였어. 몇 마디를 나누자마자 그분은 다른 사람에게는 못 할 말도 나와는 편히 할 수 있을 만큼 우리가 서로를 이해한다는 걸 알아채셨다네. 어찌나 허심탄회하게 나를 대하시는지, 그런 분은 최고의 찬사를 받아도 과하지 않겠다 싶어. 위대한 영혼의 소유자가 마음을 활짝 열고 대해 주는 것만큼 기쁘고 감동적인 일은 다시 없을 걸세.

12월 24일

이미 짐작은 하고 있었지만, 공사는 정말이지 불쾌한 인물이야. 그렇게 고지식하고 꽉 막힌 멍청이는 세상에 둘도 없을 걸세. 매사에 시시콜콜 까탈스럽게 구는 게 딱 못된 시어미라니까. 도무지 자기 자신에게 만족할 줄 모르는 위인이라서 남한테 고마워할 줄은 아예 모른다네. 나는 일을 수월하게 해치우는 편이고, 일단 끝난 일은 다시 건드리지 않는 성미야. 그런데 공사는 내가 써낸 문서를 돌려주면서 이렇게 말한다니까.

"이만하면 괜찮긴 하지만, 다시 한번 찬찬히 검토해 보게. 그러다 보면 좀 더 나은 낱말이나 좀 더 안성맞춤인 접속사가 생각날 걸세."

그런 말을 들을 때마다 나는 화가 치밀어 미칠 지경이야. '그리고' 따위의 사소한 접속사를 하나라도 빠뜨렸다가는 난리가 나고, 무심코 내가 도치법을 사용하기라도 하면 오만상을 찌푸린다네. 문장구조가 조금이라도 상투적인 틀을 벗어나면 공사는 내용을 아예 이해하지 못하는 거야. 이런 위인과 함께 일하는 것만큼 괴로운 일도 또 없을 거야.

C 백작이 내게 신뢰를 보이지 않았더라면 버티기가 더 힘들었을 거야. 최근에 그분은 공사가 일을 처리하는 게 너무 느리고 깐깐하다며 매우 솔직하게 불만을 털어놓더군.

"그런 사람들은 자기 자신뿐 아니라 다른 사

람들까지 힘들게 합니다. 하지만 이런 경우에는 산을 넘어야 하는 나그네의 심정으로 체념하고 적응할 수밖에 없지요. 물론 산이 없으면 길을 가기가 훨씬 편하고 빠르겠지만 우리 현실에 산이 있다면 넘어갈 수밖에 없지 않겠어요!"

공사 영감도 백작이 자기보다 나를 더 우호적으로 대하고 있다는 걸 알아챈 낌새야. 그래서 속이 뒤틀리는지 기회 있을 때마다 나를 상대로 백작에 대한 험담을 늘어놓는다네. 물론 나는 공사의 말을 반박하곤 하지. 그러다 보니 사태가 점점 더 나빠지고 있어. 어제는 정말 공사 때문에 분통이 터졌어. 백작을 언급하면서, 은근히 나까지 싸잡아서 이렇게 말하는 거야.

"백작은 이런 세속적인 일을 처리하는 데는 제법 유능하지. 일을 워낙 쉽게 해내는 데다가 글솜씨도 꽤 괜찮거든. 하지만 통속작가들이 늘 그렇듯이 근본적인 학식에는 하자가 많아."

그러면서 공사는 '어때, 너 좀 뜨끔하지?'하는

표정으로 나를 쳐다보는 거야. 그러나 나는 그의 공격에 전혀 뜨끔하지 않았어. 그런 식으로 생각하고 행동하는 인간은 나에게는 경멸의 대상일 뿐이니까. 나는 물러서지 않고 상당히 격한 말투로 받아쳤다네.

"백작님은 인품으로나 학식으로나 존경하지 않을 수 없는 분입니다. 사고의 폭이 넓어서 수많은 대상에 관심을 가지는 건 물론이고 이러한 지적 활동을 일상적인 삶에서도 멈추지 않고 계십니다. 정말이지 그런 분은 지금껏 본 적이 없습니다."

하지만 그렇게 말해봤자 공사에게는 소귀에 경 읽기였어. 나는 더 이상 티격태격하다가는 속이 뒤집힐 것 같아 그냥 그 자리를 뜨고 말았다네.

이렇게 된 게 죄다 자네와 어머니 책임일세. 나를 구슬려서 굴레를 씌워놓고는 활동하며 살아야 한다고 설교를 해댔으니 말일세. 활동한다는 게 대체 뭔가! 밭에 감자를 심고 도시로 나가서 곡식을 파는 사람이 나보다 더 많은 활동을 하는 걸세. 만일 내 말이 틀렸다면 내가 지금 매여 있는 이 노예선에서 십 년 더 뼈 빠지게 일할 각오가 되어 있네.

이곳의 한심한 족속들은 겉은 번지르르하지만 서로 눈치나 보며 따분해하는 게 얼마나 꼴불견인지! 출세욕에 사로잡혀 남보다 한 발짝이라도 앞서려고 눈을 부라리며 서로를 감시하는 건 물론이고, 한심하다 못해 딱하기까지 한 집념을 숨기려들지도 않는다니까. 한 여자를 예로 들어보겠네. 그 여자는 자기가 귀족이고 영지를 가지고 있다고 아무나 붙잡고 자랑하고 다녀. 잘 모르는 사람은 이렇게 생각하겠지. '대단찮은 가문과 영지를 엄청난 것처럼 떠벌리고 다니다니 참 한심하군.' 그런데 기가 막히게도 그 여자는 이 근방에 사는 서기의 딸에 지나지 않는다는 걸세. 어쩌면 이다지도 생각 없이 자기 자신을 욕보일 수 있을까? 나는 그런 인간 족속을 도무지 이해할 수가 없네.

친구여, 자신의 척도로 다른 사람을 판단한다는 것이 얼마나 어리석은 짓인지 날이 갈수록 절실히 느끼게 되는군. 나는 나 하나만으로도 힘에 벅차고 내 가슴은 폭풍우로 잠잠할 날이 없기에, 남들이 어떤 길을 가든 그냥 내버려두고 싶은 마음이야. 다만 남들도 내가 내 갈 길을 가도록 내버려두기만 하면 좋을 텐데.

무엇보다도 비위에 거슬리는 것은 시민 신분이라서 피할 수 없는 상황이 있다는 사실이네. 물론 나 역시 신분의 차이가 필요하며 나도 그 덕을 크게 본다는 걸 잘 알고 있네.[25] 다만 내가 이 세상에서 자잘한 즐거움이나 약간의 행복을 누리려는 순간에 신분의 차이로 방해를 받고 싶

---

25 1770년대의 독일은 신분제 사회로, 전통을 중시하는 귀족이 점차 부상하고 있는 시민 계급 위에 군림하고 있었다. 시민 계급은 사회의 변화에 잘 적응하며 부를 축적해 갔고 무산 계층과 자신을 구분지었다. 베르터는 직업 활동을 하지 않고도 여유로운 삶을 누리고 있으므로 작가 괴테와 마찬가지로 부유한 시민 계급 출신으로 추정할 수 있다.

지는 않다네.

　얼마 전 나는 산책길에서 폰 B 양을 알게 되었네. 경직된 삶을 살면서도 자연스러움을 잃지 않은 사랑스러운 귀족 아가씨야. 대화를 나누다 보니 서로 마음이 통했기에 나는 작별할 때 그녀에게 집으로 한번 찾아가도 되느냐고 물었지. 그녀는 기꺼이 허락해주었네. 나는 너무 빨리 찾아가는 결례를 범하지 않으려고 기다리느라 조바심이 날 지경이었다네. 그 아가씨는 이 고장 태생이 아니고 친척 아주머니 댁에서 살고 있어. 노부인은 인상이 그다지 좋지 않더군. 나는 일부러 노부인에게 관심을 보이고 대화도 주로 노부인을 중심으로 흘러가게끔 애썼다네. 그러다 보니 반 시간도 채 되기 전에 노부인의 신상 정보를 대충 파악할 수 있었네. 나중에 B 양이 나에게 들려준 이야기와 크게 다르지 않더군. 그 부인은 나이는 많지만 가진 건 별로 없는 사람이야. 이렇다 할 재산도, 머리에 든 지식도 없고 의

지할 거라고는 조상의 족보뿐인 처지라네. 귀족 신분을 방패 삼아 지내면서 높은 창문에서 거리를 오가는 시민들을 내려다보는 것이 유일한 즐거움인가 봐. 젊은 시절에는 제법 미인이었다더군. 그래서 온갖 변덕으로 가엾은 젊은이들을 여럿 울리면서 흥청망청 세월을 보냈다지. 한창때를 넘긴 후에는 어떤 나이 많은 장교와 결혼하여 꼼짝 못하고 눌려 살았다고 하네. 장교는 먹고살 만한 생활을 보장받는 대가로 그 부인과 부부로 지내다가 세상을 떠났다더군. 이제 오십 줄에 접어든 부인은 의지할 곳 없이 홀로 남았는데, 상냥한 조카딸이 아니었다면 아무도 부인을 상대하려 들지 않았을 거야.

1772년 1월 8일

그저 격식을 차리는 데만 온 신경을 곤두세우는 자들은 도대체 어떻게 생겨 먹은 인간들일까? 만찬 자리에서 어떻게든 한자리라도 더 상석을 차지하려고 몇 년에 걸쳐 아등바등하는 꼴이라니! 그 사람들이 달리 할 일이 없어서 그러는 것도 절대 아니거든. 할 일이 없기는커녕 태산같이 쌓여 있는데도 쓸데없는 일로 얼굴을 붉히느라 중요한 일들을 제대로 처리하지 못하는 걸세. 지난주에는 썰매를 타러 갔는데 실랑이가 벌어지는 바람에 모처럼 즐거운 분위기가 엉망이 되어버렸지 뭔가.

어리석은 자들은 원래 지위 따위는 중요하지 않다는 걸 알지 못하지. 가장 높은 자리를 차지한 자가 가장 중요한 역할을 맡는 경우는 좀처럼 드물다는 것도 당연히 모를 테고! 얼마나 많은 왕이 재상에 의해, 또 얼마나 많은 재상이 비서관에 의해 조종되느냐 말일세! 그런 경우, 과연 누가 제일인자이겠는가? 나더러 말하라면, 다른 사람들의 속내를 꿰뚫어 보고, 그들의 능력과 열정을 자기 계획을 이루는 데 활용하는 역량과 지

략을 지닌 사람이 바로 제일인자라고 말하겠네.

1월 20일

사랑하는 로테, 당신에게 편지를 쓰지 않을 수가 없군요. 나는 지금 거센 눈보라를 피해 허름한 농가의 조그마한 방에 있습니다. 그 우울한 D시에서 마음이 전혀 가지 않는 낯선 사람들 틈에서 부대낄 때는, 당신에게 편지를 쓸 마음의 여유가 좀처럼 나지를 않았습니다. 그런데 눈보라와 우박이 작은 창문을 두들겨 대는 호젓한 오두막집에 홀로 갇혀 있으려니 제일 먼저 당신이 생각나더군요. 이 집에 들어서는 순간, 당신의 모습이, 당신의 추억이 되살아난 거예요. 아아, 로테! 그토록 거룩하고 따스했던…… 아아 하느님! 우리가 처음 만났던 행복한 순간이 되살아나다니요!

소중한 그대여! 마냥 정신을 차리지 못하고 허우적대는 내 꼴을 당신이 본다면! 내 감각은 어찌나 바싹 메말라 버렸는지 가슴이 벅차오르는 순간도, 행복을 누리는 시간도 없어져 버렸어요! 아무것도, 정말 아무것도 느껴지지 않는다니까요! 마치 요지경 상자[26] 앞에 서서 작디작은 사람들과 꼬마 말들이 빙글빙글 돌아가는 광경을 들여다보는 것 같아요. 행여 내가 헛것을 보는 게 아닌지 의심이 들 때도 있습니다. 내가 같이 요지경 놀이를 하는 거겠지요? 아니, 오히려 나는 놀이를 함께하게끔 조종되는 꼭두각시라고 해야겠군요. 그래서 종종 옆에 있는 꼭두각시의 손을 잡다가 나무의 감촉에 소스라치며 흠칫 물러서기도 하는 거고요. 저녁이 되면 내일은 해가 뜨는 것을 보겠다고 마음먹지만, 막상 아침이 되면 침대에서 일어나지를 못합니다. 낮에는 달빛을 즐

---

26 시각적 환상을 통해 볼거리를 제공하는 오락기구로 상자 앞에는 관찰자를 위한 돋보기 렌즈가 설치되어 있었으며 상자 안에는 그림들이 차례대로 돌아가면서 이국적 풍경이나 마술 세계 등을 관찰자에게 보여주었다. 18세기 후반부터 도시의 명절 장터에서 큰 인기를 끌었다.

기겠다고 벼르지만, 저녁이 되면 방을 나서지를 못합니다. 내가 왜 일어나야 하는지, 왜 잠자리에 들어야 하는지조차 도무지 알 수가 없군요.

내 삶에 활력을 불어넣을 효모가 없어져 버린 겁니다. 즐거운 자극을 느낄 때면 깊은 밤에도 정신이 초롱초롱했고 아침이 되면 잠을 자다가도 벌떡 일어났는데, 그런 자극이 이제는 없습니다.

이 고장에는 알고 지낼 만한 여성이 딱 하나 있는데 바로 폰 B 양입니다. 로테, B 양은 당신을 닮았어요. 감히 누군가가 당신을 닮을 수 있다면 B 양뿐이겠지요. 당신은 아마 이렇게 말하겠지요.

'어머, 어쩌면 그렇게 듣기 좋은 말을 잘도 하시네요!'

아주 틀린 말은 아닌 것 같군요. 얼마 전부터 나는 상냥하게 사람들을 상대하고 있으니까요. 달리 어쩔 도리가 없지요. 재치 있는 말도 곧잘 한답니다. 이곳 부인들은 나만큼 세련되게 칭찬할 줄 아는 사람은 또 없을 거라고 하더군요. (그건 거짓말을 잘한다는 뜻이 아니냐고 당신은 말하겠지요. 거짓말을 하지 않고는 그런 칭찬을 할 수가 없으니까요. 무슨 말인지 이해하지요?)

이런! B 양 이야기를 하려던 참이었지요. B 양은 풍요로운 감성을 지녔어요. 그 푸른 눈에서 감성이 한가득 반짝이고 있지요. B 양은 귀족 신분 때문에 자신이 진정 원하는 것을 할 수 없다고 한탄하며 시끌벅적한 환경에서 벗어나기를 갈망하고 있답니다. 우리는 곧잘 전원에서 때 묻지 않은 행복을 누리며 살아가는 상상을 하면서 함께 시간을 보내곤 합니다. 아아, 그럴 때면 당신 이야기도 빠지지 않아요! B 양이 당신을 얼마나 칭송하던지! 마지못해 그러는 게 아니라 마음에서 우러나와서예요. 그녀는 당신에 관한 이야기를 듣고 싶어 하고, 당신을 무척 좋아하고 있어요.

아아, 그 정겨운 작은 방에서 당신 발치에 앉아 있을 수 있다면 얼마나 좋을까요. 그러면 우리의 사랑스러운 꼬마들은 나를 에워싸고 뒹굴며 뛰놀고 있겠지요. 아이들이 너무 떠들어서 당신을 힘들게 하면, 내가 아이들을 내 주위에 모아놓고 무서운 옛날이야기를 들려주어서 조용히 귀 기울이게 할 텐데요.

하얀 눈에 덮여 반짝이는 세상 너머로 태양이 찬란하게 지고 있군요. 눈보라도 지나갔고요. 그러니 나는…… 다시 새장에 갇히러 돌아가야 하겠지요. 잘 있어요! 알베르트도 함께 있는지요? 그는 지금……? 하느님, 이런 질문을 하는 저를 용서하소서!

2월 8일

일주일 내내 아주 고약한 날씨가 이어지고 있지만 나는 오히려 잘됐다 싶어. 그도 그럴 것이, 여기 온 이후로 날씨가 좋은 날이면 어김없이 누군가가 그날을 망쳐버리거나 내 기분을 언짢게 했거든. 그래서 이제는 비가 내리거나 눈보라가

치거나, 아니면 길바닥이 얼어붙거나 눈이 녹아서 진흙탕이 되면 이렇게 생각하지. '그래, 밖에 나가느니 집에 있어도 나쁠 거 없지. 아니 뭐 집에 있으니 밖에 나가도 되고 말이야. 아무튼 잘된 일이야.'

해가 떠오르는 화창한 아침이면 이런 소리가 절로 나온다네.

'자, 또 하늘이 선물을 내리셨으니, 그자들이 서로 갖겠다고 으르렁대겠군!'

그들이 서로 갖겠다고 다투지 않는 것이 어디 하나라도 있겠는가! 건강, 명성, 즐거움, 휴식, 뭐든 다 예외가 없지 않은가. 대개는 어리석고 무지하고 속이 좁아서 그러면서도, 정작 그들은 오로지 선의에서 그러는 거라고 우겨대지. 때때로 나는 그들 앞에 무릎을 꿇고는 제발 그렇게 미치광이처럼 자기 오장육부를 들쑤시지 말라고 애걸하고 싶어진다네.

2월 17일

공사와 나는 더 이상 함께 일할 수 없을 것 같네. 도저히 참을 수 없는 위인이야. 그가 일을 처리하고 진행하는 방식은 참으로 한심해서 이의를 제기하지 않을 수가 없다네. 나는 종종 내 생각과 방식에 따라 일을 처리할 수밖에 없었어. 당연히 공사는 나를 못마땅해하고 있어.

최근에 공사는 나에 대한 불만을 궁정에 보고하기까지 했어. 그 일로 나는 장관에게 견책을 당했다네. 정도는 가벼웠지만 어쨌든 견책을 받은 거니까 나는 사직서를 낼 참이었어. 그때 마침 장관에게서 사적인 편지를 받은 거야.[27]

그 편지를 읽고는 나도 모르게 무릎을 꿇고, 그분의 고매하고 지혜로운 인품을 찬양하지 않을

27 이 훌륭한 분을 존중하는 마음에서 지금 언급된 편지와 뒤에 언급할 또 다른 편지는 이 서한집에 싣지 않기로 했습니다. 독자들이 아무리 열렬히 원한다고 하더라도 도를 넘는 행동은 용납될 수 없다고 생각하기 때문입니다. ─ 원주.

수 없었다네. 장관은 내가 지나치게 예민하다고 나무라시면서도 책임을 중시하고 주위 사람들에게 자극을 주려 하며 업무에 헌신하려는 나의 사고방식이 다소 극단적이긴 하지만 청년다운 기개로 높이 평가한다고 하셨어. 그러니 그런 모습을 간직하되 조금만 누그러뜨리라고 권하시는 거야. 그래야만 나의 장점들이 제대로 활용될 것이고 진정한 성과를 거둘 수 있을 거라고 하시더군. 이 편지 덕택에 나는 일주일 만에 기운을 차리고 마음을 진정시킬 수 있었다네. 마음이 평화롭다는 것은 정말이지 값진 것이고 그것 자체만으로도 기쁜 일이야. 친구여, 이처럼 아름답고 귀중한 보석은 왜 이리 쉽게 부서지는 걸까!

2월 20일

하느님, 부디 내 사랑하는 이들을 축복하시고, 나에게서 거두어가신 좋은 날들을 모두 이들에게 베풀어주시기를 비나이다!

알베르트, 당신이 나를 속인 것을 고마워해야겠군요. 나는 결혼식을 알리는 소식이 언제 올지 기다리고 있었답니다. 결혼식 날에는 로테의 실루엣 그림을 엄숙히 벽에서 떼어내어 다른 서류들 속에 파묻어버릴 작정이었지요. 그런데 당신들은 벌써 부부가 되었는데 로테의 실루엣 그림은 여전히 벽에 걸려 있군요! 그렇다면 그대로 걸어 두어야겠군요. 안 될 게 뭐 있나요? 그렇게 나도 당신들과 함께 있으려고요. 알베르트, 당신에게 폐가 되는 일 없이, 나도 로테의 마음속에 있으렵니다. 당연히 내 몫은 두 번째 자리이고 나는 그걸로 만족합니다. 그래야만 하고요. 아아, 만일 로테가 나를 잊어버린다면 나는 미치고 말 것입니다. 알베르트, 그런 생각만 해도 지옥에 떨어진 기분이군요. 알베르트, 잘 있어요! 잘 있어요, 천사여! 로테여, 안녕!

3월 15일

불쾌한 일을 당했네. 이제는 이곳을 떠날 수밖에 없어. 너무 분해서 바드득 이가 갈릴 지경이야! 제기랄! 이 불쾌감은 무엇으로도 가라앉질 않는군. 이렇게 된 게 모두 다 자네와 어머니 책임일세. 자네와 어머니가 마음에도 없는 자리에 취직하라고 나를 다그치고 등을 떠밀어가며 괴롭히지 않았나! 이제 내 꼴이 이 모양이군! 자네와 어머니 꼴도 나을 게 없고 말이야! 자네는 분명 내가 극단적인 사고방식으로 모든 걸 망쳐버렸다는 말을 또 되풀이하려 하겠지. 친애하는 친구여, 그런 말이 나오지 못하게끔 이 자리를 빌려 역사가의 기록처럼 담백하고 간결하게 자초지종을 서술해 보겠네.

C 백작이 나를 특별히 아끼고 총애한다는 건 누구나 다 아는 일이야. 자네에게도 이미 여러 차례 말했었지. 어제 나는 식사 초대를 받아 백

작 댁에 갔었다네. 그런데 마침 같은 날 저녁 그 집에서 귀족 남녀들의 사교 모임이 열리기로 되어 있었던 거야. 나는 그런 줄 몰랐고, 우리 같은 하급 관리가 그런 모임에 끼어서는 안 된다는 것도 전혀 모르고 있었네. 아무튼 나는 백작과 식사를 함께하였네. 식사를 마친 후 우리는 넓은 홀 안을 이리저리 거닐며 대화를 주고받았지. 마침 들어온 B 대령도 대화에 합세했어. 그러는 사이에 파티 시간이 다가오고 있었어. 하지만 정말이지 나는 아무 생각도 하지 않고 있었다네.

그때 마침 거들먹거리기로 소문 난 S 부인이 부군과 딸을 대동하고 등장했네. 딸은 멍청이로 잘 키워진 아가씨인데 납작한 가슴에 코르셋으로 허리를 꼭 조이고 있더군. 이들은 조상 대대로 내려온 높으신 귀족의 눈과 콧구멍을 보란 듯이 치켜들고 나를 휙 지나치더군. 나는 이런 족속을 보면 비위가 상하는 터라 그만 작별 인사를 하고 나갈 생각이었어. 그래서 백작이 손님들의 시답잖은 인사치레에서 놓여나기만을 기다리고 있었어.

그때 마침 나의 친구 B 양이 들어온 거야. B 양을 보면 언제나 마음이 다소 밝아지기에 나는 그냥 거기 더 있기로 하고 B 양의 의자 뒤에 섰다네. 그런데 얼마 가지 않아서 B 양이 평소와는 달리 어색해하는 데다가 왠지 당황해하며 나를 대한다는 걸 깨달았어. 나로서는 믿기지 않았어. 이 여자도 다른 무리들과 다를 바가 없다고 생각하니 마음이 너무 아파서 그만 자리를 뜨려 했지만, 조금 더 있어 보기로 했네. B 양을 용서하고 싶기도 했고 행여 내가 오해했다면 그녀가 다정한 말 한마디쯤은 해줄 거라고 기대했기 때문이야.

그러는 사이에 손님들이 한가득 모여들었네. 프란츠 1세의 대관식[28] 때 예복을 고스란히 걸치고 나온 F 남작, 귀족은 아니지만 편의상 귀족 대

---

28 프란츠 1세는 신성 로마 제국의 황제이며 그의 대관식은 1745년에 치러졌다. 소설 속 시간은 27년 후인 1772년이다.

우를 받는 궁중 고문관 R과 귀가 먼 그의 부인 등
등이었네. J 씨는 고리타분한 옛날 의상을 입었
는데 해진 부분을 요즘 유행하는 천 조각으로 땜
질한 꼴이 정말 가관이어서 잊을 수가 없을 지경
이야. 아무튼 이러한 위인들이 무더기로 들이닥
쳤네. 나는 알고 지내는 몇몇 사람에게 말을 건
네었는데, 왜 그런지 지극히 짧은 대답만 돌아오
더군. 나는 의아해하면서도 그냥 접어두고 B 양
에게만 신경을 쓰고 있었네. 그랬기에 여자들이
홀 한구석에서 귓속말로 수군덕거리고, 남자들
도 차츰 이에 동참하고 있다는 걸 전혀 눈치채지
못했다네. 이윽고 S 부인이 백작을 붙들고 무슨
이야기를 했어. (나중에 B 양이 당시 상황을 나에게
이야기해 주었다네.) 결국 백작이 나에게 다가와
서 나를 창가로 데려가더니 이렇게 말하더군.
　"당신도 알다시피 우리네 관습이라는 게 참
희한하지요. 여기 모인 사람들은 당신이 이 자리
에 있는 게 못마땅한가 봅니다. 나야 절대로 그

렇게는……"

나는 그의 말을 가로막았네.

"백작님, 대단히 죄송합니다. 제가 진작에 그 생각을 했어야 마땅했습니다. 백작님께서는 부디 저의 결례를 용서해 주시리라고 믿습니다. 아까부터 가려고 했는데 제가 그만 귀신에게 홀렸나 봅니다."

나는 미소를 지으며 그렇게 말하고는 몸을 숙여 인사했네.

백작은 나의 양손을 힘주어 잡았는데, 그 동작은 그의 속마음을 남김없이 전하고 있었어. 나는 그 고귀한 분들의 파티에서 슬며시 빠져나와서 이륜마차를 타고 M이라는 곳으로 갔네. 그곳 언덕에서 지는 해를 보며 호메로스를 읽었다네. 오디세우스가 선량한 돼지치기의 환대를 받는 멋진 구절이었지. 그때까지는 모든 게 다 좋았어.

저녁 무렵 시내로 돌아와 식사하러 갔지. 아직 홀에 남은 몇 사람은 구석 자리에서 테이블보를 뒤집어놓고 주사위 놀이를 하고 있었네. 그때 아델린이라는 사람 좋은 친구가 들어와 모자를 벗다가 나를 보더니 곧장 다가와서는 나직이 말을 건네는 거야.

"불쾌한 일을 겪었다면서요?"

"내가요?"

"백작이 당신을 파티에서 내쫓았다고들 하던데요?"

"파티 따위는 질색이에요! 바깥에서 신선한 바람을 쐬니까 기분만 좋던데요."

"당신이 대수롭지 않게 받아들이니 다행이에요. 하지만 사방팔방에서 입방아를 찧어대니 나로서는 영 불쾌하군요."

그 말을 들으니까 비로소 화가 치밀어오르더군. 아까 식사하러 온 사람들이 내 얼굴을 흘끔흘끔 보았는데 그게 다 그 일 때문이라는 생각이 드는 거야. 피가 거꾸로 솟아올랐어.

오늘 나는 어디를 가나 동정을 받는 신세가 되

었다네. 거기다가 나를 시기하던 녀석들은 신바
람이 나서 이렇게들 지껄여대는 거야.

"머리 좀 좋다고 우쭐해서는 신분 차이도 무
시하고 건방지게 굴더니 꼴좋게 됐군."

그것도 모자라는지 더한 험담마저 들리더군.
내 심장에 칼을 꽂고 싶은 심정이었네. 남들이
뭐라고 하든 개의치 않으면 된다고 말할 수도 있
겠지. 하지만 만일 야비한 놈들이 자네의 약점
을 잡고 자네를 헐뜯는다면 자네는 꾹 참고 견딜
수 있는지 한번 보고 싶네. 아아, 그들이 지껄여
대는 게 아무 근거도 없는 말이라면 그냥 가볍게
흘려버릴 수도 있으련만.

3월 16일

모두가 짜고 나를 골탕 먹이려는 것만 같아. 오
늘 가로수길에서 B 양을 마주쳤네. 그냥 가만히
있을 수가 없어서 그녀에게 말을 걸었지. 같이 가

던 다른 사람들과 조금 떨어지게 되자, 지난 만남에서 그녀가 보인 태도에 대한 불만을 털어놓았네. 그러자 B 양은 떨리는 목소리로 말했네.

"어머나, 베르터! 내 마음을 잘 알면서! 그때 내가 당황해했던 걸 어쩜 그렇게 해석할 수 있어요! 난 홀에 들어선 순간부터 당신 때문에 얼마나 마음을 졸였는지 몰라요. 무슨 일이 벌어질지 짐작이 됐거든요. 당신에게 넌지시 알려주려고 말을 꺼내다가 도로 삼킨 게 백 번은 될 거예요. S 부인과 T 부인은 당신이 참석한 모임에 있느니 차라리 남편들을 데리고 나가버릴 거라는 걸 난 잘 알고 있었어요. 그런데 백작은 그들과의 관계를 망쳐서는 안 될 처지였거든요. 그런데 지금 이렇게들 난리군요!"

"뭐라고요?"

나는 놀라움을 애써 감추며 말했네. 엊그제 아델린에게서 들은 말이 순간 펄펄 끓는 물이 되어 내 혈관을 소용돌이쳤네.

“나도 정말이지 너무 힘들었어요.”

상냥한 아가씨는 눈물을 글썽이며 말했네. 나는 자제력을 잃고는 그녀 앞에 무릎이라도 꿇으려 했네.

“제발 자초지종을 들려주세요.”

내가 소리치자, 눈물이 B 양의 뺨을 타고 흘러내리더군. 나는 제정신이 아니었다네. 그녀는 눈물을 감추려 하지도 않고 닦아내며 이야기를 시작했어.

“우리 아주머니를 아시잖아요. 아주머니도 그날 거기 계셨으니…… 아아, 아주머니 눈엔 그 광경이 어떻게 보였겠어요! 베르터, 아주머니는 어젯밤부터 오늘 아침까지 내내 당신과 교제하는 걸 두고 나를 나무라셨어요. 난 당신을 깎아내리고 모욕하는 말을 묵묵히 듣고 있을 수밖에 없었어요. 아주머니가 말도 못 꺼내게 하셔서 내 마음의 절반만큼도 당신 편을 들 수가 없었답니다.”

B 양의 말 한마디 한마디가 비수처럼 내 심장

에 꽂히더군. 내게 자비를 베풀고 싶다면 차라리 그런 얘기를 아예 하지 않아야 했는데, B 양은 그걸 알지 못했던 거지. 그녀는 계속 말을 이어갔네.

"앞으로 무슨 소문이 더 퍼질지 몰라요. 그런 소문을 듣고 통쾌해하는 사람들도 있을 거예요. 당신이 거만하고 다른 사람을 업신여긴다고 오래전부터 비난했던 사람들은 이제 당신이 벌을 받았다고 비웃으며 즐거워하겠지요."

빌헬름, B 양은 동정심이 뚝뚝 떨어지는 목소리로 모든 사연을 전해주었다네. 그걸 듣던 나는 그야말로 무너져 내렸어. 아직도 분노를 잠재울 수 없네. 차라리 누가 나를 직접 마주보며 당당히 비난했으면 좋겠다 싶었지. 그러면 그자의 몸뚱어리를 칼로 꿰뚫어버리면 되지 않나. 피를 보고 나면 내 마음이 조금은 가라앉을 것 같군. 아, 답답한 가슴에 숨구멍이라도 내고 싶어서 수도 없이 칼을 움켜쥐었다네. 고귀한 혈통의 말들은 궁지에 몰려서 지나치게 흥분하게 되면 본능적으로 자기 혈관을 물어뜯어 숨통을 튼다는 이야기가 있지. 내가 딱 그렇다네. 나도 내 혈관을 끊어내서 영원히 자유로워지고 싶은 유혹을 종종 느끼곤 해.

3월 24일

궁정에 사직서를 제출하였네. 곧 수리될 거라고 예상하네. 미리 자네와 어머니의 허락을 구하지 않은 걸 아무쪼록 용서해 주게나. 어차피 나는 여기를 떠날 수밖에 없어. 자네와 어머니가 나를 만류하기 위해 무슨 말을 할지도 잘 알고 있네. 그러니 자네가 이 사실을 우리 어머니께 듣기 좋은 말로 잘 좀 전해주게. 나는 지금 나 하나만으로도 벅찬 형편이라네. 어머니도 이런 아들을 두었다는 사실을 받아들이셔야 할 거야. 당연히 속은 쓰리시겠지. 당신 아들이 추밀 고문관이나 공사가 되는 탄탄대로를 멋지게 달리는 줄 알았는데, 갑자기 멈춰서더니 초라한 말을 몰고 마구간으로 되돌아가는 꼴을 보셔야 하니까!

아무튼 이 문제에 대해선 좋을 대로 생각하게. 자네와 어머니가 나를 여기 매어 두려고 이런저런 가능성을 궁리해 보는 것까지 내가 말릴 수는 없겠지. 하지만 나는 떠날걸세. 어디로 갈지는 알려주겠네. 이 고장에 ○○공작이라는 분이 있는데 나와 어울리는 것을 아주 좋아하신다네. 내 결심을 들으시고는 함께 자기의 영지로 가서 아름다운 봄날을 보내지 않겠느냐고 제안하시더군. 나 하고 싶은 대로 하면서 지내도 좋다고 약속도 해주었네. 어느 정도 서로 말이 통하는 사이라서, 나는 운을 하늘에 맡기고 공작과 함께 떠나려 하네.

4월 19일

추가 보고

자네가 보낸 두 통의 편지는 고맙게 받았네. 곧장 답장을 보내지 않은 것은 사직서를 궁정에서 수리할 때까지 앞서 쓴 편지를 간직하고 있었기 때문일세. 어머니가 장관에게 청탁을 넣어서 내 계획을 방해할 것 같아 걱정되었거든. 그러나 이젠 다 끝났네. 나의 사직서가 수리되었어. 궁정에서 나를 놓치는 것을 얼마나 안타까워했는지, 장관이 또 어떤 편지를 내게 썼는지는 말하고 싶지 않네. 그걸 들으면 자네와 어머니는 또다시 아쉬워하며 넋두리를 늘어놓을 게 뻔하니까. 황태자께서 작별 편지와 함께 전별금으로 25 두카트[29]를 보내 주셨네. 그 글을 읽고 나는 감동해서 눈물이 핑 돌았다네. 그러니 지난번에 어머니께 내가 부탁드렸던 돈은 필요 없게 되었네.

---

29 중세, 근대의 유럽 화폐 단위. 14세기 이래로 유럽 전역에서 통용되던 금화로 20세기 초까지 사용되었다.

5월 5일

내일 이곳을 떠나네. 내가 태어난 고장이 여기서 불과 6마일 거리니까 가는 길에 들를 생각이야. 그곳을 돌아보면서 꿈을 꾸듯 행복했던 지난날들을 회상해 보려 하네. 아버지가 돌아가시고 나서 어머니와 함께 그 정겨운 고장을 떠날 때 우리는 마차를 타고 성문을 빠져나왔지. 그러고는 답답한 도시에 갇혀서 살았다네. 나는 바로 그 성문으로 걸어 들어가려고 해. 잘 있게. 빌헬름! 가는 도중에 또 소식 전하겠네.

5월 9일

나는 성지를 순례하듯 경건한 심정으로 고향 방문을 마쳤네. 미처 예상치 못했던 갖가지 감정들이 밀려왔어. S시까지 가려면 십오 분가량 걸어야 하는 지점에 커다란 보리수나무가 한 그루서 있어. 나는 거기서 마차를 세워 내린 다음 마차를 먼저 보냈다네. 천천히 걸어가면서 지난 추억을 하나하나 또렷이 마음 깊숙이 되새기고 싶었거든. 나는 어린 시절 내 산책의 목적지이자 경계선이었던 보리수나무 아래 섰어. 어쩌면 이렇게도 달라졌을까! 아무것도 몰라서 오히려 행복했던 시절, 나는 미지의 세계를 마냥 동경하곤 했지. 그 세계에서는 조바심과 동경으로 기갈난 내 가슴을 채울 마음의 양식과 기쁨을 한가득 얻을 수 있을 줄 알았으니까. 이제 나는 그 넓은 세계에서 돌아왔네. 아아, 친구여! 좌절된 희망들은 왜 이리 많으며, 산산조각이 난 계획들은 왜 이리 많단 말인가! 나는 눈 앞의 산을 바라보았어. 저 산은 수없이 많은 소망의 무대가 되어 주었다네. 몇 시간이고 보리수나무 아래 앉아 저 먼 산을 동경하며, 정답게 아른거리는 수풀과 골짜기를 공상 속에서나마 누비고 다니던 시절이었지. 집으로 돌아가야 할 시간이 되면 사랑하는 이곳을 떠나기가 얼마나 싫었던지!

나는 점점 시내 가까이 다가가면서 낯익은 낡은 집들에 일일이 인사를 건넸다네. 새로 생긴 집들이나 그 밖에 여기저기 바뀐 것들은 하나같이 마음에 들지 않았네. 성문을 지나 시내로 들어서자 곧 옛날의 나로 온전히 되돌아간 기분이었네. 자네에게 시시콜콜 이야기를 늘어놓지는 않을 생각이네. 내게는 아무리 매혹적인 일이라 해도 이야기로 풀다 보면 다 그게 그거 같이 들리지 않겠나! 나는 옛날 우리가 살던 집 바로 옆에 있는 시장 쪽에 숙소를 정하였네. 그리로 가다가 내가 다니던 교실이 잡화점으로 변한 걸 발견했네. 우직한 노부인이 어린 우리를 모아놓고 가르치던 곳이야. 그 비좁은 장소에 갇혀서 불안해하며 눈물을 흘리던 기억, 답답했고 무서웠던 기억이 나더군.

한 발짝 걸음을 뗄 때마다 신기한 기분에 사로잡히지 않은 적이 단 한 번도 없었다네. 성지를 찾은 순례자라 해도 종교적 감회가 서린 장소를 나처럼 숱하게 마주치지는 않았을 걸세. 거룩한 감동으로 영혼이 벅차올랐다고 해도 나만큼은 아니었을 걸세. 이야기보따리를 풀자면 끝이 없을 테니 딱 하나만 이야기하겠네.

나는 강을 따라서 어떤 농장이 있는 곳까지 내려갔어. 여기도 옛날에 내가 즐겨 찾던 길이었어. 우리 소년들은 납작한 돌멩이를 강물 위로 던지며 물수제비 뜨는 연습을 하곤 했지. 내가 때때로 우두커니 서서 흐르는 물을 바라보며 황홀한 상상에 빠져들던 게 문득 너무도 생생하게 기억나는 거야. 물줄기가 어디에 닿을지, 그곳은 얼마나 놀랍고 기상천외한 세상일지 나는 머릿속에 그려 보았었지. 그러다 보면 어느새 내 상상력은 바닥이 나곤 했지만, 나는 멈출 수가 없었어. 그렇게 자꾸 상상을 이어가다 보면 눈에 보이지 않는 먼 곳을 헤매느라 넋을 놓곤 했었지.

친구여, 우리의 훌륭한 조상들은 아주 좁은 세

상에서 한 줌의 지식을 가지고 살면서도 몹시 행복하지 않았나! 그들의 감정과 문학은 또 얼마나 천진난만했던가! 오디세우스가 크기를 알 수 없는 바다와 끝도 없는 대지에 관하여 이야기했을 때 그 말은 진실하고 인간적이며 진솔했고 몸에 와닿으면서도 신비로웠지. 요즘 어린 학생들은 지구는 둥글다고 배우지만 내가 그 말을 되풀이해봤자 무슨 소용이 있겠나? 인간이 지상에서 삶을 즐기는 데는 땅덩이 약간이면 넉넉하고, 지하에서 잠들기 위해서라면 더 적은 땅으로도 넉넉한데 말일세.

지금 나는 공작의 수렵 별장에 머물고 있네. 공작과는 그럭저럭 잘 지내고 있어. 그는 진실하고 소탈한 사람이야. 그런데 그의 주변은 이상한 사람들로 가득하다네. 나로서는 도저히 이해가 안 되는 사람들이야. 딱히 나쁜 사람들 같지는 않은데, 그렇다고 정직하게 보이지도 않아. 가끔은 정직해 보이는 때도 있긴 하지만, 어쩐지 믿음이 가지 않는 사람들이야. 그 밖에 유감스러운 점은 공작이 다른 사람한테서 들었거나 어디서 읽은 것들만 화제에 올리곤 한다는 거야. 더구나 그런 것들을 그에게 들려주거나 글로 쓴 사람의 관점을 고스란히 받아들여서 똑같이 따라 말하고 있다니까.

게다가 공작은 내 마음보다는 나의 지성과 재능을 더 높이 평가하지. 이 마음이야말로 나의 유일한 자랑거리이고 이 모든 능력과 행복과 불행의 원천인데도 말이야. 아아, 내가 지닌 지식은 누구나 지닐 수 있지만, 나의 마음을 지닌 사람은 나밖에 없지 않나!

5월 25일

내가 계획하고 있던 게 하나 있었는데, 성사되기 전에는 자네와 어머니에게 말하지 않을 작정이었네. 이제 다 물거품이 되어버렸으니, 얘기해도 상관없겠지. 나는 전쟁터에 나갈 생각이었네. 오랫동안 그런 계획을 품고 있었어. 공작을 따라 이곳에 온 것도 사실은 그래서였네. 공작은 ○○○부대를 지휘하는 장군이거든. 같이 산책하면서 내 속내를 공작에게 털어놓았지. 그러자 공작은 나를 만류하더군. 내가 그런 계획을 세운 건 진정 원해서라기보다 변덕에서 비롯됐던 것 같아. 내가 진정 원했다면 공작이 무슨 이유로 반대하건 귀담아듣지도 않았을 테니까.

6월 11일

자네가 뭐라고 하든 나는 더 이상 이곳에 머무를 수가 없네. 여기서 도대체 무얼 하란 말인가? 갈수록 시간은 축 처지기만 하는군. 공작이 나를 아주 극진히 대접하긴 하지만, 여기는 내가 머물 곳이 아니야. 우리 두 사람은 근본적으로 공통점이 하나도 없어. 공작은 지성인이긴 하지만 그의 지성은 극히 상식적인 수준에 그칠 뿐이야. 공작과 어울려 봤자 잘 쓰인 책을 읽으며 얻는 감흥 이상은 아예 기대할 수 없어. 한 주일만 더 머물다가 다시 정처 없이 떠돌아다니려 하네. 여기에 있으면서 제일 잘한 걸 꼽자면 그림을 그렸다는 거야. 공작은 예술에 대한 감각이 있어. 그가 학자들의 역겨운 규칙들이나 틀에 박힌 전문용어에 얽매이지 않는다면, 더욱 빼어난 감각을 지닐 수 있을 텐데. 이따금 내가 달아오른 상상력의 도움으로 그를 자연과 예술의 세계로 인도하려 할 때면, 그는 불쑥 진부한 예술 용어를 들이대며 단번에 옳게 이해했다고 만족해하는 거야. 그럴 때면 나는 분통이 터져서 이를 부드득 갈곤 한다네.

6월 16일

그래, 맞아. 나는 그저 나그네에 지나지 않아.

이 땅을 떠도는 한낱 순례자일 뿐이라네. 자네들은 그럼 그 이상의 존재인가?

6월 18일

어디로 갈 작정이냐고? 자네에게만 살짝 알려주지. 아무래도 앞으로 이주일은 더 이곳에 머물러야 할 것 같네. 그러고 나서 ○○○ 광산을 찾아가려고 계획을 잡아놓았는데 사실 광산은 구실에 지나지 않아. 그저 로테에게 조금이라도 더 가까이 가고 싶을 뿐인 거지. 그게 전부야. 나는 그런 나의 마음을 실컷 비웃고 있네. 그러면서도 결국은 내 마음이 원하는 대로 따라 주어야겠지.

7월 29일

아니 괜찮아! 모든 게 다 괜찮다니까! 내가…… 로테의 남편이라면! 아아, 저를 창조하신 하느님, 그런 행복을 제게 내려주셨더라면 저는 평생토록 잠시도 쉬지 않고 당신께 감사의 기도를 올렸을 텐데요. 당신께 따지려는 것이 아닙니다. 다만 저의 눈물을, 저의 부질 없는 소망을 용서해 주십시오! 로테가 내 아내라면! 하늘 아래 가장 사랑스러운 여인을 내 품에 안을 수 있다면! 빌헬름, 알베르트가 그녀의 날씬한 몸을 안는다는 생각만 해도 등골이 오싹해지는군.

그런데 내가 이런 말을 해도 될까? 하면 안 될 이유가 또 뭐란 말인가? 빌헬름, 그녀는 알베르트보다는 나와 함께라면 더 행복하지 않았을까! 아아, 알베르트는 그녀의 마음속 소망을 모두 충족시켜 줄 만한 인물이 못 된다네. 감수성에 다소 결함이 있다고나 할까, 결함이라…… 이건 자네 좋을 대로 해석하게나. 감동적인 책을 읽을 때면 로테와 나의 마음은 책의 한 대목에서 하나로 합쳐지지만, 알베르트의 마음은 우리와 함께하질 않는다네. 로테와 내가 누군가의 행동에 감동해서 탄성을 지르는 경우라도 그는 그러지 못한다네. 아아, 빌헬름! 물론 알베르트는 로테를 진심으로 사랑하고 있어. 그만한 사랑이라면 무슨 보답인들 받을 만하지 않겠나!

비위에 거슬리는 인간이 찾아오는 바람에 편지를 중단해야 했네. 내 눈물은 말라버리고 마음이 몹시 어수선하군. 잘 있게, 빌헬름.

8월 4일

나만 이런 건 아니야. 인간은 누구나 희망에 속고, 기대에 배신당하기 마련이니까. 나는 보리수나무 아래에서 보았던 그 마음씨 고운 부인을 찾아갔다네. 큰아들 녀석이 환호성을 지르며 나를 향해 달려왔네. 그 소리를 듣고는 어머니도 나타났는데, 몹시 슬퍼 보였네.

"아이고, 선생님, 우리 한스가 죽었어요!"

이것이 그녀의 첫마디였다네. 한스는 그녀의

막내둥이였네. 나는 그만 말문이 막히더군. 그녀가 말을 이었지.

"남편은 스위스에서 돌아오긴 했지만, 유산을 아예 받지 못하고 빈털터리가 되어 왔다니까요. 인심 좋은 사람들을 만나지 않았더라면 끼니를 구걸할 뻔했다더군요. 도중에 열병까지 걸렸다고 하데요."

나는 그 부인에게 아무 말도 해줄 수 없어서 그냥 아이의 손에 돈 몇 푼을 쥐여주었어. 그러자 부인은 부득부득 사과라도 몇 개 가지고 가라고 하더군. 나는 사과를 받아 들고 슬픈 추억의 장소를 떠났네.

8월 21일

내 마음은 손바닥을 뒤집듯이 잘도 바뀌는군. 어떤 때는 내 인생에 즐거운 빛이 다시 환히 밝아오는 듯한 기분이야. 아아, 하지만 그건 한순간일 뿐이더군! 나는 곧잘 몽상에 빠져들곤 하는데, 그럴 때면 '만일 알베르트가 죽는다면 어떨까?' 하는 생각이 저절로 드는 걸 어쩔 수가 없다네. '그렇게 되면 나는! 그래, 로테와 함께……' 그런 황당한 상상에 골몰하다 보면 낭떠러지 앞에 선 꼴이라네. 그 앞에서 나는 몸서리를 치며 물러서곤 해.

성문을 지나 내가 로테와 함께 무도회장에 가기 위하여 처음으로 마차를 달렸던 그 길을 걸어보았네. 참으로 많이 변했더군! 모두가, 모두가 다 사라져 버렸어! 지난날의 흔적은 찾을 길 없고, 지난날 내가 느꼈던 감정도 맥박이 끊어져 버렸어. 내 심정을 비유하자면 이렇네. 한창 영화를 누리던 영주가 성을 짓고는 온갖 보배로 치장했지. 영주는 숨을 거두면서 사랑하는 아들에게 흐뭇한 심정으로 성을 물려주었어. 그런데 망령이 되어 돌아와 보니 성은 잿더미가 되어버리고 폐허만 남아 있는 거야.

9월 3일

어떻게 다른 남자가 로테를 사랑할 수 있는지, 사랑해도 되는 건지 납득이 가지 않을 때가 종종 있다네. 나는 오직 로테만을 사랑하는데, 진심을 다 바쳐 넘치도록 사랑하는데, 로테 말고는 아무것도 알지 못하고, 로테 말고는 아무것도 가진 것이 없는데 말일세!

9월 4일

그래, 다 그런 거겠지. 계절이 가을로 접어들면서 내 마음과 내 주변도 가을이 되어가는군. 내 마음의 나뭇잎들은 노랗게 물들고, 주변의 나무들은 어느새 잎사귀를 떨구고 있네. 언젠가 내가 여기 도착한 직후에 어느 농가의 젊은 머슴 이야기를 편지에 쓴 적이 있었지? 얼마 전에 발하임에 가서 그 사람 소식을 알아보았는데 머슴살이하던 집에서 쫓겨났다고들 하더군. 그 후로 어떻게 지내는지는 아무도 모르더라고. 그런데 어제 다른 마을로 가는 도중에 우연히 그 사람을 만났네. 내가 말을 붙였더니 그는 그동안의 사연을 들려주었어. 정말이지 나는 그걸 들으며 감동에 감동을 거듭하지 않을 수 없었다네. 자네도 이야기를 들으면 내가 왜 그리 감동했는지 쉽게 이해할 걸세. 하지만 어쩌자고 내가 그 이야기를 자네에게 하려는 걸까? 어째서 나에게 불안과 상처를 안겨준 이야기를 혼자 가슴 속에 묻어두지 못하고 자네까지 우울하게 만들려는 걸까? 어쩌자고 나는 자네가 나를 딱해하고 나무랄 기회를 항상 제공하는 걸까? 아마 이것도 내 팔자려니 싶어!

처음에 그는 조금 겁을 먹은 듯 서글픈 얼굴로 내 물음에 나직이 대답했네. 하지만 문득 우리가 나누었던 친근한 대화가 기억나기라도 한 것처럼, 솔직하게 자신이 저지른 잘못을 고백하고는 불행한 신세를 하소연하였다네. 친구여, 그가 한 말 한마디 한마디를 고스란히 자네에게 들려주고, 자네의 판단을 들을 수만 있다면 얼마나 좋을까! 그는 이렇게 고백하였다네. 아니, 고백하였다기보다는 즐거움과 행복이 묻어나는 목소리로 추억을 이야기했다고 하는 게 맞겠군. 여주인을 향한 열정이 날이 갈수록 커지는 바람에 그는 결국에는 자신이 무엇을 하는지도, 무어라 말하는지도 모르게 되었고, 고개를 어디로 돌려야 할지도 모르는 지경이 되었다는 거야. 먹을 수도 마실 수도 없었고 잠을 잘 수도 없었으며, 목구멍에 무엇이 낀 듯 숨도 쉴 수 없었다더군. 하지 말아야 할 일은 하고, 하라고 지시받은 일은 잊어버리는 게 꼭 도깨비에 홀린 사람 같았다네.

그러던 어느 날 일이 벌어진 거야. 그는 여주인이 위층 방에 있는 것을 알고 뒤따라 올라갔다는 걸세. 아니 그녀에게 끌려간 것 같다고 해야겠지. 그런데 여주인이 자신의 간청을 들어주지 않자, 그만 완력으로 그녀를 자기 여자로 만들려고 했다지 뭔가! 어떻게 일이 그렇게 됐는지 자기도 모르겠다면서 하느님께 맹세코 자신은 항상 정직한 마음으로 여주인을 대했다고 말하더군. 열렬한 소망이라고는 오직 하나, 그녀와 결혼해 함께 평생을 보내는 것뿐이라는 거야.

이렇게 한동안 이야기를 계속하던 그는 갑자기 말을 더듬기 시작했네. 아직 할 말이 더 있기는 한데, 시원히 털어놓지를 못하는 기색이었네. 마침내 그는 무척 수줍어하면서 여주인이 그의 애정 표현을 조금은 허락해 주었고 그가 가까이 다가가도 가만히 있었다고 고백하더군. 그는 두세 번 말을 멈추고는 자신이 이런 이야기를 털어놓는 건 결코 여주인을 헐뜯기 위해서가 아니라고 몹시 힘주어 강조했네. 그는 그녀를 전과 다름없이 사랑하고 존경하고 있으며 이런 이야기는 여태껏 단 한 번도 입 밖에 낸 적이 없다더군. 나에게 이야기하는 까닭은 자신이 정신 나간 미치광이가 아니라는 걸 내가 알아주기를 바라서라는 걸세.

친구여, 이 대목에서 내가 항상 입에 달고 사는 해묵은 노래를 또다시 부를 수밖에 없겠군. 지금 내 앞에 서 있는 사람을 그 모습 그대로 자네에게 보여줄 수 있다면 얼마나 좋을까! 내가 얼마나 그의 운명을 동정하고 있으며, 동정할 수밖에 없는지를 자네도 느끼게끔 전부 다 제대로 자네에게 전달할 수 있으면 얼마나 좋을까! 하지만 굳이 그럴 필요도 없겠지. 자네는 내 운명을 알고 있고 내가 어떤 사람인지도 잘 알고 있는 만큼 내가 왜 모든 불행한 사람들에게 끌리는지를 너무나 잘 알고 있을 테니까 말일세. 특히 이 불행한 남자에게 이끌리는 이유는 더 설명하지 않아도 되겠지.

이 편지를 다시 읽어보니, 이야기의 결말을 알려주는 걸 그만 잊어버렸군. 하긴 자네라면 쉽게 짐작할 수 있을 거야. 여주인은 머슴의 구애를 거절했어. 마침 그때 여자의 오빠가 등장했는데 그 작자는 전부터 머슴을 미워해서 내쫓을 기회만 호시탐탐 노리고 있었다더군. 누이동생에게는 자식이 없어서 오빠는 동생의 재산에 잔뜩 눈독을 들이고 있었거든. 그런데 행여나 누이동생이 재혼하면 자기 아이들에게 돌아올 유산이 없을까 봐 걱정했던 거지. 오빠는 머슴을 당장 내쫓으며 그 일을 가지고 한바탕 소란을 피우는 바람에 여주인이 설령 원한다 해도 그 머슴을 다시는 집에 들일 수가 없게 만들었다는군. 지금 여주인은 다른 머슴을 들였는데 소문에 따르면 그 머슴을 두고도 오빠와의 사이가 단단히 틀어졌다고 해. 여주인은 새 머슴과 결혼할 것이 분명하다는데 오빠는 그런 일이 일어나지 않게끔 어떻게든 막을 작정이라고 하네.

내가 지금까지 자네에게 들려준 이야기는 조금도 과장되거나 미화되지 않았다네. 오히려 실제보다 약하게 수위를 조절해서 이야기했다고 해야 맞을 걸세. 오래된 풍속을 해치지 않는 말로 전달하느라 대강 건너뛴 부분도 없지 않다네.

이런 사랑, 이런 충직함, 이런 정열은 결코 문학에서 꾸며낸 것이 아니라네. 이런 것은 현실로 살아있다네. 우리가 무식하고 상스럽다고 얕잡아보는 계층의 사람들에게만 가장 순수한 모습으로 존재하고 있단 말일세! 우리네 배운 사람들이란 겉멋만 들었을 뿐, 아무짝에도 쓸모없는 사람들이라니까! 부디 이 이야기를 숙연한 마음으로 읽어주었으면 하네. 오늘, 이 이야기를 써 내려가다 보니, 마음이 차분해졌네. 필체만 보아도 평소와 달리 내 마음이 마구 내달리며 나뒹굴지 않았다는 걸 알 수 있을 거야. 친구여, 이 편지를 읽으면서 이게 바로 자네 친구의 이야기라고 생각해 주게. 그래, 바로 내가 이랬고 앞으로도 이렇겠지. 다만 그 딱하고 불행한 남자에 비하면 절반만큼의 용기도 결단력도 없는 게 바로 나야. 그러니 감히 나를 그 머슴과 비교하려 들어서는 안 되겠지.

9월 5일

로테는 업무 때문에 시골에 머무르고 있는 남편에게 짤막한 편지를 썼네. 그 서두는 이렇다네.

"세상에서 가장 사랑하는 당신, 일이 끝나는 대로 최대한 빨리 돌아와요. 당신을 반갑게 맞이할 시간이 무척 기다려지네요."

그때 마침 한 친구가 찾아와서, 알베르트에게 사정이 생겨서 당장은 돌아올 수 없게 되었다는 소식을 전해주었네. 로테의 편지는 부치지 않은 채 그냥 놓여 있다가 저녁때 내 손에 들어왔다네. 나는 그걸 읽으면서 빙긋이 웃었지. 왜 웃느냐고 로테가 묻더군. 나는 큰 소리로 대답했지.

"상상력이란 진정 하느님이 내려주신 선물이군요. 나는 잠시 이게 내 앞으로 온 편지라고 상상해 보았거든요."

로테는 내 말에 기분이 상한 듯 입을 다물어 버렸네. 나도 그냥 잠자코 있었지.

9월 6일

쉽지 않은 결정을 내렸다네. 로테와 처음으로 같이 춤출 때 입었던 소박한 푸른 연미복과 작별하기로 했네. 요즘 들어서 눈에 띄게 추레해졌거든. 그래서 먼저 입던 것과 똑같이 한 벌을 새로 맞추었네. 목깃이며 소맷부리까지 똑같이 해달라고 했네. 거기에 맞춰 노란 조끼와 바지도 다시 장만했지. 그런데 어쩐지 그때 느낌이 나질 않는군. 하지만 시간이 흐르면 새 옷도 차츰 정이 들게 되겠지.

9월 12일

로테는 알베르트를 마중하기 위해 며칠 동안

집을 비우고 여행을 떠났다네. 오늘 찾아가니, 로테가 나를 맞이해주었어. 나는 기쁨에 넘쳐서 그녀의 손에 입을 맞췄지.

화장대 거울 위에 앉아 있던 카나리아 한 마리가 포르르 날아와 로테의 어깨 위에 앉았지.

“새 친구가 생겼어요.”

그녀는 그렇게 말하면서 카나리아를 자기 손 위로 불러들여 앉혔네.

“아이들에게 선물하려고 데려왔어요. 얼마나 귀여운지 몰라요. 자, 보세요! 빵을 주면 날개를 파닥거리면서 아주 예쁘게 쪼아먹어요. 나에게 키스도 해주는걸요. 이것 보세요!”

그녀가 카나리아에게 입술을 내밀자, 새는 마치 자신이 누리는 행복을 알기라도 하는 듯 그녀의 감미로운 입술을 다정스럽게 부리로 콕콕 쪼았다네.

“당신도 키스하게 해드릴게요.”

로테는 그렇게 말하며 새를 나에게 넘겨주었

네. 그 자그마한 부리가 로테의 입술에서 나의 입술로 옮겨온 거야. 내 입술을 쪼아대는 감촉은 사랑의 기쁨을 미리 알려주려는 숨결인 양 살랑거렸다네. 나는 이렇게 말했지.

"이 키스에는 욕망이 없지는 않군요. 먹이를 찾다가 아무런 수확 없이 애무만 받고는 실망해서 돌아가잖아요."

"이 아이는 내 입에서 모이도 잘 받아먹는걸요."

로테는 그렇게 말하면서 빵 부스러기를 입에 물고 새에게 내밀었다네. 그 입술에서는 천진난만한 사랑의 기쁨이 해맑게 피어올랐네. 나는 얼굴을 돌리고 말았네. 그녀는 그런 짓을 하지 말았어야 했네! 천사같이 순수하고 환희에 넘치는 장면으로 나의 상상력을 자극하지 말았어야 했다고! 인생살이야 아무러면 어쩌냐며 일껏 잠재운 내 마음을 다시 깨우지는 말았어야지! 그렇다고 로테가 못 할 짓을 한 건 아니지 않나? 이렇듯 그녀는 나를 믿고 있는 거야! 내가 얼마나 사랑하

고 있는지 로테도 잘 알고 있으면서 말일세!

9월 15일

빌헬름, 이 세상에는 소중한 것이 얼마 남아 있지 않은데도 그 소중한 것을 아무 생각이나 감정도 없이 다루는 인간이 있으니 정말이지 미칠 지경일세. 내가 로테와 함께 성 ○○마을의 충직한 목사님을 찾아간 얘기를 한 적이 있지. 목사관 뜰의 호두나무들을 자네도 기억하고 있을 걸세. 그 늠름한 나무 곁에 다가갈 때마다 내 마음은 터질 듯한 기쁨으로 얼마나 벅차올랐던지! 그 나무들 덕분에 목사관이 얼마나 친근하게 느껴졌는지 모른다네. 무성한 나뭇가지들은 또 얼마나 시원한 그늘을 드리웠던지! 거기에 있으면 오래전에 그 나무들을 심었다던 독실한 목사님들 생각이 절로 나곤 했어.

마을 학교 선생님은 자기 할아버지에게서 들

었다면서 우리에게 어떤 목사님을 자주 언급하시곤 했어. 아주 훌륭한 분이셨다더군. 나는 호두나무 아래에 서서 그분의 이름을 떠올릴 때마다 숙연한 기분이 들곤 했었네. 어제 학교 선생님은 나에게 호두나무들이 베어졌다는 이야기를 들려주었는데, 그의 눈에는 눈물이 가득 고여 있었다네. 나무를 베어버리다니! 나는 분통이 터져 미칠 지경이야. 맨 처음에 도끼를 내리찍은 개자식을 죽여버리고 싶은 심정이야. 나라면 그런 나무가 뜰에서 수명을 다하고 늙어 죽었다고 해도 슬퍼서 어쩔 줄을 모를 텐데 이런 꼴을 잠자코 보고 있어야만 하다니.

그런데 친구여, 인심이란 게 참 재미있다 싶어! 나무를 베어버린 걸 두고 마을 전체가 못마땅해하고 있어. 목사관에 선물로 들어오는 버터며 달걀 따위 물건들이 줄어든 걸 보고, 부디 목사 부인은 자신이 마을에 무슨 짓을 저질렀는지 깨달아야 할 텐데 말이야. 나무를 베게 한 장본

인이 바로 새로 부임한 목사(전에 계시던 늙은 목
사는 돌아가셨네)의 부인이라네. 비쩍 마르고 병
약한 여자인데, 아무도 그녀에게 관심을 가지지
않아서인지 세상사에 아무런 관심도 없이 살고
있어. 이 얼간이는 박식한 척하면서 성서를 뒤적
여대고, 요즘 유행하는 도덕을 강조하는 기독교
개혁 운동에는 열을 올리지만, 라바터의 열광적
인 신앙에는 시큰둥해하지. 건강이 워낙 나쁘다
보니까 하느님이 창조하신 이 대지에선 아무런
기쁨도 느끼지 못하는 거야. 그렇게 생겨 먹은
여자니까 그 소중한 호두나무를 베어버릴 생각
을 할 수 있었던 거지.

　나는 정말이지 기가 막힐 뿐이야! 그녀가 왜
그랬는지 짐작이 가나? 낙엽이 지면 마당이 지
저분하고 질퍽거리는 데다가, 나무가 워낙 무성
해서 햇빛을 가린다는 거야. 게다가 호두가 열리
면 동네 아이들이 돌멩이를 던져대서 신경에 거
슬린다는군. 그러니까 목사 사모님께서 케니코

트와 젬블러, 그리고 미하엘리스[30]를 비교 연구
하며 명상에 잠겨야 하는데 호두나무 때문에 방
해받는다는 걸세. 마을 사람들, 특히 노인들이
무척 불만스러워하기에 내가 물어보았네.

"어르신들은 왜 그냥 보고만 있으셨습니까?"

돌아온 대답은 이랬다네.

"이런 시골에서는 이장(里長)이 작정하고 나서
면 우리로서는 어쩔 도리가 없거든요."

그런데 뜻밖에도 일이 조금은 속 시원하게 풀
렸다네. 목사는 멀건 수프만 끓여주는 심술쟁이
마누라 덕을 이번 기회에 좀 보려는 속셈에 나무
를 판 돈을 이장과 반반씩 나누기로 둘이 합의를
보았거든. 그런데 관할 관청에서 이 일을 알고는
베어낸 나무를 가져오라고 통고한 거야. 호두나
무가 서 있던 목사관의 땅은 오래전부터 관할 관
청이 소유권을 보유하고 있기 때문이야. 결국 관

---

30 케니코트, 젬블러, 미하엘리스는 18세기에 활약한 영국과 독
　일의 신학자들이다.

청은 제일 높은 가격을 부른 사람에게 호두나무를 팔았다네. 아무튼 호두나무는 땅바닥에 쓰러져 있네! 아아, 내가 영주라면! 목사 부인이며 이장이며 관할 관청 따위를 그냥 싹…… 영주라면 정말이지! 하긴 내가 영주라면 영지에 있는 나무 따위에 신경이나 썼겠는가!

10월 10일

로테의 검은 눈동자를 바라보고만 있어도 나는 기분이 좋아진다네! 그런데 나를 화나게 하는 것은, 알베르트가 내가 기대하는 만큼 행복해 뵈지 않는다는 거야. 만일…… 내가…… 었다면 얼마나…… 나는 워낙 말 줄임표를 즐겨 쓰는 편이 아니지만, 이 경우에는 이렇게 하지 않고는 표현할 길이 없군. 하긴 이것만으로도 충분히 의미가 전달될 걸세.

10월 12일

오시안이 내 마음속에서 호메로스를 쫓아내고 말았다네. 아, 이 위대한 시인이 나를 데리고 간 세계가 얼마나 경이로웠던지! 안개 자욱하고 달빛 아스라한 밤, 조상들의 혼령을 인도하는 폭풍우가 휘몰아칠 때면 시인은 황야를 방랑한다네. 첩첩산중에서는 우레 같은 계곡물 소리를 반주 삼아 동굴 속 혼령들의 탄식이 금세라도 끊어질 듯 희미하게 들려오는가 하면, 잡초로 덮이고 이끼가 긴 네 개의 묘석 옆에는 한 처녀가 장렬히 전사한 애인을 그리워하며 목 놓아 통곡하고 있다네.

이윽고 백발이 성성한 음유시인이 모습을 드러내고는 조상들의 발자취를 찾아 드넓은 황야를 헤맨다네. 아아, 마침내 조상의 묘석을 찾아낸 시인은 탄식하며 정겨운 저녁 별이 거친 바다 너머로 저무는 걸 바라본다네. 그러고 있노라면 영웅의 가슴 속에는 지난 시절이 생생하게 되살아나는 거야. 별빛이 모험을 떠나는 용사들에게 친절히 길을 밝혀주고, 승리의 화환으로 꾸미고 돌아오는 배를 달빛이 맞아주던 시절이었지. 홀로 남겨진 시인의 이마에는 깊은 시름이 서려 있네. 그는 지친 몸을 이끌고 비틀비틀 무덤을 향해 걸어가는군. 떠나간 이들의 혼령이 기운 없이 떠도는 모습을 본 시인은 고통 속에서도 뜨겁게 불타오르는 기쁨을 새삼 맛보고는 절규한다네.

"나그네가 오리라. 아름다웠던 나를 아는 나그네가 와서 물으리라, '그 음유시인은 어디 있는가? 핑갈[31]의 빼어난 아들은 어디 있는가?' 나그네의 발길은 내 무덤을 밟고 지나가리니, 나를 찾아 헛되이 대지를 헤매리라."

아아, 친구여! 나는 당장 고귀한 기사가 되어서 장검을 빼어 들고는 서서히 죽어 가는 나의

---

31 핑갈은 전설 속 스코틀랜드의 왕으로 시인 오시안의 아버지이다.

주군 오시안을 단말마의 고통에서 단번에 해방
되게 해주고 싶네. 그러고는 해방된 반신(半神)
의 뒤를 따라 나의 영혼도 떠나보내고 싶네!

10월 19일

아아, 이 공허함을! 내 가슴에서 느껴지는 섬
찟한 공허함을 어찌하랴! 나는 종종 생각한다네.
로테를 한 번만, 딱 한 번만이라도 내 품에 안을
수 있다면 이 공허함은 단번에 메워질 텐데.

10월 26일

그래, 친구여, 이제 확실해지는군. 갈수록 더
확실히 알게 되는 중이야. 인간이란 존재는 정말
이지 보잘것없다는 걸 말일세. 로테의 집에 친한
여자가 하나 찾아왔네. 나는 옆방으로 자리를 옮
기고 책을 집어 들었지만 잘 읽히지 않더군. 그

래서 펜을 들고 글을 쓰려고 하는데 마침 두 사람이 나직한 목소리로 이야기하는 것이 들렸네. 누구는 결혼한다느니, 누구는 병이 들었는데 심상치 않다느니 하는 따위의 자질구레한 이웃들 소식이었지.

"그 부인은 마른기침을 심하게 한다는군요. 얼굴은 아주 뼈만 남아 앙상한 데다가 종종 까무러치기까지 한대요. 거의 살 가망이 없는 모양이에요."

친구가 이렇게 말하자 로테도 한마디했네.

"N. N 씨도 매우 아프다면서요?"

그러자 친구가 대꾸하더군.

"몸이 퉁퉁 부었다나 봐요."

이런 이야기를 듣고 있으려니 나는 강력한 상상력에 이끌려 어느새 그 불행한 사람들의 병상에 가 있게 되더라고. 더 살 수 없게 된 것을 너무도 애통해하는 그들의 모습이 생생히 보이는 거야. 그 불행한 사람들은 얼마나 괴로울까. 그런데 빌헬름, 로테와 그 친구는 생판 모르는 사람이 죽어가는 것처럼 아무렇지도 않게 대화를 나누고 있더라니까. 나는 방 안을 둘러보았네. 로테의 옷가지와 알베르트의 서류들, 가구들이 보이더군. 모두 나에게는 눈에 익은 물건들이지. 잉크병까지도 눈에 익었으니까. 나는 그것들을 보며 생각에 잠겼네.

'과연 너 베르터는 이 집에서 어떤 존재란 말인가? 로테와 알베르트, 둘 다 너를 소중히 여긴다는 건 분명해! 너는 가끔은 그들을 기쁘게 해주지. 너는 마음속으로는 이 둘이 없으면 살아갈 수 없을 거라고 여기고 있어. 하지만 만일 네가 떠나버린다면, 로테와 알베르트 곁에서 멀어진다면 어떻게 될까? 그들은 네가 없어져서 생긴 빈자리를 살아가면서 느끼기는 할까? 느낀다면 얼마나 오래 느끼려나? 얼마나 오래?'

아아, 인간이란 이처럼 덧없는 존재라네. 나라는 존재를 확실히 느낄 수 있는 장소, 나의 현재

모습을 진실하게 새겨놓을 수 있는 장소는 오직 사랑하는 사람들의 기억과 영혼뿐이건만, 거기에서조차도 인간은 흔적도 없이 사라져 버려야 하는 걸세. 그것도 아주 순식간에 말이야!

10월 27일

사람들은 어쩌면 이다지도 서로에게 무관심한 걸까! 그런 생각이 들면 내 가슴을 갈가리 찢어버리고 내 머리통을 박살 내버리고 싶을 때가 한두 번이 아니라네. 아아, 사랑과 기쁨, 온정과 즐거움, 이런 것들을 내가 상대방에게 베풀지 않는다면 당연히 그 사람도 나에게 베풀지 않겠지. 그리고 내가 아무리 환희에 벅차올라서 한 사람을 행복하게 해주려 해도, 상대가 냉랭하고 시큰둥하게 나를 대한다면 어쩔 도리가 없을 걸세.

같은 날 저녁

내가 가진 것은 많으나, 로테를 향한 감정이 그 모든 것을 다 삼켜버린다네. 내가 가진 것이 아무리 많다 해도 로테가 없으면 모두 다 아무것도 아니게 되어버린다네.

10월 30일

그녀의 목을 와락 끌어안을 뻔했던 게 벌써 수백 번은 되려나! 다시없이 사랑스러운 존재가 눈앞에서 돌아다니는데도 손을 뻗쳐 잡을 수 없다니! 그 심정은 하느님만이 아실걸세. 손을 뻗어서 잡으려는 건 인간의 가장 자연스러운 충동이 아닌가? 아이들은 눈에 들어오는 것은 죄다 손을 뻗어 잡으려 들지 않는가?

그런데 나는 어째서?

11월 3일

내가 다시는 깨어나지 않기를 바라면서 잠자리에 든다는 걸 그 누가 알려나! 그런 희망을 품고 잠이 들었다가 아침에 눈을 뜨고 햇빛을 보면 참담한 심정이라네. 아아, 차라리 이런 기분을 날씨 탓으로, 다른 사람 탓으로, 아니면 계획이 실패한 탓으로 돌리며 심통을 부릴 수 있다면 좋으련만. 그럴 수만 있다면 나를 짓누르는 불쾌감의 무게가 절반으로 줄어들 텐데 말이야! 그러나 슬프게도 나는 모든 잘못이 나에게 있다는 걸 너무도 분명히 알고 있네. 아니 굳이 잘못이라고 할 건 없겠지! 그저 지난날 내 모든 행복의 원천이 내 마음속에 있었듯이, 요즈음 모든 불행의 원천도 내 마음속에 있다고만 말하겠네. 예전의 나는 넘치는 감정에 올라타고 두둥실 떠다녔고, 한 발짝 내디딜 때마다 낙원을 발견하지 않았던가! 내 마음은 온 세상을 넘치는 사랑으로 품으려 들지 않았던가! 지금의 나는 그때의 나와 똑같은 사람이건만, 이제 그 마음은 죽어버렸다네. 내 마음에서는 어떤 감동도 솟아나지를 않는 데다가 눈물마저 바싹 말라버렸다네. 메마른 나의 감각을 상쾌한 눈물로 촉촉이 적시지도 못한 채 불안에 시달리려니 이맛살만 찌푸리게 되는군.

내가 이다지도 괴로운 이유는 내 삶의 유일한 기쁨을 잃었기 때문일세. 나는 만물에 생명을 불어넣는 성스러운 힘을 지닌 덕분에 내 주변에 온갖 세계를 창조해 내곤 했는데 이제 그 힘이 내게서 사라져 버린 거야! 창문 너머로 머나먼 언덕을 바라보고 있노라면, 아침 햇살이 안개를 헤치고 나와서 고요한 들판을 비추고, 강물은 잎새를 떨군 버드나무 사이를 빙빙 돌아서 유유히 나에게 다가오지. 아아, 그런데 이토록 눈부신 자연마저 마치 에나멜로 광을 낸 한 점의 그림처럼 뻣뻣하게 내 앞에 버티고 있다니! 이토록 황홀한 광경마저 한 방울의 행복을 내 심장에서 뇌로 올려보내지 못하다니, 멀쩡한 인간이 하느님의 얼굴인 대자연을 마주하고도 바짝 마른 샘물처럼, 바닥이 갈라진 물통처럼 서 있는 꼴이라니! 나는 몇 번이나 땅바닥에 몸을 던지고는 나의 눈물을 돌려달라고 하느님께 애걸했다네. 비 올 기미도 없이 꿈적하지 않는 하늘 아래에서 대지가 온통 바싹 타들어 가는걸 보는 농부의 심정으로 말일세.

그러나 아아, 나는 느낀다네, 우리가 아무리 애타게 간청해도 하느님은 비와 햇빛을 내려주시지는 않는다는 것을 말일세. 내가 사무치게 그리워하는 그 시절 또한 돌려주시지 않을 걸세. 그 시절이 그토록 행복했던 까닭은 뭘까? 내가 참을성 있게 성령을 기다리면서 성령이 내게 베푸신 기쁨을 온 마음으로 감사하며 받아들였기 때문이 아니겠나!

로테가 절제를 모른다며 나를 나무라지 뭔가!
아아, 얼마나 다정스럽게 나무라던지! 내가 종종
포도주 한 잔으로 시작했다가 결국에는 한 병을
죄다 비워버리는 걸 지적한 거야.

"그러지 말아요. 로테를 생각해서라도요!"

그녀의 말에 나는 이렇게 답할 수밖에 없었다네.

"당신을 생각하라고요? 그런 말을 할 필요가
있을까요? 생각할 뿐이겠어요! 아니, 생각한다
는 말은 맞지 않겠군요. 당신은 언제나 내 마음
속에 있으니까요. 오늘도 나는 며칠 전에 당신이
마차에서 내렸던 바로 그 자리에 한참을 앉아 있
었답니다."

로테는 내가 더 이상 그런 소리를 하지 못하게
끔 화제를 돌려버리더군. 친구여! 나는 아무런
힘도 없는 존재라네. 그녀가 나를 마음대로 다룰
수 있으니 말일세.

빌헬름, 진심으로 나를 걱정하고 좋은 충고를 해주다니, 정말 고맙네. 부디 너무 걱정하지 말게나. 내가 그냥 혼자 참고 견디게 내버려두게. 많이 지치기는 했지만, 끝까지 버틸 힘은 아직 충분하니까. 자네도 알다시피 나는 종교를 존중하고 있어. 종교가 지쳐 있는 많은 이들에게 지팡이가 되어주며, 고통받는 자들에게 위로가 되어준다는 사실 또한 잘 알고 있네. 하지만 과연 종교가 모든 사람에게 예외 없이 그런 도움을 줄 수 있을까? 이 넓은 세상을 둘러보면 교회를 다니든 다니지 않든, 종교에서 아무런 도움도 받지 못했고 앞으로도 받지 못할 사람들이 무수히 많지 않은가? 그런데도 내가 굳이 종교에서 도움을 구해야 할까? 하느님의 아들이신 예수조차도 아버지 하느님께서 보내주시지 아니하면 누구든 자기 곁에 있을 수 없다고 말씀하시지 않았던가?[32] 그런데 만일 내가 하느님이 당신의 아들 예수에게 보내신 사람이 아니라면? 아버지이신 하느님께서 나를 당신 곁에 두려 하신다고 내 마음이 말하고 있다면?

부디 내 말을 오해하지는 말아주게. 순수한 심정으로 하는 말인 만큼 빈정댄다고 여기지는 말았으면 하네. 자네에게 내 심경을 숨김없이 털어놓는 것뿐이니까. 그러지 않을 바에야 차라리 그냥 입을 다물고 있었을 걸세. 사람들은 거의 아는 게 없는 일에 대해서는 가급적 말을 아끼려 하고, 나 역시 예외가 아니니까 말일세.

인간의 운명이란 끝까지 자신의 분수를 지키며 살다가 자신의 잔에 담긴 술을 말끔히 비우는 것 말고 또 뭐가 있겠는가? 더구나 아직 승천하지 않은 인간 예수마저도 자신의 잔에 담긴 술이 지독히 쓰다고 느꼈거늘,[33] 내 어찌 허세를 부리

---

32 《요한복음》6장 44절과 65절 참조.
33 《마태복음》26장 39절 참조.

며 내 잔이 달콤하다고 꾸며대겠는가? 나의 존재 전부가 삶과 죽음의 갈림길에서 바르르 떨고 있는 그 끔찍한 순간에, 앞날의 컴컴한 낭떠러지 위에서 지난날이 번갯불처럼 번뜩이는 순간에, 나를 둘러싼 것들이 모조리 가라앉으려 하고 나와 더불어 온 세계가 무너져 내리려는 그 끔찍한 순간에 내 어찌 부끄러워할 것이 있겠는가! 의지할 것 하나 없는 지경에서 자신을 어쩌지 못하고 걷잡을 수 없이 무너져 내리던 한낱 피조물 인간이 절망의 밑바닥에서 이를 악문 채 부르짖은 말은 바로 이랬다네.

"나의 하느님, 나의 하느님, 어찌하여 나를 버리시나이까?"[34]

내가 그렇게 부르짖는다 해도 부끄러워할 이유는 없지 않겠는가? 하늘을 한 필의 피륙처럼 둘둘 말 수 있다는 하느님의 아들[35]조차도 피할

---

34 《마태복음》 27장 46절 참조.
35 《요한 묵시록》 6장 14절 참조.

수 없었던 바로 그 순간이 닥친다 해도 내가 겁을 먹을 이유는 없지 않겠는가?

11월 21일

로테는 나와 그녀 자신을 파멸시키는 독약을 조제하고 있으면서도 정작 그걸 알지도 못하고 느끼지도 못한다네. 그녀가 나를 파멸로 이끌 잔을 내밀면 나는 기뻐 어쩔 줄 모르며 서슴없이 비운다네. 자주, 아니, 자주라고는 할 수 없겠지. 어쨌든 가끔 로테는 나를 다정스러운 눈으로 물끄러미 보곤 해. 내가 얼결에 감정을 표현하고 말았을 때 너그러이 받아주는 적도 가끔 있고, 내가 괴로움을 견디는 게 애처롭다는 마음을 얼굴에 드러낸 적도 가끔 있어. 로테는 어쩌자고 이러는 걸까?

어제 작별하려는 나에게 로테는 손을 내밀며 이렇게 말하더군.

“잘 가요, 사랑하는 베르터!”[36]

사랑하는 베르터라니! 그녀가 나에게 ‘사랑하는’이라는 수식어를 붙인 것은 이번이 처음이었어. 그 말은 내 뼛속 깊숙이까지 파고들었어. 나는 그 말을 수백 번이나 되풀이했지. 밤에 잠자리에 들면서 혼자서 되는대로 중얼대다가 불쑥 이런 말이 튀어나오는 거야. “잘 자요, 사랑하는 베르터!” 그러고는 이리는 내가 어이가 없어 피식 웃고 말았지.

11월 22일

‘로테를 저에게 맡겨주소서!’ 이렇게 기도해

---

36 “사랑하는 베르터(lieber Werther)”라는 말에서 형용사 ‘lieb’은 ‘사랑하는’이란 의미를 담고 있지만, 사람의 이름 앞에 붙는 관용적인 표현으로 쓰일 때는 ‘친애하는’이라는 의미로 이해해야 옳다. (1월 20일 자 편지의 서두인 ‘사랑하는 로테’ 역시 ‘친애하는 로테’라는 의미이다). 따라서 베르터가 로테의 말을 ‘사랑하는’이란 의미로 받아들이는 것은 다소 억지스러운 해석이다. 바로 이런 점이 서글픈 코믹함을 자아내고 있다.

서는 안 되겠지. 하지만 그녀가 내 여자처럼 여겨질 때가 자주 있다네. '로테를 저에게 주소서!' 이렇게 기도해서도 안 되겠지. 그녀는 이미 다른 남자의 여자이니까. 나는 이렇게 내 괴로움을 재료 삼아 말장난을 즐긴다네. 계속 이러고 있다가는 명제와 반명제를 끝도 없이 늘어놓게 생겼어.

11월 24일

로테는 내가 무엇을 견디고 있는지 느끼고 있어. 오늘 그녀의 눈길은 내 마음속을 깊숙이 꿰뚫고 있었다네. 내가 찾아갔을 때 그녀는 혼자 있더군. 내가 아무 말도 하지 않으니, 그녀는 물끄러미 나를 바라보았네. 그 순간에는 그녀의 단아한 아름다움도, 빼어난 지성의 번뜩임도 중요하지 않았어. 그런 것들은 모두 내 눈앞에서 사라져 버렸다네. 나를 바라보는 그녀의 눈빛은 그 어느 때보다도 황홀하고 아름다웠다네. 진심 어린 관심과 달콤한 연민을 듬뿍 담은 눈빛이었어. 그런데 어째서 나는 그녀의 발치에 몸을 던져서는 안 되는 걸까! 어째서 그녀의 목덜미에 키스를 퍼부으며 화답해선 안 되는 걸까!

로테는 어색한 분위기에서 벗어나려고 피아노 앞으로 갔네. 그러고는 피아노를 치면서 감미롭고 나직한 목소리로 속삭이듯이 노래를 불렀네. 로테의 입술이 그때처럼 매혹적으로 보였던 적은 없었네. 그녀의 입술은 피아노에서 흘러나오는 감미로운 멜로디를 들이마시려는 듯 살포시 열렸다네. 그 순결한 입에서는 악기의 은은한 반향(反響)이 되돌아 나오는 듯했다네. 아, 그 모습을 고스란히 자네에게 말로 전할 수 있다면 좋으련만!

나는 더는 견딜 수 없어서 고개를 숙이고 맹세했네. ‘천상의 기운이 서려 있는 입술이여, 내가 감히 그 입술에 키스하려 드는 일은 절대로 없으리라!’ 하지만 그래도…… 그 입술에…… 아아!

내 맹세가 장벽이 되어 내 영혼을 가로막고 있으니……황홀한 행복을 맛보고…… 그러고서 내 한 몸 바쳐서 죄의 대가를 치를까? 그런데 그것이 정말로 죄일까?

11월 26일

가끔 나는 나 자신에게 이렇게 말한다네.

'그대 같은 운명은 다시 없을지니, 다른 사람들을 행복하다고 일컬을지어다. 그대같이 고통스러워한 자가 누가 또 있겠는가.'

그러고 나서 고대 시인의 글을 읽다 보면, 마치 내 마음속을 들여다보는 느낌이 들곤 해. 내가 견디어내야 할 괴로움이 이렇게 많단 말이구나! 아아, 나보다 앞서 살았던 사람들도 이토록 괴로웠단 말인가?

11월 30일

나는, 나는 아무래도 제정신으로 돌아오지 못할 것 같군. 어디를 가든 내가 넋이 나가게 하는 일을 맞닥뜨리게 되니 말일세. 오늘은 또 어땠는지! 아아, 운명이여! 인간이여!

점심때 영 식욕이 나질 않아서 강변을 따라 거닐고 있었다네. 어디를 보아도 황량하기만 했지. 산에서는 축축하고 차가운 서풍이 불어왔고, 잿빛 비구름이 골짜기로 몰려들었지. 저 멀리 허름한 초록색 옷을 입은 사내가 보이더군. 바위 사이를 기어다니는 게 약초를 찾고 있는 듯이 보였어. 내가 다가가자, 그는 인기척을 듣고 뒤를 돌아다보았는데, 그 생김새가 내 마음을 끌었다네. 잔잔한 슬픔이 짙게 서리긴 했지만, 선량하고 정직해 보이는 얼굴이었어. 검은 머리카락 중 두 가닥은 돌돌 말아 올려 핀을 꽂았고, 나머지는 굵게 땋아 등 뒤로 드리우고 있었네. 옷차림으로 보아 신분이 낮은 사람처럼 보였기에 그가 무얼 하는지 궁금해해도 언짢게 여기지 않을 듯싶었어. 그래서 나는 그에게 무엇을 찾고 있느냐고 물어보았지. 그는 한숨을 푹 내쉬면서 대답했네.

"꽃을 찾고 있습니다. 그런데 한 송이도 보이지 않는군요."

나는 빙긋 웃으면서 말했지.

"지금은 꽃이 있을 철이 아니니까요."

그러자 그는 내가 있는 쪽으로 내려오면서 말하더군.

"꽃은 얼마든지 있습니다. 우리 집 뜰에는 장미와 두 종류의 인동초가 있답니다. 인동초 중 하나는 아버지가 주신 것인데, 지금은 잡초처럼 무성하답니다. 벌써 이틀째 꽃을 찾아다니고 있는데 보이지를 않는군요. 이 근처에는 언제나 꽃이 지천으로 피어 있는데요. 노란 꽃, 파란 꽃, 빨간 꽃들이요. 용담초는 예쁘게 생긴 작은 꽃을 피우지요. 그런데 하나도 눈에 보이질 않는군요."

나는 어쩐지 섬뜩한 기분이 들어서 슬쩍 에둘러서 물어보았네.

"꽃을 따서 무얼 하려고 그러나요?"

그는 얼굴을 일그러뜨리며 야릇한 미소를 지었다네. 그러고는 입에 손가락을 갖다 대고는 말을 이었네.

"절대로 다른 사람에게 이야기하면 안 됩니다. 애인에게 꽃다발을 만들어주겠다고 약속했거든요."

"그거 참 근사하군요."

"아아! 그녀는 가진 것이 아주 많아요. 부자이거든요."

"그래도 당신의 꽃다발은 좋아할 거예요."

"아아, 그녀는 보석과 왕관도 가지고 있지요."

"그런데 애인 분 이름이 뭔가요?"

그러자 엉뚱한 대답이 돌아왔네.

"네덜란드 정부에서 급여만 제대로 받았더라면 내가 이 꼴이 되지는 않았을 텐데! 그래요, 한

때 정말 좋았던 시절이 있었지요! 이제는 모두 다 지나간 일이지만요. 나는 지금……”

하늘을 우러러보며 눈물짓는 그의 모습에서 나는 모든 걸 짐작할 수 있었네. 나는 그에게 물어보았지.

“그러면 그때는 행복했군요?”

“아아! 다시 그런 날이 오면 얼마나 좋겠어요! 그 무렵에는 물 만난 물고기처럼 행복하고 즐겁고 신이 났었다니까요!”

그때 한 늙은 여인이 우리 있는 쪽으로 다가오며 “하인리히!”라고 소리쳤네.

“하인리히, 대체 어디 있었니? 널 찾아서 사방을 돌아다녔단다. 자, 어서 가자, 밥 먹어야지.”

나는 노파에게 다가서며 물었네.

“아드님이신가요?”

“네, 제 불쌍한 자식이랍니다. 하느님께서 저에게 무거운 십자가를 지우신 거지요.”

“아드님이 이렇게 된 지 얼마나 됐습니까?”

"이렇게 얌전해진 지는 반년쯤 되었어요. 그래도 이만하니 다행이지요. 그전에는 꼬박 1년 동안 미쳐 날뛰는 바람에 정신병원에 갇혀서 사슬에 묶여 있었지요. 지금은 누구에게도 해를 끼치지 않아요. 그저 허구한 날 임금님이 어떠니 황제가 어떠니 하는 소리만 지껄일 뿐이지요. 전에는 착하고 얌전한 아이여서 집안 살림에 보탬이 되었어요. 글씨도 참 잘 썼답니다. 그런데 갑자기 침울해지더니 지독한 열병을 앓았답니다. 그러고 나서 미쳐버린 거예요. 지금은 보시다시피 이 모양 이 꼴이랍니다. 그걸 좀 더 말씀드리자면……"

나는 청산유수로 쏟아져나오는 여인의 말을 끊고 물었네.

"그러면 아드님이 무척 행복하고 즐거웠다고 자랑하는 시기는 언제인가요?"

"아이고, 바보 같은 녀석!"

여인은 애처로운 듯 쓴웃음을 지으며 소리치

더군.

"완전히 정신이 나갔을 때 얘기예요. 그때가 좋았다며 늘 자랑삼아 떠벌인답니다. 정신병원에서 자기가 누군지도 모르고 갇혀 있던 때인데도 말이에요."

그 말에 나는 천둥소리를 들은 듯 정신이 얼얼해지더군. 이윽고 나는 노파의 손에 동전 한 닢을 쥐여 주고는 서둘러 자리를 떴다네.

'그대는 그때가 행복했다는 건가!'

시내 쪽으로 바삐 걸음을 재촉하며 나는 외쳤다네. 그때 그대는 물을 만난 물고기처럼 행복했구나! 하늘에 계신 하느님! 당신은 인간이 이성을 얻기 전과 이성을 잃게 되는 시기를 빼고는 행복을 누릴 수 없게끔 정해놓으셨군요! 가엾은 친구여! 그래도 나는 그대의 우울증이, 그대를 좀먹어가는 정신착란이 부럽기만 하구나! 그대는 한겨울에도 그대의 여왕에게 꽃을 꺾어 바치겠다는 희망에 부풀어 집을 나서지 않는가! 그러고는 꽃이 하나도 보이지 않는다고 슬퍼하면서도 어찌하여 꽃이 보이지 않는지를 깨닫지 못하는구나. 그런데 나는…… 나는 아무런 희망도 목적도 없이 집을 나섰다가, 그 모습 그대로 돌아오는구나. 그대는 네덜란드 정부에서 급여만 받았어도 지금처럼 되지는 않았을 거라고 말한다. 그대의 불행을 세상 탓으로 돌릴 수 있으니, 그대는 얼마나 축복받은 사람인가! 그대는 느끼지 못하리라. 그대가 비참하게 된 건 마음이 짓눌리고 머리가 짓밟혔기 때문임을, 그렇기에 이 세상의 어떤 왕도 그대를 구해낼 수 없음을 그대는 느끼지 못하리라.

환자가 병을 고치려고 머나먼 샘물을 찾아 나섰다가 오히려 병이 깊어져서 한층 더 고통스럽게 삶을 마쳤다면서 비웃는 자들이여! 괴로운 사람이 양심의 가책을 떨쳐내고 마음의 고통을 덜려고 그리스도의 무덤을 찾아 순례를 떠났다면서 멸시하는 자들이여! 그대들은 아무런 위안도 받지 못하고 처참히 죽게 되리라! 길도 없는 곳을 헤치고 가느라 고통스럽게 내딛는 한 발짝 한 발짝은 불안에 시달리는 영혼에게는 아픔을 달래는 진통제가 아닌가! 고달픈 여행을 하루하루 참고 견디어 낼 때마다 마음은 무거운 짐을 차츰 덜어내며 홀가분해지지 않는가! 그런데도 그대들은, 푹신한 소파에 앉아서 입만 나불대는 그대들은 이것을 광기라 부르려는가? 광기라니!

아아, 하느님! 저의 눈물을 보소서! 당신은 우리 인간을 이토록 불쌍하게 창조하시고서는 그것도 모자라서 우리의 빈한한 재산과 당신을 향한 소박한 믿음마저 앗아가는 형제들까지 굳이 덧붙여 주셔야만 했습니까? 만물을 사랑하시는 하느님! 병을 고치는 뿌리와 포도즙의 신비한 효능을 믿는 마음은 당신을 향한 믿음이 아니고 무엇이겠습니까? 우리가 시시각각 애타게 필요로 하는 치유와 진정의 힘을 당신께서 우리 주변의 온갖 것들 속에 숨겨 놓으셨다는 믿음 말입니다. 정체를 알 수 없는 하느님 아버지시여! 한때 저의 영혼을 구석구석 채워주셨으나, 지금은 저를 외면해 버리신 아버지시여! 부디 저를 당신 곁으로 불러주십시오. 더는 침묵하지 마소서! 이 목마른 영혼은 당신의 침묵을 견딜 수 없습니다. 갑자기 돌아온 아들이 아버지를 끌어안고 이렇게 외칩니다.

"아버지, 제가 돌아왔습니다. 오래 돌아다니다 오라는 아버지의 뜻을 거스르고, 제 마음대로 여정을 중단했다고 노여워하지는 마세요. 세상은 어디를 가나 마찬가지이더군요. 고생하고 일하면 보상과 기쁨이 따르긴 하지요. 하지만 그런 것이 대체 저에게 무슨 소용이 있겠습니까? 저는 그저 아버지가 계시는 곳이 좋습니다. 괴로움도 즐거움도 아버지가 계신 곳에서 맛보고 싶습니다."

이런 말을 듣고 어느 인간이, 어느 아버지가 노여워하겠습니까? 하늘에 계신 사랑하는 아버지, 당신은 이 아들을 진정 물리치시렵니까?

12월 1일

빌헬름! 지난번 편지에서 내가 행복하고도 불행한 남자에 관해 썼었지. 그 남자는 로테의 아버지 밑에서 일하던 서기였다는군. 그 남자를 미치게 만든 건 로테를 향한 사랑이었어. 남몰래 로테를 사모하다가 마침내 고백해 버렸고 그 일 때문에 해고를 당했다는 거야. 그러고는 미쳐버린 거지. 그 내막을 듣고 내가 얼마나 충격을 받았는지 이 무미건조한 문장에서나마 자네가 느껴주었으면 하네. 알베르트는 아주 덤덤하게 그 이야기를 나에게 해주었네. 아마 자네도 그렇게 덤덤하게 이 편지를 읽어 나갈 테지.

12월 4일

제발 부탁이니, 나를 이해해 주게. 나는 이제 글렀어. 더는 견딜 수가 없네! 오늘 나는 로테를 찾아갔었다네. 그녀는 피아노로 다채로운 멜로디를 연주하며 온갖 감정을 듬뿍 표현해 들려주었다네. 정말이지 온갖 감정을 빠짐없이 죄다 표현했다니까! 그러니 내 기분이 어땠겠냐고! 그녀의 꼬마 여동생이 내 무릎 위에 앉아서 인형에게 옷을 입히고 있었네. 내 눈에는 눈물이 고였어. 고개를 숙이니 로테의 결혼반지가 눈에 들어오더군. 눈물이 왈칵 솟았지. 그때 갑자기 그녀가 귀에 익은 감미로운 멜로디를 치기 시작하였네. 너무도 갑작스러웠어. 순간 나는 마음의 위로를 느꼈고 그와 동시에 지난날의 기억을 떠올렸다네. 그 곡을 듣던 시절의 기억이, 그리고 로테 곁을 떠나서 보낸 암울했던 날, 불만을 삼키다가 결국 희망을 접어야 했던 기억이 밀려들더니, 그러더니 또…… 나는 방 안을 이리저리 거닐었어. 복받쳐 오르는 감정에 가슴이 터질 것만 같더군. 나는 달려들다시피 로테에게 다가가 말했지.

"맙소사, 제발 좀! 제발 그만둬요!"

로테는 피아노를 치던 손을 멈추고 나를 물끄러미 쳐다보았네. 그러더니 미소를 지으면서 말했네. 그 미소가 어찌나 내 마음 깊숙이까지 파고 들던지……

"베르터, 몸이 몹시 안 좋아 보여요, 그렇게 좋아하던 곡을 마다하다니요. 그만 돌아가시는 게 좋겠어요. 제발 부탁이니 마음을 편히 가지세요."

나는 그 자리를 박차고 나왔네. 하느님! 제 비참함을 아시는 당신께서 어서 끝을 내주십시오.

12월 6일

로테의 모습이 어디든 나를 따라다니는군! 깨어 있건 잠을 자건 늘 로테의 모습이 내 마음을 온통 차지하고 있어! 눈을 감아도 뇌리에 있는 마음의 눈은 그녀의 검은 눈동자를 보고 있는 거야. 바로 여기 이렇게! 무어라 표현할 수가 없군, 눈을 감으면 검은 눈동자가 나를 마주 보고 있어. 바다처럼, 심연처럼, 내 앞에, 내 안에 조용히 자리 잡고는 내 뇌리를 가득 채운다네.

신에 버금가는 존재라고 칭송받는 인간이 대체 이게 무슨 꼴이람! 가장 절박하게 힘이 필요한 바로 그 순간, 인간은 힘을 쓰지 못하지 않는가? 기뻐 날아오르거나, 고통에 깊이 빠져 있을 때도 인간은 그 감정에 온전히 머무르질 못한다네. 무한한 존재의 충만함으로 녹아들어 자신을 잊어버리길 갈망하면서도 바로 그 순간 인간은 무디고 차가운 의식 속으로 도로 돌아와 버리지 않는가?

편집자가 독자에게

우리의 친구 베르터가 겪은 기이한 마지막 날들에 관해 그가 몸소 쓴 글이 많이 남아 있기를 얼마나 간절히 바랐는지 모릅니다. 그러기만 했다면 굳이 편집자가 설명을 덧붙여서 편지의 흐름을 끊지 않아도 되었을 겁니다.

나는 그의 사연을 잘 아는 사람들에게서 정확한 정보를 모으고자 했습니다. 사실 그 사연은 단순하기에 사람들이 하는 말도 사소한 부분 몇 가지를 제외하면 대부분 서로 일치합니다. 다만 이 이야기에 등장하는 인물들의 됨됨이에 대해서는 의견이 다양했고 판단도 제각각이었습니다.

결국 우리가 할 수 있는 일이라고는 여기저기서 힘들게 알아낸 사실들을 성실하게 서술하고 고인이 남긴 편지들을 사이사이 끼워 넣으며, 우연히 찾아낸 작은 쪽지 하나라도 허수로이 여기지 않는 것뿐이었습니다. 평범하지 않은 사람의 경우 그 사람이 한 아주 단순한 행동을 두고도 원래의 진정한 동기를 찾아내기란 몹시 어렵습니다.

불만과 불쾌감은 베르터의 영혼에 점점 더 깊이 뿌리를 박고 서로 단단히 뒤엉켜서는 날이 갈수록 그의 존재 전체를 좀먹어갔습니다. 정신의 조화는 완전히 깨져버렸습니다. 그가 마음속으로 흥분하고 격하게 반응할수록 그가 본래 지녔던 온갖 힘들은 뒤죽박죽이 되어버렸습니다. 이렇게 악순환이 거듭되면서 결국 그는 지쳐버릴 수밖에 없었습니다. 그는 이 불행을 극복하기 위해 애쓰긴 했지만, 그 어느 때보다도 불안해했습니다. 그가 불안에 시달릴수록 그의 정신에 남아 있던 힘은 물론이고 활동력과 통찰력까지 망가져 갔습니다. 그렇게 그는 주변 사람까지 우울하게 하는 존재가 되어서는 점점 더 불행해졌고, 자신이 불행해지면 질수록 주변 사람들을 부당하게 대했습니다.

적어도 알베르트의 친구들은 그렇게 말합니다. 그들의 주장에 따르면 깔끔하고 차분한 성격의 알베르트는 오랫동안 소망하던 행복을 얻은 후, 이 행복을 앞으로도 오래 유지하고 싶어 했을 뿐이라고 합니다. 그런데 베르터는 매일 같이 자신이 가진 것을 모두 쏟아붓고는 저녁이면 지쳐서 괴로워하는 사람인지라, 그러한 알베르트의 방식을 제대로 평가하지 못했다는 겁니다. 그들은 알베르트가 그렇게 삽시간에 변했을 리가 없다고 말합니다. 알베르트는 베르터가 처음 만났을 때부터 높이 평가하고 존경했던 인물 그대로였고 조금도 변하지 않았다는 겁니다. 알베르트는 이 세상 무엇보다도 로테를 사랑했고 자랑스러워했으며, 로테가 누구에게든 더없이 빼어난 여자로 인정받기를 바랐습니다. 그러니 알베르트가 행여나 세간의 의심을 살 일을 미리 방지하려고 했다 해서, 그리고 이 소중한 보물을 아무리 순수한 방식으로라도 타인과 나누려 하지 않았다고 해서 그를 나무랄 수 있을까요? 베르터 가 로테를 찾아가면 알베르트가 다른 방으로 피해 있던 적이 잦았다는 사실은 그의 친구들도 인정합니다. 하지만 그건 베르터에 대한 증오나 반감에서가 아니라 자신이 함께 있으면 베르터가 거북해한다는 걸 느꼈기 때문이라는 겁니다.

로테의 아버지는 몸이 불편해서 외출하기가 어렵게 되자 로테에게 마차를 보냈고, 로테는 그 마차를 타고 아버지께 갔습니다. 첫눈이 잔뜩 내려서 온 세상을 뒤덮은 아름다운 겨울날이었습니다.

다음 날 아침 베르터는 로테에게 가고 있었습니다. 알베르트가 로테를 데리러 오지 않으면 자신이 로테를 집까지 바래다줄 생각이었습니다.

화창한 날씨도 베르터의 우울한 마음을 환하게

밝히지는 못했습니다. 그의 마음은 숨이 막힐 듯 답답했고, 그의 뇌리는 서글픈 장면들로 가득 차 있었습니다. 그렇게 고통스러운 상념이 꼬리에 꼬리를 물고 이어지고 있었습니다.

베르터는 항상 자신을 불만스러워하며 살다 보니 다른 사람들의 상황도 그에게는 어딘가 미심쩍고 혼란스러워 보였습니다. 그가 보기에는 화목했던 알베르트와 로테의 관계가 나빠져 있었습니다. 그는 그렇게 된 걸 두고 자신을 비난했습니다마는 그 비난에는 알베르트에 대한 은밀한 불만이 섞여 있었습니다.

로테에게 가는 도중에도 베르터는 알베르트 생각을 하고 있었습니다. 혼자서 중얼대면서 남몰래 이를 부드득 갈기도 했습니다.

"그래, 그렇다니까. 편안하고 친근하고 상냥한 남편, 매사에 배려하며 상대를 대하고, 조용히 한결같이 신의를 지키는 남편이라니! 그건 권태와 무관심일 뿐이라고! 알베르트는 소중하고 사랑스러운 아내보다도 그 한심한 업무에 더 신경을 쏟고 있지 않은가? 자신이 얼마나 행복한지 알기나 하는 거냐고? 로테를 제대로 존중해주기는 하느냐고? 알베르트는 로테를 차지하고 있어. 그래, 좋다고. 그가 차지하고 있다니까. 그건 나도 잘 알고 있어. 이제는 그런 사실에 익숙해진 줄 알았는데 그 생각만 해도 미치겠군. 죽어버릴 것 같다니까. 그런데 알베르트는 나에 대한 우정을 변함없이 품고 있는 걸까? 내가 로테 곁을 맴도는 것이 자신의 권리를 침해하는 행위라고 여기지는 않을까? 내가 로테를 배려하는 것을 자신을 향한 무언의 비난으로 받아들이지는 않을까? 그래, 나는 알아, 다 느끼고 있다고. 알베르트는 나를 보는 걸 달가워하지 않아. 내가 곁에 있으면 부담스러우니까 멀리 떠나보내고 싶겠지."

베르터는 빠르게 걷다가 몇 차례나 멈추어 서서는 그대로 우두커니 있다가 도로 돌아갈 것처럼 굴었습니다. 하지만 여전히 가던 방향으로 발걸음을 떼었고 같은 생각을 또 하며 혼잣말을 중얼거렸습니다. 그러다 보니 어느새 의도했던 것과는 달리 수렵 별장에 도착해 있었습니다.

베르터는 현관문으로 들어서며 노인과 로테의 안부를 물었습니다. 그런데 집안 분위기가 어쩐지 어수선했습니다. 맏아들 녀석이 그에게 발하임에서 불상사가 있었다는 소식을 전해주었습니다. 한 농부가 맞아 죽었다는 겁니다! 베르터는 처음에는 별 관심 없이 들어 넘겼습니다. 방으로 들어가 보니 로테가 아버지를 붙잡고 설득하는 중이었습니다. 법무관은 병이 낫지 않았는데도 사건을 조사하기 위해 범행 현장으로 가겠다고 고집을 부리고 있었습니다. 범인은 아직 밝혀지지 않았으며 피살자는 그날 아침 현관문 앞에서 시신으로 발견되었다고 했습니다. 들리는 말에 따르면 사망자는 어느 과부의 하인인데, 과부가 전에 부렸던 머슴은 불미스러운 일로 인해 쫓겨났다고 했습니다.

베르터는 이 말을 듣고는 소스라치게 놀라서 외쳤습니다.

"아니, 어떻게 이런 일이! 내가 그리로 가봐야겠어요. 잠시도 우물쭈물할 새가 없습니다."

그가 서둘러 발하임으로 가는 동안 지난 기억들이 하나하나 생생히 되살아났습니다. 베르터가 대화를 나누었던 머슴, 그가 마음속에 소중히 간직했던 바로 그 머슴이 일을 저질렀다는 것을 한순간도 의심할 수 없었습니다.

시체를 옮겨놓은 음식점까지 가려면 보리수나무 밑을 지나가야 했는데, 평소에는 그렇게도 좋아하던 장소가 그날따라 섬뜩하게 다가왔습니다. 이웃 아이들이 즐겨 놀던 음식점 문턱은 피로 붉게 물들어 있었습니다. 사랑과 충성심이, 인간에게 있어서 그 무엇보다도 아름다운 감정이 폭력과 살인으로 변질되었던 겁니다. 잎사귀를 모두 떨군 큼지막한 보리수나무에는 하얗게 서리가 앉았고, 묘지의 나지막한 돌담 위를 덮었던 아름다운 덤불들은 줄기만 앙상해서 그 틈새로 흰 눈을 덮어쓴 비석들이 보였습니다.

베르터가 마을 사람들이 가득 모여 있는 음식점으로 다가가려는데 갑자기 함성이 들렸습니다. 멀리서 무장한 남자들이 무리 지어 오는 게 보였습니다. 범인을 잡아 오는 거라고 다들 소리쳤습니다. 베르터는 그쪽을 바라보고는 아니기를 바랐던 마음을 곧장 내려놓아야 했습니다. 네, 그랬습니다. 과부를 뜨겁게 사랑하던 바로 그 머슴이었습니다. 며칠 전에 분노와 절망을 홀로 가슴에 담은 채로 배회하다가 베르터와 마주쳤던 바로 그 머슴이 맞았습니다.

"이 딱한 사람아, 대체 무슨 짓을 저지른 건가!"

베르터는 잡혀 온 머슴에게 달려가서 외쳤습니다. 머슴은 조용히 베르터를 바라보며 묵묵히 있다가 마침내 아주 차분하게 대꾸했습니다.

"이제는 아무도 그 여자를 차지할 수 없어요. 그 여자 역시 아무도 차지하지 못하게 되었고요."

붙잡힌 남자가 음식점으로 끌려 들어간 후, 베르터는 서둘러 그곳을 떠났습니다.

무시무시하고 엄청난 충격으로 인해 베르터의

내면은 멱살잡이를 당한 것처럼 발칵 뒤집혔습니다. 한순간에 그는 슬픔과 불만, 자포자기의 심정에서 깨어났습니다. 그 남자를 향한 강렬한 동정심을 어찌할 수 없었고, 그 남자를 구해야겠다는 간절한 욕망에 꼼짝없이 사로잡힌 겁니다. 베르터는 그 남자가 너무도 가엾다고 느꼈고, 그가 범죄자이기는 해도 죄는 전혀 없다고 보았습니다. 그 남자의 처지에 자신을 놓고 생각하다 보니, 다른 사람들을 자기 뜻대로 설득할 수 있으리라 믿어 의심치 않았습니다. 베르터는 그를 변호할 수 있기를 소망했습니다. 벌써 불꽃 튀는 변론의 말들이 입가에 맴돌았습니다. 베르터는 수렵 별장으로 걸음을 재촉하면서 법무관 앞에서 할 말들을 미리 소리 내어 읊조리고 있었습니다.

방 안에 들어서니 알베르트가 보였습니다. 베르터는 한순간 기분이 상했지만, 곧 마음을 가다듬고 법무관에게 자신의 의견을 열렬히 늘어놓았습니다. 다. 법무관은 몇 차례 고개를 절레절레 저었습니다.

베르터는 열정과 성의를 다해 한 사람이 다른 사람을 변호하기 위해 할 수 있는 최고의 언변을 불꽃 튀게 구사했지만, 쉽게 짐작할 수 있듯이 법무관은 꿈쩍도 하지 않았습니다. 오히려 베르터의 말을 도중에 끊고는 강하게 반박하고 나섰습니다. 비열한 살인자를 두둔하지 말라고 나무라면서, 그런 논리라면 모든 법이 효력을 잃을 것이며 국가의 치안이 무너져 내릴 것이라고 지적했습니다. 그리고 이런 사건을 다루는 데는 막중한 책임감이 뒤따르는 만큼 매사가 질서 있게, 정해진 절차에 따라서 처리되어야 마땅하다고 덧붙였습니다.

그러나 베르터도 그냥 물러서지 않았습니다. 심지어 그는 누군가가 그 남자를 도와 도망치게 하더라도 너그러이 못 본 척해달라고 간청하기까지 했으니까요! 하지만 법무관은 이 부탁도 거절했습니다. 그때 마침 알베르트가 대화에 끼어들어 법무관 편을 들었습니다. 베르터는 수세에 밀렸습니다. 법무관이 거듭 “안 돼! 그자를 구제할 길은 없네!”라고 말하자 베르터는 무척 고통스러워하며 그 자리를 떠났습니다.

법무관의 말에 베르터가 얼마나 큰 충격을 받았는지는 그의 서류 사이에 끼어 있던 쪽지 한 장이 말해주고 있습니다. 바로 그날 쓴 쪽지가 분명합니다.

> "불행한 사람이여, 그대를 구제할 길은 없다네! 나도 이젠 잘 알겠네, 우리를 구제할 길이 없다는 것을."

마지막에 알베르트가 법무관 앞에서 그 사건에 관해 한 말 때문에 베르터는 대단히 불쾌해했습니다. 그 말에는 자신에 대한 짜증이 담겨 있다고 믿었기 때문입니다. 물론 베르터는 총명한 사람인지라 곰곰이 생각한 후에는 두 사람 말이 옳다는 걸 인정하지 않을 수 없었습니다. 하지만 그들이 옳음을 인정해 버리고 나면 자기 존재의 가장 깊숙한 부분을 부인해야만 할 것 같았습니다.

우리는 그의 서류에서 이 일을 언급하는 쪽지를 발견했는데 아마도 여기에 그와 알베르트의 관계가 잘 표현된 듯합니다.

저녁 무렵 눈이 녹기 시작할 만큼 날이 풀려서 로테는 알베르트와 함께 걸어서 돌아왔습니다. 도중에 로테는 몇 번이나 주변을 둘러보았습니다. 마치 베르터가 없어서 아쉬워하는 듯했습니다. 알베르트는 베르터 얘기를 꺼내서는 그가 공정성을 잃었다며 나무랐습니다. 그러고는 베르터의 불행한 열정을 언급하며 그를 될 수 있으면 멀리하고 싶다고 말했습니다.

"우리 두 사람을 위해서도 그렇게 되길 바라는 마

음이오. 부탁이니 앞으로는 베르터가 당신을 지금
과는 다르게 대하도록 한 번 애써 봐요. 우리 집에도
너무 자주 오지 않도록 해보고요. 남들이 이상하게
볼 거요. 벌써 여기저기서 수군거리고들 있어요.”

로테는 아무 말도 하지 않았고 알베르트는 그녀
의 침묵이 마음에 걸렸는지 그날 이후로는 두 번
다시 베르터를 언급하지 않았습니다. 로테가 베르
터 얘기를 하면 대화를 중단하거나 화제를 다른 데
로 돌려버리기까지 했습니다.

베르터가 그 불행한 남자를 구하기 위해 쏟아부
었던 헛된 노력은 꺼져가는 불길이 마지막으로 활
활 타오르며 뿜어내는 불꽃이 되어버렸습니다. 그
일 이후로 그는 점점 더 깊숙이 고통과 무기력의
늪에 빠져들었습니다. 엎친 데 덮친 격으로 그 남
자가 이제 범행을 부인하고 있어서 자신이 반대 증
인으로 소환될지도 모른다는 말을 듣자, 베르터는
거의 실성하다시피 했습니다.

얼마 전에 사회생활을 하면서 겪었던 온갖 불쾌

한 일들과 공사관에서 있었던 굴욕적인 일들, 실패했거나 상처를 받았던 일들이 하나하나 주마등처럼 그의 뇌리를 스쳐 지나갔습니다. 베르터는 이런 일들을 전부 겪은 만큼 자신이 아무 일도 하지 않고 빈둥대는 게 당연하다고 여겼습니다. 미래에 대한 희망이 모두 사라졌으니 보통 사람들처럼 직업 활동에 뛰어들 동기도, 기력도 없다고 생각한 겁니다. 그렇게 베르터는 일상적이지 않은 감정과 사고방식, 끝도 없는 격정에 자신을 내맡기게 되었고, 사랑하는 여인과의 불행한 관계를 끝내지 못하고 질질 끌고 나감으로써 그녀에게서 마음의 평화를 앗아갔습니다. 아무런 목표나 희망도 없이 마구 달리느라 기력을 탕진한 그는 결국에는 서글픈 종말에 점점 더 가까이 다가갔습니다.

베르터의 정신적 혼란과 열정, 가만히 있질 못하는 충동적인 행적, 삶에 대한 염증을 가장 강렬하게 증언하는 몇 통의 편지가 남아 있기에 여기에 소개하고자 합니다.

12월 12일

사랑하는 빌헬름, 몇몇 불쌍한 사람들을 두고 주변에서는 악령이 들려서 마구 쏘다닌다고들 하잖아. 지금 내가 딱 그런 상태라네. 때때로 뭔가가 나를 덮쳐오네. 그건 불안도 아니고 욕망도 아니야. 알 수 없는 기운이 내 가슴을 갈가리 찢어놓겠다고, 내 목을 조르겠다고 내 안에서 미쳐 날뛰는 거야! 아아, 이렇게 괴로울 수가! 그럴 때면 나는 이 혹독한 계절을 아랑곳하지 않고 무시무시한 밤 풍경 속을 헤집고 다닌다네.

어제저녁에는 밖으로 나가지 않을 수가 없었네. 갑자기 날이 풀려 눈이 녹는 바람에 강물이 범람했다는 소식을 들었거든. 계곡물이 죄다 불어나면서 발하임 아래에 있는 나의 사랑하는 골짜기가 온통 물에 잠겼다는 거야! 나는 밤 열한 시가 넘은 시각에 밖으로 뛰쳐나갔다네. 그러고는 바위 위에 서서 사나운 물줄기가 달빛을 받으며 소용돌이치는 광경을 내려다보았네. 정말이지 등골이 오싹해지는 장관이었어. 물은 어느새 밭과 목초지, 산울타리들을 모조리 삼켜버린 거야. 그 넓은 골짜기가 위아래 가릴 것 없이 풍랑이 이는 거친 바다로 변해 있었네! 이윽고 먹구름 속에 숨었던 달이 얼굴을 내밀자, 내 앞의 사나운 물살은 섬뜩하리만큼 엄숙하게 달빛을 반사하면서 굽이굽이 콸콸대며 흘러갔네.

순간 온몸이 부르르 떨리면서 무언지 모를 그리움이 나를 덮치는 거야! 아아, 나는 양팔을 활짝 벌리고 아득한 심연을 향해 서서 숨을 내쉬었네. 아래로! 아래로! 나의 고통을, 나의 번뇌를 저 아래로 내동댕이쳐버리자고! 성난 파도를 타고 휩쓸려 가는 희열을 느껴보자고! 아, 하지만 땅에서 발만 떼면 되는데도 나는 이 모든 고통을 단번에 끝낼 수가 없었네. 내 운명의 시곗바늘이 아직 마지막에 이르지 않은 것을 느꼈거든! 아아, 빌헬름! 나는 폭풍우를 타고 구름을 가르고는 넘쳐흐르는 물을 손아귀에 움켜쥘 수만 있다면 인간의 삶 정도는 기꺼이 내던졌을 거야. 흠, 어쩌면 이승에 갇힌 사람도 언젠가는 그런 환희를 누릴 수 있지 않겠는가?

어느 무더운 여름날 로테와 함께 산책하다가 잠시 숨을 돌렸던 버드나무 그늘을 서글픈 마음으로 내려다보았네. 그곳 역시 물에 잠겨서 버드나무가 거의 보이지 않을 지경이었네. 빌헬름! 나는 문득 로테의 목장과 수렵 별장 주위는 어떻게 되었을지 걱정됐네. 우리의 정자가 세찬 물살에 떠내려가 버렸을 거라는 생각도 들더군. 마치 감옥에 갇힌 자가 가축과 목장과 벼슬자리를 얻는 꿈을 꾸듯이 지난날의 햇살이 내 안으로 비쳐 들더군. 나는 그대로 서 있었어! 나는 나 자신을 책망하지 않아. 죽을 용기는 있으니까. 차라리 말이야…… 아니, 지금 나는 여기 주저앉아 있군. 죽지 못해 사는 삶이지만 한순간이라도 더 오래 더 편히 지내려고 남의 집 울타리에서 땔감을 줍고 남의 집 문간에서 빵을 구걸하는 노파처럼 말일세.

12월 14일

친구여, 이게 도대체 어떻게 된 일일까? 내가 나 때문에 경악해야 한다니! 로테에 대한 나의 사랑은 더없이 성스럽고 순수한 오누이의 사랑이 아니었냐고? 내가 단 한 번이라도 벌받을 만한 소망을 품은 적이 있었냐고? 그런 적이 전혀 없다는 맹세는 하지 않으려네. 그래도 이런 꿈을 꾸다니! 아아, 온갖 모순된 일들을 불가사의한 힘 탓으로 돌렸던 사람들이 얼마나 솔직했는지 절감하고 있네!

어젯밤이었네. 그 꿈을 입에 올리려고만 해도 몸이 떨리는군. 나는 그녀를 양팔에 안고서 가슴에 꼭 품은 채, 사랑을 속삭이는 그녀의 입술에 끝없이 키스를 퍼부었다네. 나의 눈은 그녀의 눈에 취해 가물거렸네. 하느님! 그 뜨거운 기쁨을 남몰래 떠올리면서 아직도 행복에 취해 있는 저는 벌을 받아야 할까요? 로테! 로테! 이제 끝장이 나려나 보네! 나의 감각은 혼란에 빠지고, 벌써 일주일 넘게 생각할 기운조차 없어. 눈에는 눈물이 그득하군. 어디를 가든 마음이 편치 않으니, 어디를 가든 다 괜찮겠지. 바라는 게 없고 요구하는 게 없으니까 말일세. 차라리 내가 떠나는 게 나을 것 같군.

상황이 이런 만큼 세상을 하직하려는 베르터의 결심은 이 시기에 점점 더 굳어져 갔습니다. 로테의 곁으로 돌아온 이후로 그것은 항상 그에게는 마지막 가능성이자 희망이었습니다. 그러나 베르터는 조급하게 서두르지는 말자고 자신을 달랬습니다. 제대로 확신이 생겼을 때 가능한 한 침착하고 단호하게 실행에 옮길 작정이었으니까요. 베르터가 얼마나 절망하며 자기 자신과 싸웠는지를 보여주는 쪽지가 하나 있습니다. 날짜는 적히지 않았고 빌헬름에게 쓰다 만 편지의 앞부분인 것 같은데 베르터의 서류 안에서 발견되었습니다.

"내 머릿속은 이미 잿더미가 된 줄 알았는데 내 눈앞에 있는 로테의 운명, 그리고 나의 운명을 동정하게 될 로테를 생각하면 마지막 눈물이 흘러나오는군.

장막을 들추고 그 뒤로 들어간다면! 그러기만 하면 다 끝이 아닌가! 그런데 왜 망설이고 주저하는 걸까? 장막 뒤가 어떤 곳인지 몰라서? 한 번 가면 다시 돌아올 수 없어서? 확실히 알지 못하는 것을 앞에 두고는 혼돈과 암흑을 떠올리는 게 우리네 인간 정신의 특성인가 보네!"

마침내 베르터는 그런 서글픈 생각에 점점 더 익숙해졌고 그의 계획은 되돌릴 수 없이 확고하게 자리 잡았습니다. 그가 빌헬름에게 보낸 아래의 편지

는 그의 정황을 모호하면서도 의미심장하게 말해
주고 있습니다.

12월 20일

빌헬름. 내 말을 그렇게 받아들여 주다니, 자
네의 우정이 고마울 뿐이네. 그래, 자네 말이 옳
아. 내가 떠나는 게 나을 걸세. 그러나 자네와 어
머니 곁으로 돌아오라는 제안은 그다지 마음에
내키지 않는군. 마침 추운 날씨가 이어져서 길
상태가 좋을 듯하니 일단은 어디든 돌아다닌 후
에 그리로 갔으면 싶네. 자네가 나를 데리러 오
겠다니 정말 고맙네만 두 주일만 더 기다려주게
나. 다음번 편지에서 앞으로 내가 어떻게 할지
알려주겠네. 무엇이든 무르익기 전에는 따지 말
아야 하는 법이거든. 두 주일 이르냐 늦냐에 따
라 큰 차이가 나는 걸세. 어머니께는 이 아들을
위해 기도해 주시기를 부탁드려 줘. 여러 차례

어머니께 걱정을 끼쳐 죄송하다는 말도 자네가
잘 전해드리게. 내가 기쁘게 해주어야 할 사람들
을 슬프게 만드는 게 나의 운명인가 보군. 잘 있
게, 소중한 나의 친구여! 하늘의 모든 축복이 자
네와 함께하기를 비네! 잘 있게!

이 무렵, 로테가 어떤 심정이었는지, 남편에 대
해, 불행한 친구 베르터에 대해 어떤 마음을 품고
있었는지, 말로 표현하기는 매우 어렵습니다. 다만
우리는 로테의 성격을 잘 알고 있으므로 어느 정도
짐작할 수는 있습니다. 또한 상냥한 마음씨를 지닌
여성이라면 로테의 처지가 되어 생각하고, 함께 느
낄 수 있으리라고 생각합니다.

분명한 사실은 로테는 어떻게 해서든 베르터를
멀리하려고 굳게 마음먹고 있었다는 겁니다. 로테
가 주저했다면, 그것은 친구에 대한 진정한 배려
때문이었습니다. 자신이 거리를 두면 베르터가 얼
마나 힘들어할지를, 아니, 그걸 받아들이지 못하리

란 것을 그녀는 너무도 잘 알고 있었으니까요. 그러나 그 무렵 로테는 단호한 태도를 보이지 않을 수 없는 처지였습니다. 베르터와의 관계에 대하여 남편은 침묵으로 일관했고 그녀 역시 마찬가지였습니다. 그럴수록 로테는 남편을 향한 자신의 마음이 자신을 향한 남편의 마음에 못지않다는 것을 행동으로 보여주고자 했습니다.

바로 위에 소개한 베르터의 편지는 크리스마스를 앞둔 일요일에 쓴 것입니다. 그날 저녁 베르터는 로테를 찾아갔는데 로테는 마침 혼자 있었습니다. 어린 동생들에게 크리스마스에 선물할 장난감들을 정리하는 중이었지요. 베르터는 아이들이 선물을 받고 무척 기뻐할 거라 말하고는, 자기의 어린 시절 이야기를 했습니다. 갑자기 문이 열리면 촛불이며 과자며 사과 등으로 장식된 크리스마스트리가 있어서 천국에 있는 것처럼 황홀해졌다는 얘기였습니다. 로테는 당혹스러운 심정을 사랑스러운 미소로 감추며 말했습니다.

“당신도 말이에요, 당신도 얌전하게 있으시면 선물을 받으실 거예요. 긴 양초랑 다른 것들도 준비해 놨어요.”

“얌전하게 있는다는 건 무슨 뜻인가요? 어떻게 하면 될까요? 대체 어떻게 하라는 건가요, 로테?”

베르터가 물었습니다.

“목요일 저녁이 크리스마스이브예요. 동생들도 오고 아버지도 오세요. 다들 제각기 선물을 받게 될 거예요. 그날 당신도 오세요. 하지만 그전에는 오지 마세요.”

베르터는 그 말에 흠칫 놀랐습니다. 로테가 말을 이어갔습니다.

“부탁이에요. 달리 어쩔 도리가 없어요. 내 마음의 평화를 위해서 부탁하는 거예요. 이대로는 안 돼요. 이대로 계속 갈 수는 없어요.”

베르터는 그녀에게서 눈길을 돌리고, 방 안을 오락가락하면서 혼자 중얼거렸습니다.

‘이대로 계속 갈 수는 없다고!’

로테는 그 말이 베르터를 얼마나 끔찍한 상태에 빠뜨렸는지를 알아차리고는 이런저런 질문을 해서 그의 생각을 다른 데로 돌리려 했으나 아무 소용이 없었습니다.

"좋아요, 로테. 이제 다시는 당신을 만나지 않겠습니다!"

베르터는 소리쳤습니다.

"왜 그런 말을 하는 거예요? 베르터, 당신은 우리를 만날 수 있고, 또 우리는 만나야 해요. 다만 조금만 자제해주세요. 아아, 어쩌자고 당신은 무언가에 손을 대면 끝장을 보려는 그런 격렬한 성격에다 열정적 기질까지 타고났을까요!? 제발 부탁이에요!"

로테는 베르터의 손을 잡고는 계속 말을 이어갔습니다.

"조금만 자제해주세요! 당신의 지성과 학식, 재능이라면 누릴 수 있는 것들이 차고 넘치잖아요! 제발 남자답게 구세요! 당신을 딱해하는 것 말고는 할 수 있는 게 없는 여자에게 집착하며 슬퍼하는 건 그만두세요."

베르터는 이를 악물고 어두운 표정으로 로테를 보았습니다. 로테는 그의 손을 잡은 채로 말했습니다.

"베르터, 잠깐만이라도 마음을 가라앉히려 해보세요! 당신이 자신을 속여가며 의도적으로 파멸을 향해 가고 있다는 게 느껴지지 않나요? 베르터, 왜 하필 나예요? 왜 하필 다른 사람의 아내인 나여야 하느냐고요? 왜 나냐고요? 이런 말은 정말 하고 싶지 않지만, 나를 가질 수 없다는 사실이 당신의 소망을 한층 더 부추기는 건 아닐까요!?"

베르터는 로테에게 잡힌 손을 빼내고, 굳은 시선으로 불쾌한 듯이 로테를 응시하다가 큰 소리로 말했습니다.

"현명하시군요! 정말 현명하십니다. 아마 알베르트가 그렇게 말했겠지요? 외교적이군요. 매우 외교적입니다!"

로테가 대꾸했습니다.

“그런 말쯤이야 누구든 할 수 있어요. 이 넓은 세상에 당신의 마음속 소망을 채워 줄 만한 아가씨가 한 사람도 없을까요? 한 번 마음 먹고 찾아보세요! 틀림없이 그런 사람이 눈에 띌 거예요. 요즈음 당신이 자신을 좁은 우리에 가둬두고 있는 것 같아서 벌써 오래전부터 걱정하고 있었어요. 당신을 위해서나 우리를 위해서나 걱정스러운 일이니까요. 마음을 다잡아봐요! 어디 여행이라도 가면 한결 기분이 누그러질 거예요! 부디 당신의 사랑을 받을 만한 좋은 여자를 찾아보세요. 그런 후에 돌아와서 우리 다 함께 진정한 우정이 주는 기쁨을 누리도록 해요.”

베르터는 냉랭하게 웃으며 말했습니다.

“그 말을 인쇄해서 온 세상의 가정교사들에게 나누어 주어야겠군요, 로테! 잠시만 더 나를 이대로 내버려 둬요. 그러면 다 잘 될 테니까요!”

“아무튼 베르터, 크리스마스이브 전에는 오지 마세요.”

베르터가 뭐라고 대답하려는 순간 알베르트가

방으로 들어왔습니다. 두 사람은 차갑게 인사를 나누고는 둘 다 어색해하며 방 안을 이리저리 서성였습니다. 베르터는 사소한 이야기를 꺼냈지만, 대화는 곧 끊겨버렸습니다. 알베르트도 마찬가지였습니다. 그러다가 알베르트는 아내에게 자기가 부탁했던 일은 어떻게 되었느냐고 물었습니다. 아직 처리하지 못했다는 대답이 돌아오자, 알베르트는 로테에게 두어 마디 말을 건넸습니다. 그 말이 베르터에게는 차갑다 못해서 가혹하게 들렸습니다. 베르터는 집을 나오려고 했지만 우물쭈물하다 보니 어느새 여덟 시가 됐습니다. 불만과 불쾌감이 점점 더 쌓여가고 있는데 마침 저녁 식사가 차려졌습니다. 그제야 베르터는 모자와 단장을 집어 들었습니다. 알베르트가 더 있다가 가라고 권했으나, 베르터는 그냥 하는 인사치레로 여기고는 쌀쌀맞게 사양하고는 밖으로 나왔습니다.

그는 바로 집으로 돌아왔습니다. 하인이 등불을 들고 길을 밝혀주려 했지만, 그는 등불을 받아 들고는 혼자 자기 방으로 들어갔습니다. 그러고는 소리내어 우는가 하면, 흥분한 목소리로 혼잣말을 지껄여 대기도 했습니다. 방안을 거칠게 이리저리 걸어 다니던 베르터는 마침내 옷을 입은 채로 침대에 몸을 던졌습니다. 열한 시경에 하인이 장화를 벗길지 물어보려고 조심스레 들어가 보니까, 그는 그대로 누워 있었습니다. 그는 하인이 장화를 벗기도록 두고는, 다음 날 아침에는 자기가 부르기 전까지는 방에 들어오지 말라고 일렀습니다.

12월 21일, 월요일 아침, 베르터는 로테에게 아래의 편지를 썼습니다. 이 편지는 그가 죽은 후 책상 위에서 봉인된 상태로 발견되어 로테에게 전해졌습니다. 여러 가지 정황으로 미루어 그가 이 편지를 몇 번에 걸쳐서 쓴 것으로 보이므로, 여기서도 몇 부분으로 나누어 싣고자 합니다.

로테, 결정이 났습니다. 나는 죽으려 합니다.

당신을 마지막으로 보게 될 날 아침인데도 나는 아무런 낭만적인 과장 없이 담담하게 이 편지를 쓰고 있습니다. 사랑하는 이여, 당신이 이 편지를 읽을 때쯤이면 이미 차가운 무덤이 뻣뻣하게 굳은 내 시신을 덮고 있을 것입니다. 살아있는 마지막 순간까지도 당신과 대화를 나누는 걸 최고의 즐거움으로 여기는 불안하고 불행한 남자가 시신이 되어 있겠군요.

지난밤은 정말이지 끔찍했습니다. 아아, 하지만 참으로 고마운 밤이기도 합니다. 죽어야겠다는 결심을 확실히 굳히게 만든 밤이니까요. 어제 몹시 흥분한 상태에서 당신 곁을 박차고 나온 후 온갖 생각들이 한꺼번에 밀려들었지요. 아무런 희망도, 기쁨도 없는 나라는 존재가 당신 곁에 붙어 있다는 사실을 깨닫는 순간 섬뜩한 한기가 나를 덮쳤습니다. 간신히 내 방으로 돌아오자마자 정신없이 무릎을 꿇게 되더군요.

아아, 하느님! 당신은 나에게 마지막 위안으

로 쓰디쓴 눈물을 허락하셨습니다. 수많은 계획과 수많은 가능성이 내 마음속에서 난투극을 벌였지만, 결국에는 오직 하나만이 내 마음 전부를 확고하게 차지했습니다. 바로 죽어야겠다는 생각이지요. 나는 그렇게 잠자리에 들었습니다. 아침에 평온한 마음으로 눈을 떴는데도 그 생각은 여전히 내 마음에 확고하게, 더욱 굳건하게 자리 잡고 있습니다. 이것은 결코 절망이 아닙니다. 내가 끝까지 참고 견딘 만큼, 이제는 당신을 위하여 나를 바쳐야 한다는 확신입니다. 그래요, 로테! 굳이 침묵할 이유가 있을까요? 우리 셋 중 한 사람은 떠나야만 하므로 내가 바로 그 한 사람이 되려는 것입니다! 아아, 사랑하는 이여! 갈가리 찢어진 내 가슴 속으로 어떤 생각이 스멀스멀 기어들어 와서는 마구 날뛴 적이 자주 있었습니다. 당신 남편을 죽여버리자는! 당신을! 나를! 그렇다면 답은 이미 나온 거지요!

아름다운 여름날 저녁, 산에 오르거든 나를 기

억해 줘요. 골짜기를 오르던 내 모습을 기억해 줘요. 교회 묘지 너머 나의 무덤을 바라봐 줘요. 키가 훌쩍 자란 풀은 저무는 햇살을 받으며 바람에 나부끼고 있겠지요. 이 편지를 쓰기 시작했을 때는 마음이 평온했는데, 지금 나는 어린애처럼 흐느껴 울고 있군요. 이 모든 정경이 너무나도 생생하게 눈앞에 떠오르기 때문이에요.

열 시경에 베르터는 하인을 불렀습니다. 옷을 입으면서 그는 이삼일 안으로 여행을 떠날 예정이니 옷가지를 손질해 놓고 짐을 꾸릴 수 있도록 모든 준비를 해놓으라고 하인에게 일렀습니다. 또한 갚아야 할 돈이 있는 곳에는 빠짐없이 계산서를 받아오고, 빌려준 몇 권의 책도 찾아오도록 했습니다. 매주 얼마씩 보태주고 있는 몇몇 가난한 사람들에게는 두 달 치를 미리 주라고 지시했습니다.

그는 식사를 방으로 가져오게 했고, 식사를 마친 다음, 말을 타고 법무관을 찾아갔습니다. 법무관은 마침 집에 없었습니다. 그는 생각에 깊이 잠겨서 정원을 이리저리 거닐었습니다. 마지막으로 아픈 추억들 모두를 마음속에 차곡차곡 쌓아두려고 하는 것처럼 보였습니다.

하지만 아이들은 베르터가 오래 그러고 있도록 내버려두지 않았습니다. 그를 쫓아와서는 껑충껑충 뛰어올라서는 마구 몸에 매달렸습니다. 그러고는 내일, 한 번 더 내일, 거기다가 또 하루만 지나면, 로테 집에 가서 크리스마스 선물을 받을 거라면서, 아이들다운 상상력을 동원해서 멋지고 놀라운 일들을 그려냈습니다.

"내일!"

베르터가 외쳤습니다.

"한 번 더 내일! 거기다가 또 하루만 지나면!"

그러고는 아이들 모두에게 다정하게 키스하고 떠나려 했습니다. 그때 어린 사내아이가 그의 귀에다 대고 무언가를 속삭였습니다. 형들이 예쁜 연하장을 아주 큼지막하게 만들었다는 겁니다. 하나는 아빠 꺼, 하나는 알베르트하고 로테 누나 꺼, 또 하나는 베르터 아저씨 꺼라면서 설날 아침에 줄 거라는 얘기였습니다. 베르터는 그 말에 마음이 뭉클해졌습니다. 그는 아이들 모두에게 용돈을 조금씩 나누어준 뒤 아버지께 안부를 전해달라고 당부하고는 두 눈에 눈물이 글썽한 채로 말을 타고 그곳을 떠났습니다.

다섯 시경에 베르터는 집에 도착했습니다. 그는 하녀에게 난롯불을 잘 살펴서 밤늦게까지 꺼지지 않도록 하라고 일렀습니다. 하인에게는 책과 속옷들을 트렁크 아래편에 잘 넣고, 겉옷들은 보자기에 잘 싸서 두라고 일렀습니다. 아마도 그러고 나서 로테에게 보내는 마지막 편지의 다음 부분을 쓴 것 같습니다.

설마 당신은 내가 찾아오리라고는 기대하지 않겠지요. 당신 말대로 크리스마스이브가 되어서야 내가 올 거로 생각할 테니까요. 아아, 로테!

오늘이 아니면 나는 두 번 다시 당신을 볼 수 없어요. 크리스마스이브에 당신은 이 편지를 손에 들고 부들부들 떨면서, 당신의 사랑스러운 눈물로 편지를 적시겠지요. 나는 죽으려 합니다. 죽어야만 합니다! 아아, 결심을 굳히고 나니 어쩌면 이리도 후련한지요.

그러는 사이 로테는 기묘한 상태에 빠져 있었습니다. 베르터와 지난번에 대화를 나눈 뒤 그와 헤어지는 것이 자신에게 얼마나 어려운 일인지, 또 베르터가 자신과 헤어지는 것을 얼마나 고통스러워할지를 사무치게 느꼈던 것입니다.

로테는 베르터가 크리스마스이브 전에는 찾아오지 않을 것이라고 알베르트에게 넌지시 이야기해 두었습니다. 알베르트는 업무를 처리하기 위해 이웃 마을의 관리를 찾아갔고 그날 밤은 거기서 묵기로 되어 있었습니다.

그래서 로테는 혼자 있었습니다. 그날따라 동생

들도 곁에 없었습니다. 그녀는 조용히 생각에 잠겨서는 자신의 처지를 이모저모 돌아보았습니다. 그녀는 자기가 남편과 영원히 맺어져있다는 걸 잘 알고 있었습니다. 알베르트가 자신을 사랑하고 성실히 대한다는 건 분명했고 그녀는 그런 남편을 진심으로 좋아했습니다. 알베르트의 침착하고 믿음직스러운 성품은 착실한 여자가 평생의 행복을 쌓아가도록 하늘이 내려 주신 반석인 듯했습니다. 남편이 자신과 어린 동생들에게 더없이 든든한 존재인 것도 느끼고 있었습니다.

다른 한편 베르터 역시 그녀에게 대단히 소중한 존재가 되어 있었습니다. 처음 알게 된 순간부터 두 사람의 마음은 경이로울 정도로 서로 잘 맞았습니다. 베르터와 오랜 시간 알고 지내면서 함께 겪었던 수많은 일들은 그녀의 마음에 지울 수 없는 인상을 남겼습니다. 그녀가 흥미롭다고 느끼거나 생각한 것들을 모조리 그에게 이야기하는 게 어느새 습관이 되어 있었습니다. 그렇기에 베르터가 먼

곳으로 떠나버리면 그녀의 삶에는 다시는 메울 수 없는 공백이 생길 것 같았습니다. 아아, 순식간에 베르터를 친오빠로 바꾸어 놓는 마법이 있다면 얼마나 좋을까? 그녀의 친구들 가운데 하나를 베르터와 결혼시킬 수는 없을까? 그러면 베르터와 알베르트 사이도 다시 전처럼 좋아질 수 있을 텐데!

로테는 친구들을 하나하나 검토해 보았습니다. 그러나 다들 어딘가 부족한 데가 있어서, 베르터와 짝을 지을 만한 친구를 한 명도 찾아낼 수 없었습니다.

이렇게 곰곰이 생각하다 보니 로테는 자신이 얼마나 간절히 베르터를 곁에 붙들어두기를 남몰래 바라는지를 어렴풋하게나마 처음으로 느꼈습니다. 하지만 베르터를 붙들어둘 수는 없으며, 그래서도 안 된다고 로테는 자기 자신을 타일렀습니다. 평소에 로테는 순수하고 해맑은 성품의 소유자답게 쾌활하게 거리낌 없이 눈앞에 닥친 일들을 해결해 왔건만, 이제는 우울할 뿐이었고 아무런 행복도 기대할 수 없을 것 같았습니다. 가슴이 답답하게 조여들었고 눈가에는 먹구름이 짙게 드리워져 있었습니다.

어느덧 여섯 시 반이 되었을 무렵, 베르터가 계단을 올라오는 소리가 들렸습니다. 그의 발소리, 자기를 찾는 그의 목소리에서 그녀는 금세 알 수 있었습니다. 순간 로테의 가슴은 세차게 고동쳤습니다. 베르터가 왔을 때 이렇게 가슴이 두근거린 것은 처음이었다고 봐도 될 겁니다. 그녀는 집에 없는 척하며 그를 따돌리고 싶은 마음까지 들었습니다. 그래서 베르터가 들어오자, 그녀는 몹시 당황해서 흥분한 어조로 외쳤습니다.

"약속을 어기셨군요!"

"나는 아무 약속도 하지 않았는데요."

베르터가 말했습니다.

"그렇다 하더라도 내 부탁을 좀 들어주면 좋았잖아요! 우리 두 사람의 평화를 위해 부탁했던 것인데요."

그녀는 자기가 무슨 소리를 하고 있는지, 또 무슨 짓을 하고 있는지 제대로 의식하지도 못한 채,

베르터와 단둘이 있지 않으려고 친구 두어 명을 불러오라고 하녀를 보냈습니다. 베르터는 가지고 온 두어 권의 책을 내려놓고서, 다른 사람들은 다 어디 갔느냐고 물었습니다. 로테는 친구들이 어서 와주었으면 싶기도 했고, 오지 말아주었으면 싶기도 했습니다. 하녀가 돌아와서, 두 친구가 모두 사정이 있어서 올 수 없다는 소식을 전했습니다.

로테는 하녀에게 일거리를 주어 옆방에 있게 하려다가 이내 생각을 바꾸었습니다. 베르터는 방 안을 이리저리 서성이고 있었습니다. 로테는 피아노 앞에 앉아 미뉴에트를 치기 시작했습니다. 하지만 손가락이 제대로 말을 듣지 않았습니다. 그래서 그녀는 마음을 굳게 다잡고는 베르터 곁에 앉았습니다. 베르터는 여느 때처럼 긴 의자에 앉아 있었습니다.

"뭐 적당한 읽을거리가 없을까요?"

로테가 물었습니다. 베르터는 마침 적당한 게 없다고 대답했습니다. 그러자 로테가 말했습니다.

"저기 서랍 안에 당신이 번역한 오시안의 노래 몇 편이 있어요. 나는 아직 그걸 읽지 못했어요. 당신이 직접 낭독해주는 걸 듣고 싶었거든요. 그런데 지금껏 그럴 기회가 전혀 없었어요."

베르터는 빙긋이 웃고는 원고를 꺼내 왔습니다. 원고를 손에 들자, 그의 온몸에 전율이 일었고 원고를 들여다보고 있으려니 눈에는 눈물이 그득 고였습니다. 베르터는 자리에 앉아서 낭독을 시작했습니다.

어스름한 밤하늘의 별이여, 그대는 서쪽 하늘에서 아름답게 반짝이며, 휘황찬란한 머리를 구름 밖으로 치켜들고 그대의 언덕을 엄숙히 지나가고 있구나. 무엇을 찾느라 이 황야를 내려다보는가? 거센 바람은 잠이 들고 멀리서 계곡물이 웅얼대며 다가오는데, 일렁이는 물결은 바위를 간질이며 노닐고, 저녁 파리들이 떼를 지어 윙윙대며 들판을 뒤덮는구나. 아름다운 빛이여, 그대

어디를 바라보는가? 그대는 미소를 머금은 채 지나치려 하지만 파도는 즐거운 듯 그대를 감싸 안고는 그대의 사랑스러운 머리카락을 씻기어 주는구나. 잘 가거라, 고요한 빛이여! 그대 오시안의 영혼이 깃든 숭고한 빛이여, 그 모습을 보여다오!

그렇게 그 빛은 찬란하게 모습을 드러내도다. 세상을 떠난 친구들의 모습이 내 눈에 비치나니, 지난날 그랬듯이 다들 로라 들판에 다시 모였도다. 핑갈은 음습한 안개 기둥처럼 등장하고, 그의 주위를 영웅들이 에워싸고 있구나. 보라, 노래하는 시인들을! 백발이 성성한 울린! 위풍당당한 리노! 사랑스러운 노래꾼 알핀! 그리고 그대, 부드러이 탄식하는 미노나여! 나의 친구들이여, 젤마의 축제 때 우리는 살랑대는 언덕의 풀잎을 놀리는 봄바람이 되어서, 차례로 노래를 부르며 영광을 겨루었건만 그때 이후로 그대들은 어찌이리 변했는가.

그때 아름다운 자태의 미노나가 앞으로 나서나니, 내리깐 눈에는 눈물이 그득 고였고 치렁치렁한 머리는 언덕 아래로 불어오는 변덕스러운 바람에 나부끼는구나. 미노나가 사랑스러운 목소리를 높이니 영웅들의 마음은 어두워졌도다. 잘가르의 무덤도, 안색이 창백한 콜마의 불 꺼진 집도 여러 차례 보았기 때문이로다. 목소리가 고왔던 콜마는 언덕에 홀로 남겨졌으니, 잘가르는 돌아오마고 기약했건만 어느새 칠흑 같은 밤의 장막이 사방에 드리워져 있도다. 들으라, 언덕에 홀로 앉아 탄식하는 콜마의 노래를.

콜 마

밤은 깊었는데 폭풍우 몰아치는 언덕에 나 홀로 버려졌다니! 바람은 산중에서 사납게 불어대고, 계곡물은 울부짖으며 바위를 타고 흘러내리는데 나는 비 피할 오두막조차 없구나. 폭풍우

치는 언덕에 버려진 내 신세여.

어찌하여 나의 잘가르는 늦는 걸까? 약속을 잊었단 말인가? 저편에는 바위와 나무가, 이편에는 콸콸 흐르는 강물이 있는 이곳! 밤이 되면 이리로 오마고 당신이 약속했잖아요! 아아, 나의 잘가르는 어디를 헤매고 다니는 걸까? 나는 당신과 함께 달아날 작정을 했는데, 오만한 아버지와 오라버니를 버리고 달아나려 했다고요. 오랜 세월 우리 두 집안은 원수지간이었지만, 당신과 나는 그렇지 않잖아요! 오오, 잘가르!

바람이여, 잠시만 조용히 있어 주렴! 물결아, 아주 잠시만이라도 가만히 있어 주렴! 내 목소리가 골짜기에 울려 퍼져서 길 잃은 나의 연인 귀에 들어가야 한단다. 잘가르! 나예요. 내가 부르고 있어요! 여기, 나무와 바위가 있는 이곳에서요! 잘가르, 사랑하는 이여! 나 여기 있어요! 무얼 망설이느라 오지 않는 거예요?

아아, 달이 모습을 보이니 골짜기를 흐르는 강

물은 반짝이고, 잿빛 바위가 언덕 위에 우뚝 솟아 있도다. 그러나 이 높은 곳에서도 잘가르의 모습은 보이지 않고, 주인의 도착을 알리는 개들도 보이지를 않으니, 이곳에 나 홀로 앉아 있을 수밖에.

그런데 저 아래 황야에 쓰러져 있는 자들은 누구인가? 나의 사랑 잘가르? 오라버니? 말해주오, 오, 친구들이여! 그러나 아무 대답이 없구나. 어찌 이리 내 마음이 떨리는가! 아아, 둘 다 죽었구나! 두 사람의 장검은 결투를 치르느라 피에 붉게 물들었도다!

아아, 오라버니, 어찌하여 나의 잘가르를 죽였나요? 아아, 잘가르, 어찌하여 내 오라버니를 죽였나요? 둘 다 내게는 너무나 소중한 사람들이었는데! 오, 그대는 이 언덕에 모인 수많은 용사 중 가장 빼어났거늘! 그토록 처절한 전투였던가. 오라버니, 잘가르, 뭐라고 말 좀 해봐요! 내 말이 들리나요, 사랑하는 이들이여! 하지만 아아,

그들은 말이 없구나. 영원히 말이 없으려는가! 그들의 가슴은 흙처럼 차갑도다!

오, 죽은 자들의 혼령이여, 그대들이 언덕의 바위에 있든 폭풍우 휘몰아치는 산꼭대기에 있든 상관없으니, 말을 해주오! 나 두렵지 않으니! 그대들은 안식을 찾아 어디로 갔나요? 첩첩산중 어느 동굴에서 그대들을 찾을 수 있나요? 바람 소리에 귀 기울여 봐도 희미한 목소리 하나 들리지 않고 언덕에 몰아치는 폭풍우에서도 아무런 대답이 들리지 않는구나.

나는 비탄에 잠겨 주저앉아서는 눈물을 흘리며 아침을 기다리노라. 죽은 자의 친구들이여, 무덤을 파헤쳐주오. 그리고 내가 갈 때까지 무덤을 닫지 말아주오. 나의 삶이 꿈처럼 사라졌으니, 내 어찌 살아서 남으리오!

물살이 바위에 부딪히는 여기 강가에서 나는 사랑하는 벗들과 함께 지내리라. 언덕에 밤이 깃들고, 황야에 바람이 불면 내 혼령도 바람에 실려 다니며 벗들의 죽음을 슬퍼하리라. 사냥꾼은 오두막에서 내 소리를 듣고 무서워 떨면서도 그 소리를 사랑하리라. 사랑하는 이들을 애도하는 내 목소리는 달콤할 것이기에.

미노나여, 오오, 이것이 그대의 노래였노라. 수줍게 얼굴을 붉히는 토르만의 딸 미노나여, 우리는 콜마를 위해 눈물을 흘렸고, 우리의 마음은 슬픔에 잠겼노라.

울린이 하프를 들고나와서 알핀의 노래를 들려주었노라. 알핀의 목소리는 다정하였고, 리노의 영혼은 불꽃같이 빛났노라. 하지만 이미 두 시인은 비좁은 무덤에서 고이 잠들었고, 그들의 목소리는 셀마 성[37]을 마지막으로 사라진 지 오래인지라. 영웅들이 아직 살아있던 그 옛적 어

---

[37] 셀마Selma는 오시안의 서사시에 등장하는 허구의 장소로 핑갈 왕의 왕궁이 있다고 전해진다. 여기 소개된 오시안의 시는 〈셀마의 노래 The Songs of Selma〉라고 불린다.

느 날, 사냥에서 돌아온 울린은 영웅들이 언덕에서 노래를 겨루는 것을 들었노라. 그들의 노래는 부드러우면서도 구슬펐나니, 영웅들은 으뜸가는 영웅 모라르의 죽음을 탄식하고 있었노라. 모라르의 영혼은 핑갈의 영혼을 빼닮았고, 그의 장검 솜씨는 오스카의 솜씨에 못지않았다네. 그럼에도 그가 쓰러지다니! 그의 아버지는 비탄에 잠기고, 그의 누이도 눈물을 흘렸으니, 미노나가 바로 영웅 모라르의 누이였느니라. 울린이 노래하기 시작하자, 미노나는 살며시 물러났으니, 마치 서편에 뜬 달이 폭풍우가 닥쳐올 것을 예감하고 아름다운 얼굴을 구름 속에 감추는 듯했도다. 나오시안은 탄식하는 노래에 맞추어 울린과 함께 하프를 탔노라.

리 노

비바람이 지나가니 한낮의 하늘은 맑게 개고

구름도 뿔뿔이 흩어지도다. 변덕스러운 태양은 숨바꼭질하듯 언덕을 비추고, 계곡물은 붉게 물든 채 골짜기를 흘러가는구나. 오, 물살이여, 그대의 속삭임은 얼마나 감미로운가! 하지만 내 귀에 들려오는 목소리는 한결 더 감미롭구나. 그것은 죽은 자를 애도하는 알핀의 목소리일지니, 그의 고개는 나이를 못 이겨 수그러지고, 눈물 고인 두 눈은 벌겋게 부어있도다. 알핀이여, 세상에 둘도 없는 가인(歌人)이여! 어찌하여 침묵하는 언덕 위에 그대 홀로 있는가? 어찌하여 그대는 수풀을 헤집는 돌풍처럼, 먼 물기슭을 때리는 파도처럼 탄식하는가?

알 핀

리노여, 내 눈물은 죽은 자를 위한 것이며, 내 목소리는 무덤 속에 잠든 자들을 위한 것이라네. 언덕에 우뚝 선 그대는 훤칠하며 황야의 아들들 사이에서도 수려함을 뽐내는구나. 그러나 그대 또한 모라르처럼 싸움터에서 쓰러질 것이며, 그대의 무덤가에는 통곡 소리가 울려 퍼지게 되리니. 언덕은 그대를 잊을 것이며, 그대 활은 시위가 풀린 채 대청에 나뒹굴리라.

오오, 모라르여, 그대는 언덕을 달리는 사슴처럼 날랬고, 밤하늘을 향해 치솟는 불길처럼 맹렬하였도다. 그대의 노여움은 폭풍우와 같았고, 싸움터를 누비는 그대의 장검은 황야에 번득이는 번개였노라. 그대 목소리는 비 온 뒤의 계곡물같이 우렁차기가 마치 머나먼 언덕까지 울리는 천둥소리였노라. 수많은 전사가 그대의 손에 쓰러지니, 그대가 내뿜는 분노의 불길이 그들을 불살라 버렸음이니라. 그러나 싸움터에서 돌아온 그대의 표정은 얼마나 온화하였던가! 그대의 얼굴은 소나기가 멎은 뒤의 태양이었고, 고요한 밤에 뜬 달이었노라. 또한 그대의 가슴은 사나운 바람이 잦아든 호수처럼 그윽하였노라.

이제 그대의 거처는 비좁고, 그대가 머무는 곳은 칠흑같이 어둡구나! 오오, 그대 위대했던 영웅이여! 그대의 무덤이 겨우 세 발짝 너비에 불과하다니! 그대를 추모하고 있는 건 이끼 낀 네 개의 망주석(望柱石)뿐이구나. 지나가는 사냥꾼은 잎사귀를 떨군 앙상한 나무 한 그루와 바람에 나부끼는 키 큰 잡초를 보고 용맹한 모라르의 무덤을 알아보건만, 아, 모라르여! 그대를 위해 울어줄 어머니도, 그대를 그리워하며 눈물 흘리는 연인도 없단 말인가! 그대를 낳은 여인은 세상을 떠났고, 모르글란의 딸도 숨을 거두었도다.

저기 지팡이에 몸을 의지하고 선 자는 누구인가? 하염없이 눈물을 흘리느라 눈이 벌게진 백발이 성성한 노인은 누구인가? 오오, 모라르여! 바로 그대의 아버지로다. 아들이라곤 그대 하나뿐인 아버지, 그대의 아버지는 전쟁터를 뒤흔든 그대의 명성을 들었으며 적들이 모두 박살이 났다는 이야기도 들었노라. 이렇듯 모라르의 영광을 알았건만, 아아, 아들이 입은 상처에 대해서는 아무 소리도 듣지 못했던가? 통곡하라! 모라르의 아버지여, 통곡하라! 그러나 그대의 아들은 그대의 통곡 소리를 듣지 못하리라. 죽은 자의 잠은 깊고, 먼지로 채운 베개는 얕으니, 그대의 아들은 그대의 목소리에 고개 돌리지 않으며, 그대의 부름에 깨어나지도 않으리라. 아아, 언제쯤 아침이 무덤으로 찾아와서 잠든 자에게 깨어나라 명할 것인가?

잘 있거라! 그 누구보다도 고결한 인간이여, 싸움터의 정복자여! 이제 싸움터에서 다시는 그대를 보지 못하리! 어두컴컴한 숲이 그대가 휘두르는 장검의 광채로 번득이는 일도 이제는 없으리. 그대는 자식 하나 남기지 않았으나, 노래가 그대 이름을 간직하리니 후세 사람들은 그대 이름을 들으리라. 싸움터에서 쓰러진 모라르의 이야기를!

영웅들의 애도 소리 드높은 중에도 아르민의 탄식하는 소리는 땅이 꺼질 듯 가장 드높았으니, 이는 아비가 젊은 나이에 죽임을 당한 아들을 떠올렸기 때문이라네. 명성이 자자한 갈말의 영주 카르모르가 아르민 가까이 있다가 물었노라.

"어찌하여 아르민은 흐느끼며 탄식하는가? 무엇 때문에 그리도 슬피 우는가? 마음을 녹이고 달래주는 노랫소리가 울려 퍼지고 있지 않은가? 노래는 호수에서 골짜기로 피어오르는 포근한 안개와도 같아서 활짝 핀 꽃들을 촉촉이 적시다가도, 태양이 다시 힘을 얻으면 스러질 것이거늘. 아르민이여, 바다로 둘러싸인 고르마의 지배자여, 어찌하여 그대는 그토록 애통해하는가?"

"애통하오! 참으로 애통하오! 내가 슬퍼하는 데는 그럴 만한 까닭이 있다오. 카르모르여, 그대는 아들을 잃은 적도 없고, 꽃처럼 피어나는 딸을 잃은 적도 없지 않소. 그대의 용맹한 아들 콜가르는 살아 있고, 더없이 아름다운 딸 안니라도 살아 있으니 말이오. 아아 카르모르여, 그대 집안은 가지를 무성하게 뻗어나가겠지만 나 아르민은 우리 가문의 마지막 사람이라오.

아아, 다우라여! 너는 무덤 속 어두운 침상에서 갑갑한 잠을 자고 있구나. 네가 잠에서 깨어나 경쾌한 목소리로 노래를 부를 날이 언제 오려나? 불어라, 가을바람이여! 드세게 불어서 어두운 황야를 덮쳐다오! 숲속 계곡물이여! 사납게 요동쳐라! 비바람이여, 떡갈나무 꼭대기에서 마음껏 울부짖어라! 아아, 달이여, 갈라진 구름 사이를 뚫고 나타나 그대의 창백한 얼굴을 보여다오! 나의 자식들이 죽어간 끔찍한 밤을 기억하게 도와다오. 용맹한 아린달이 쓰러지고, 사랑스러운 다우라가 숨을 거둔 그 밤을!

나의 딸 다우라여, 너는 아름다웠노라! 푸라의 언덕 위에 떠오른 달처럼 아름답고, 갓 내린 눈송이처럼 새하얗고, 신선한 공기처럼 달콤했노라! 아린달이여, 싸움터에서 너의 활은 강력했고, 너의 창은 날쌔었고, 너의 눈빛은 물결 위에 서린 안개였으며, 너의 방패는 폭풍우 속에 타오르는 불 구름이었노라.

전쟁터에서 이름을 떨친 아르마르가 찾아와 다우라의 사랑을 구했으니, 다우라는 오래 마다하지 않았노라. 두 사람의 친구들은 아름다운 앞날을 기대했노라.

에라트는 오드갈의 아들인데 아르마르에게 원한을 품고 있었으니, 그의 동생이 아르마르의 손에 죽었기 때문이더라. 에라트는 뱃사람으로 변장하고 찾아왔노라. 파도 위에 둥실 뜬 아름다운 조각배에는 하얗게 센 고수머리를 늘어트린 사공이 타고 있었는데 그의 점잖은 얼굴에는 평온함이 깃들어 있었더라. 에라트는 이렇게 말했노라.

"다시없이 아름다운 아가씨여, 아르민의 사랑스러운 따님이시여, 저 바다를 조금 지나면 바위가 나오는데 그 곁에서, 나무에 열린 빨간 열매가 반짝이는 저곳에서 아르마르가 아가씨를 기다리고 있답니다. 아르마르의 애인을 사나운 바다 너머로 모셔가려고 제가 여기 왔소이다."

다우라는 에라트를 따라가서는 아르마르를 불렀노라. 하지만 이를 어찌하랴, 돌아온 대답이라고는 바위에 부딪히는 파도 소리뿐이니!

"아르마르! 내 사랑이여! 내 사랑이여! 어찌하여 나를 이토록 불안하게 하나요? 아르나르트의 아들이여, 들리지 않나요? 다우라가 그대를 부르고 있잖아요?"

배신자 에라트는 껄껄 웃으며 육지로 도망쳤노라. 다우라는 목청을 높여서 아버지와 오라버니를 불렀더라.

'아린달! 아르민! 다우라를 구해줄 이 아무도 없나요?'

다우라의 목소리는 바다를 건너 울려 퍼졌다네. 내 아들 아린달은 사냥에서 잡은 짐승을 둘러맨 채 옆구리에는 화살들을 달그락대며 단숨에 언덕을 내려왔노라. 손에 활을 든 아린달을 잿빛 맹견 다섯 마리가 따르고 있었더라. 아린달은 바닷가에서 뻔뻔스러운 에라트를 찾아내고는 그를 잡아서 떡갈나무에 묶은 후 허리를 꽁꽁 동여매었노라. 결박을 당한 자의 신음소리가 바람을 가득 채웠나니.

아린달은 다우라를 데려오려고 배에 올라 파도를 헤치고 나갔노라. 그런데 화가 머리끝까지 난 아르마르가 달려와서는 회색빛 깃털 화살을 날리니, 바람을 가르고 날아간 화살이 아린달, 너의 가슴에 꽂혔구나. 오오, 아린달, 내 아들아! 배신자 에라트 대신 네가 죽임을 당하다니! 배는 바위에 다다랐으나, 내 아들은 거기서 쓰러져 죽었도다. 오오, 다우라여! 네 발치로 네 오라비의 피가 흘렀으니, 너는 또 얼마나 애통하였겠는가! 배가 파도에 부서져 버리자, 아르마르는 다우라를 구해내지 못하면 차라리 죽어버리겠다면서 바다에 뛰어들었더라. 순식간에 언덕에서 돌풍이 불어 파도가 높아지더니 아르마르는 가라앉았고 다시는 떠오르지 못하였더라.

나는 파도가 부서지는 바위에서 내 딸이 홀로 탄식하는 소리를 들었노라. 나의 딸은 한참을 목 놓아 울었건만 이 아비는 딸을 구하지 못했다네. 나는 밤새도록 바닷가에 서서 희미한 달빛에 어른거리는 나의 딸을 보았고, 밤새도록 나의 딸이 울부짖는 소리를 들었나니. 바람은 거세었고 빗줄기가 산등성이를 매섭게 때렸다네. 아침이 밝아 오기 전에 다우라의 목소리가 점점 더 잦아들더니 결국은 바위틈에 난 풀잎 사이를 스치는 저녁의 미풍처럼 스러지고 말았도다. 나의 딸은 슬픔을 이기지 못해 아비 아르민을 홀로 두고 떠났구나. 아, 전쟁터를 호령하던 나의 패기는 간데없고, 처녀들을 사로잡던 나의 기개도 꺾여버렸도다.

산에 폭풍우가 덮치고 북풍이 파도를 높이 곤두세울 때면 나는 철썩이는 바닷가에 앉아서 그 끔찍한 바위를 바라보노라. 기우는 달빛 속에서

내 자식들의 혼령을 얼마나 자주 보았던가, 어슴
푸레한 모습으로 함께 짝을 지어 구슬피 떠돌아
다니는 혼령들을!

　로테의 눈에서 하염없이 눈물이 쏟아지면서 꽉
막힌 가슴에 조금 숨통이 트이는 듯했습니다. 그녀
가 눈물을 흘리자, 베르터는 낭독을 멈췄습니다. 베
르터는 원고를 내던지고 로테의 손을 잡고는 너무
도 서럽게 울었습니다. 로테는 다른 한 손으로 몸
을 가누고는 손수건으로 두 눈을 가렸습니다. 두
사람은 주체할 수 없을 정도로 격렬한 감동에 빨려
들었습니다. 고귀한 사람들의 운명 속에서 자신들
의 비참한 처지를 느꼈고 그 느낌을 함께 나누었
던 겁니다. 두 사람의 눈물은 하나가 되어 흘러내
렸습니다. 로테의 팔에 닿은 베르터의 입술과 눈은
뜨겁게 달아올랐습니다. 로테는 전율을 느끼며 자
리를 뜨려 했으나, 고통과 연민이 납덩이처럼 몸을
내리누르고 있어서 옴짝달싹할 수가 없었습니다.

로테는 마음을 가다듬으려고 숨을 깊이 들이마시
고는 베르터에게 계속 읽어 달라고 흐느끼면서 부
탁했습니다. 그것은 가히 천상에서 들려오는 목소
리였지요! 베르터는 몸이 떨렸고 가슴이 터질 듯했
습니다. 그는 원고를 집어 들고, 반쯤 목이 메어서
읽기 시작했습니다.

"봄바람이여, 그대 왜 나를 깨우는가? 그대는
정답게 살랑대며 천상의 이슬로 나를 촉촉이 적
셔 주겠노라고 소곤대는구나! 하지만 나는 시들
때가 다 되었으니 곧 폭풍우가 불어와 나의 잎을
떨어트리리라! 내일 나그네가 오리라. 아름다웠
던 나를 아는 나그네는 나를 찾아 두리번거리며
벌판을 헤매겠지만 끝내 나를 찾지 못하리라."

이 구절에 담긴 폭발적인 힘이 불행한 베르터의
마음을 덮쳐버렸습니다. 그는 절망한 나머지 로테
앞에 꿇어앉아서 그녀의 양손을 자기의 눈과 이마

에 가져다 대었습니다. 순간 그가 끔찍한 일을 계획하고 있다는 예감이 로테의 마음속을 스치고 지나갔습니다. 로테는 몹시 혼란스러웠습니다. 그래서 베르터의 양손을 꽉 잡고 자기 가슴에 가져다 대고는 슬픔에 겨워 그에게로 몸을 굽혔습니다. 뜨겁게 달아오른 두 사람의 뺨이 맞닿았습니다. 순간 그들에게 주변 세상은 온데간데없이 사라져 버렸습니다. 베르터는 두 팔로 로테를 자기 품에 꼭 끌어안고는, 뭔가 말하려는 듯 파르르 떨리는 그녀의 입술에 미친 듯이 키스를 퍼부었습니다.

"베르터!"

로테는 고개를 돌리면서 숨 가쁜 소리로 외쳤습니다.

"베르터!"

그녀는 가냘픈 손으로 베르터의 가슴을 밀어냈습니다.

"베르터!"

로테는 그지없이 고결한 감정이 배어나는 목소리로 차분하게 외쳤습니다. 베르터는 거역하지 않고 로테를 두 팔에서 풀어주었습니다. 그러고는 넋이 나간 듯이 로테 앞에 쓰러져 엎드렸습니다. 그녀는 불안감에 어쩔 줄 모르며 벌떡 일어나서는 사랑인지 분노인지 모를 감정으로 몸을 떨며 말했습니다.

“이것이 마지막이에요, 베르터! 다시는 당신을 만나지 않겠어요.”

그러고서 그녀는 사랑이 가득 담긴 눈길로 불행한 친구를 바라보고는 옆방으로 달려가서 문을 잠갔습니다. 베르터는 그녀를 향해 두 팔을 뻗쳤으나, 차마 붙잡지는 못했습니다. 베르터는 머리를 소파에 기댄 채 마룻바닥에 앉아 있었습니다.

그런 자세로 반 시간쯤 멍하니 있었을까? 무슨 인기척이 나는 바람에 그는 정신을 차렸습니다. 하녀가 식탁을 차리려고 들어와 있었습니다. 베르터는 방 안을 이리저리 서성대다가 하녀가 자리를 뜨자

옆방 문 앞으로 다가가서 나지막이 소리쳤습니다.

"로테! 로테! 딱 한 마디만 들어줘요! 작별 인사를 하게 해줘요!"

로테는 아무 말이 없었습니다. 베르터는 기다리다가 다시 간청하고는 또 기다렸습니다. 결국 그는 포기하고 돌아서면서 외쳤습니다.

"잘 있어요, 로테! 영원히 안녕!"

베르터는 성문 앞에 이르렀습니다. 문지기들은 그를 자주 봐서 낯이 익었던 터라, 아무 말 없이 내보내 주었습니다. 진눈깨비가 흩날리고 있었습니다. 그는 열한 시경에야 다시 성문을 두드렸습니다. 베르터가 집에 돌아왔을 때 하인은 주인이 모자를 쓰고 있지 않다는 걸 알아챘습니다. 하지만 아무 말도 하지 않고 베르터가 옷을 벗는 것을 도와주었습니다. 옷은 흠뻑 젖어 있었습니다. 모자는 나중에 골짜기가 내려다보이는 산비탈 바위 위에서 발견되었습니다. 진눈깨비가 내리는 어두컴컴한 밤에 어떻게 굴러떨어지지 않고 바위 위까지 올라갔는지 도무지 알 도리가 없습니다.

베르터는 침대에 드러누워 오랫동안 잠을 잤습니다. 이튿날 아침, 하인이 베르터의 부름을 받고 커피를 가지고 방에 들어갔을 때, 그는 뭔가를 쓰고 있었습니다. 로테에게 보내는 편지에 다음과 같은 구절을 덧붙여 쓰고 있었던 것입니다.

마지막으로, 정말로 마지막으로 눈을 떴습니다. 아아! 나의 눈은 두 번 다시 태양을 보지 못할 것입니다. 날이 흐리고 안개가 끼어서 태양이 보이질 않는군요. 자연이여, 슬퍼해주오! 그대의 아들이, 그대의 친구가, 그대의 연인이 마지막을 향해 가고 있는 것을. 로테, 이것이 마지막 아침이라고 나 자신에게 타이르는 기분은 정말 무어라 말로 표현할 수가 없군요. 굳이 표현하자면 가물가물 꿈을 꾸는 것에 가깝다고 해야겠지요. 마지막 아침이라니! 로테! 이 말의 의미가 전혀 실

감이 나질 않는군요. 마지막 아침이라! 지금 이렇게 멀쩡히 서 있는 나는 내일 아침이면 사지를 축 늘어뜨린 채 마룻바닥에 널브러져 있겠군요. 죽는다! 그건 대체 무엇을 뜻하는 걸까요?

사실 죽음을 이야기할 때면 우리는 꿈을 꾸고 있는 게 아닌가 싶어요. 나는 사람이 죽는 걸 여러 번 보긴 했어요. 하지만 사람이라는 건 너무나도 제한된 존재라서 자신의 처음과 마지막에 대해서는 아무것도 알지 못하지요. 아직 이 몸은 내 것, 아니 당신 것이지요. 오, 사랑하는 이여, 당신 것이에요! 그런데 한순간에…… 서로 떨어져서 헤어져야 한다니…… 어쩌면 영원히? 아니, 그렇지 않아요, 로테. 아니고말고요. 어떻게 내가 소멸할 수 있겠어요? 어떻게 당신이 소멸할 수 있겠어요? 우리는 엄연히 존재하고 있잖아요! 소멸이라니, …… 그건 대체 무슨 의미인가요? 그것은 그저 한 마디 말일 뿐이에요. 내게 아무런 느낌도 주지 못하는 공허한 울림일 뿐이에요. 죽는다는 건, 로테! 차가운 땅에 묻혀서는…… 그렇게 비좁은 곳에! 그렇게 컴컴한 곳에!

기댈 곳 없던 소년 시절, 나에게는 그 무엇과도 바꿀 수 없는 소중한 벗이었던 여인이 하나 있었습니다. 그녀가 죽었을 때 나는 유해를 따라 묘지까지 갔습니다. 사람들은 관을 구덩이 아래로 내리고는 관 밑에 있던 밧줄을 살살 빼낸 후 다시 위로 힘껏 잡아당겼지요. 이윽고 관 위로 첫 번째 흙이 한 삽 던져졌고, 관은 두렵다는 듯 둔탁한 소리로 대답했지요. 그 소리는 차츰 잦아들었고 마침내 관은 흙으로 모조리 덮여버린 거예요! 나는 무덤 곁에 쓰러지고 말았어요. 충격을 받아 혼란스럽고 두려운 데다가 마음은 갈기갈기 찢어져 있었어요. 하지만 나는 내게 무슨 일이 일어났는지, 앞으로 무슨 일이 일어날 것인지를 알지 못했어요. 죽는다는 것! 무덤! 나는 이런 말들을 이해할 수가 없어요!

아아, 용서해 줘요! 날 용서해 줘요! 어제 그

일을…… 그 순간을 마지막으로 내 삶이 끝났더라면 좋았을 것을. 아아, 나의 천사여! 그때 처음으로, 진정 처음으로 한 점 의심도 없이 환희의 감정이 내 마음 가장 깊숙한 곳에서 불타올랐어요. 로테는 나를 사랑하고 있어! 로테는 나를 사랑하고 있다고! 당신의 입술에서 흘러나온 성스러운 불꽃이 아직도 내 입술에서 타오르고 있어요. 뜨거운 환희가 새록새록 내 마음에 넘쳐흐르고 있어요. 용서해 줘요! 날 용서해 줘요!

아아, 당신이 나를 사랑하고 있다는 걸 나는 알고 있었어요. 처음으로 영혼이 깃든 눈길이 오고 갔을 때, 처음으로 우리가 손을 맞잡았을 때 알 수 있었지요. 그럼에도 나는 당신과 떨어져 있는데 알베르트가 당신 곁에 있는 것을 볼 때면, 다시금 의기소침해져서는 불같이 뜨거운 의심에 시달리곤 했어요.

모임이 있던 날, 내게 꽃을 보냈던 걸 기억하나요? 그 고약한 모임에서 당신은 나에게 말 한마디 건네지 못하고 손도 내밀지 못했잖아요. 아아, 나는 밤이 깊도록 그 꽃 앞에 무릎을 꿇고 있었답니다. 나를 향한 당신의 사랑을 확인해준 꽃이었으니까요. 그러나 아아! 그러한 감동은 어느덧 흐려지더군요. 하느님의 거룩한 은총을 두 눈으로 본 신자는 하느님에 대한 믿음으로 가득하지만, 시간이 갈수록 그런 마음을 차츰 잃어가잖아요.

이 세상 모든 것은 사라집니다. 그러나 내가 어제 당신의 입술에서 맛보고 지금 내 가슴으로 느끼고 있는 생명의 불꽃은 영원토록 꺼지지 않을 것입니다! 로테는 나를 사랑하고 있어! 이 팔은 로테를 끌어안았어! 이 입술은 로테의 입술 위에서 파르르 떨었다고! 이 입은 로테의 입에 대고 속삭였다니까! 로테는 내 것이로구나! 그래요, 로테. 당신은 내 것이에요! 영원토록!

알베르트가 당신의 남편이라 한들, 그게 무슨 상관입니까? 남편이라고요! 이 세상에서야 그렇겠지요. 그리고 이 세상에서는 내가 당신을 사랑하는 것이, 알베르트의 품에서 당신을 빼앗아 내 품에 안고 싶어 하는 게 죄가 되겠지요. 죄라고요? 좋아요, 그렇다면 내가 나에게 벌을 내리렵니다. 나는 죄를 지음으로써 천국에서나 누릴 기쁨을 온전히 맛보았습니다. 생명수를, 불굴의 힘을 마음속 깊이 들이마셨습니다. 이 순간부터 당신은 내 것입니다! 내 것이고 말고요!

아아, 로테! 나는 먼저 갑니다. 나의 아버지이자 당신의 아버지이신 그분께 가렵니다. 내가 그분께 하소연을 늘어놓으면 그분은 당신이 올 때까지 나를 위로해 주시겠지요. 그러다가 당신이 보이면 나는 한달음에 달려가 당신을 맞이하고는, 무한한 존재인 하느님이 지켜보시는 앞에서 당신을 끌어안고는 영원히 함께할 것입니다.

나는 꿈을 꾸고 있는 게 아니에요. 망상에 사로잡힌 것도 아니고요. 오히려 무덤이 가까워질수록 의식이 한결 또렷해지는군요. 우리는 계속 존재할 겁니다! 우리는 다시 만날 겁니다! 당신

어머니도 만나게 되겠군요! 어머님을 꼭 찾아뵙
고는…… 아아, 어머님께 내 마음을 모조리 다
털어놓아야 겠어요! 당신과 꼭 닮은 당신의 어
머님께……

열한 시경에 베르터는 하인에게 알베르트가 집
에 돌아왔느냐고 물었습니다. 하인은 알베르트가
말을 타고 지나가는 것을 보았다고 대답했습니다.
그러자 베르터는 다음과 같은 내용의 쪽지를 봉하
지도 않은 채 하인에게 주었습니다.

'여행을 떠나려 하는데, 권총을 좀 빌려주시겠
습니까? 부디 안녕히 계십시오!'

로테는 간밤에 거의 잠을 이루지 못했습니다.
전부터 두려워했던 일이 전혀 예상하지 못했고
격정조차 하지 않았던 방식으로 결판이 나고 말
았기 때문입니다. 평소에는 그토록 해맑고 쾌활

했던 로테는 열병에라도 걸린 것처럼 격앙되어 있었고 갖가지 감정이 그녀의 고운 마음을 뒤흔들어 놓았습니다.

'내 가슴 깊이 느껴지는 것은 베르터의 포옹이 지펴놓은 불길일까? 아니면 베르터의 무례함에 대한 불쾌감일까? 그것도 아니라면, 근심 걱정 없이 자유롭고 순진무구했으며, 나 자신을 굳게 믿었던 지난날과 비교할 때 지금의 상황이 불만스러워서 그러는 걸까? 이제 남편을 어떻게 맞이해야 하나? 그 일을 어떤 식으로 고백해야 하나? 있는 그대로 말한다 해도 안 될 것은 없지만, 그럴 엄두가 나질 않으니 어쩌지? 우리 두 사람은 벌써 오랫동안 베르터에 관해선 침묵을 지켜왔는데 내가 먼저 침묵을 깨뜨려야 하나? 하필이면 요즘처럼 적절치 못한 시기에 이런 뜻밖의 사건에 대해 남편에게 털어놓아야 할까? 베르터가 찾아왔다는 말만 들어도 남편은 언짢아할 텐데, 그런 뜻밖의 불상사를 어떻게 이야기해야 하나! 과연 남편은 나를 공정한 눈으로 보고 아무런 편견 없이 이해해 줄까? 그런데 나는 과연 남편이 나의 마음을 읽어 주기를 바라는 걸까? 어쨌든 남편을 속일 수는 없지 않은가? 나는 지금까지 언제나 수정처럼 투명하고 솔직하게 남편을 대해 왔고 어떤 감정도 숨긴 적이 없지 않은가?

이런저런 생각을 하다 보니 걱정이 밀려왔고 당혹스러울 뿐이었습니다. 로테의 생각은 번번이 베르터에게로 돌아왔습니다. 베르터는 이제 그녀에게는 잃어버린 사람이나 마찬가지였지만 그렇다고 그냥 내버려둘 수도 없었습니다. 하지만 안타깝게도 다른 도리가 없으니…… 그냥 혼자 내버려둘 수밖에 없을 것 같았습니다. 로테를 잃게 되면 베르터에게는 아무것도 남아 있지 않게 될 텐데도 말입니다.

게다가 로테와 알베르트는 요즘 서로 서먹해진 상태였습니다. 로테는 그 순간에는 미처 또렷이 알아차리지 못했지만, 그것 때문에 얼마나 힘들었던지요! 그토록 합리적이고 선량한 두 사람이건만 어떤 일에 관한 의견 차이를 서로 숨기다 보니 대화가 적어지면서 제각기 자기가 옳고 상대방이 그르다고 생각하기에 이르렀던 겁니다. 그렇게 상황이 꼬여서 나쁜 방향으로 치닫는 바람에 생사가 걸려 있는 위기의 순간에 뒤엉킨 매듭을 풀 수 없게 되어 버린 것입니다. 그렇게까지 되기 전에 로테와 알베르트가 행복하고 친밀한 관계를 회복했더라면, 사랑과 배려를 상대에게 보여줌으로써 서로 속마음을 털어놓을 수 있었더라면, 어쩌면 우리의 친구 베르터는 구원될 수 있었을지도 모릅니다.

거기에 특별한 사정이 하나 더 있었습니다. 베르터의 편지를 읽어보면 알 수 있듯이, 그는 이 세상을 떠나고 싶다는 심정을 조금도 숨기지 않았습니다. 알베르트는 여러 차례 그 문제를 놓고 베르터와 논쟁을 벌였습니다. 로테와 알베르트도 종종 그것을 화제에 올리곤 했습니다. 알베르트는 자살에 대하여 철저하게 반감을 지니고 있던 터라 평소의 그답지 않게 예민한 말투로 그런 자살 계획이 과연 진지한 것인지 몹시 의심스럽다는 말을 여러 차례 서슴지 않았습니다. 심지어는 우스갯소리까지 섞으며 그런 계획 따위는 전혀 믿지 않는다고 로테에게 말하기도 했습니다. 알베르트의 그런 태도는 한편으로는 로테에게 도움이 됐습니다. 비극적인 장면을 상상 속에서 마주할 때마다 마음을 가라앉힐 수 있었으니까요. 하지만 다른 한편으로는 지금 당장 자신을 괴롭히고 있는 걱정거리를 남편에게 털어놓는 것을 어렵게 만들었던 것입니다.

알베르트가 돌아왔습니다. 로테는 당황해하며 허둥지둥 그를 맞이했습니다. 알베르트는 기분이 썩 좋지 않았습니다. 일을 완전히 마무리하지 못한 데다가 이웃 마을의 관리는 고집이 세고 속 좁은 사람이었습니다. 게다가 길 사정이 나빴던 것도 불쾌감을 더하는 데 한몫했습니다.

알베르트가 별일 없었느냐고 물었을 때 로테는 얼른 어제저녁에 베르터가 왔었다고 대답했습니다. 알베르트는 우편물이 온 건 없느냐고 물었습니다다. 편지 한 통과 소포 몇 개가 와서 방에 놓아두었다는 말을 듣고 알베르트는 자기 방으로 들어가고, 로테는 혼자 남았습니다. 사랑하고 존경하는 남편이 돌아오니 로테는 새로운 자극을 받는 느낌이었습니다. 남편의 고결한 성품과 사랑, 그리고 선량함을 떠올리자, 마음이 한결 진정되었습니다. 그녀는 어쩐지 남편 곁에 있고 싶어져서 평소에 곧잘 그랬듯이 일거리를 들고 남편의 방으로 갔습니다. 알베르트는 소포들을 풀고 편지를 읽느라 정신이 없었습니다. 그중 몇몇은 그다지 유쾌하지 않은 내용인 듯했습니다. 로테가 두어 가지 질문을 던졌지만, 알베르트는 짤막하게 대답하고는 책상에서 뭔가를 쓰기 시작했습니다.

두 사람은 이렇게 한 시간 정도 함께 있었습니다. 그런데 시간이 갈수록 로테의 기분은 점점 더 침울하게 가라앉았습니다. 설령 남편의 기분이 아주 좋다고 하더라도 자신의 고민을 털어놓는 게 절대 쉽지 않을 거라고 느꼈던 겁니다. 그녀는 시름

에 잠겼습니다. 이를 감추고 눈물을 참으려고 할수
록 불안감은 계속 쌓여갔습니다.

베르터가 부리는 하인이 나타나자, 로테는 더욱
당황했습니다. 하인은 알베르트에게 쪽지를 전했
습니다. 알베르트는 태연하게 아내에게 몸을 돌리
고 말했습니다.

"이 사람에게 권총을 하나 내줘요."

그러고는 하인에게 말했습니다.

"좋은 여행이 되길 바란다고 전해다오."

이 말에 로테는 벼락을 맞는 기분이었습니다. 그
녀는 비틀거리며 일어서긴 했지만, 자신이 지금 뭘
하고 있는지도 모를 지경이었습니다. 그녀는 천천
히 벽 쪽으로 가서 떨리는 손으로 권총을 내렸습니
다. 그러고는 먼지를 털어낸 후 차마 내주지 못하
고 망설였습니다. 알베르트가 의아한 눈길로 그녀
를 재촉하지 않았더라면 더 오랫동안 머뭇거렸을
것입니다. 로테는 말 한마디 하지 못한 채 그 불길
한 물건을 하인에게 내주었습니다. 하인이 돌아가

자, 로테는 일거리를 챙겨 들고 극심한 불안에 떨며 자기 방으로 돌아왔습니다. 그녀는 아주 끔찍한 일이 일어날 것임을 예감하였습니다. 그녀는 당장이라도 남편의 발아래 몸을 던지고 어제저녁에 자신의 실수로 일어난 일과 불길한 예감을 죄다 털어놓으려고 했습니다. 하지만 그렇게 해 봤자 아무런 소용이 없으리라는 생각이 들었습니다. 남편을 설득하여 베르터를 찾아가도록 한다는 것은 도저히 가망이 없어 보였습니다.

그러는 동안 식사가 준비되었습니다. 그때 마침 여자친구가 하나 물어볼 것이 있어서 잠시 들렀다가 같이 식탁에 앉게 되었습니다. 덕분에 식탁에서의 대화는 그럭저럭 흘러갔습니다. 로테는 감정을 억누르고 입을 열어 대화에 참여하며 불안감을 잊으려고 했습니다.

하인은 권총을 가지고 베르터에게 돌아왔습니다. 로테가 몸소 권총을 건네주더라는 말을 듣자,

베르터는 무척 기뻐하며 그 권총을 받았습니다. 그러고는 빵과 포도주를 가져오게 한 후 하인을 식사하라고 내보냈습니다. 이윽고 그는 책상 앞에 앉아서 편지를 쓰기 시작했습니다.

"권총은 당신의 손을 거쳐서 내게로 왔군요. 당신이 권총의 먼지를 털어 주었다더군요. 나는 권총에 수도 없이 키스하고 있습니다. 당신의 손이 닿았던 것이니까요! 하늘의 정령이시여, 당신이 나의 결심을 격려해 주시는군요! 로테, 당신이 내게 권총을 건네주었다니! 나는 당신의 손에서 죽음을 받기를 원했는데, 아아! 이제야 그것을 받았네요. 오, 나는 하인에게 꼬치꼬치 물었답니다. 권총을 내주면서 당신은 떨고 있었다고요. 잘 가라는 인사는 전하지 않았다니요! 마음이 아프군요, 너무 아파요. 잘 가라는 당신의 인사 한마디 받지 못하다니! 나를 영원히 당신에게 붙들어 맨 그 순간 때문에 당신은 나에게 마음의 문을 닫아버린 건가요? 로테, 설령 천년의 세월이 지난다 해도 그 순간의 감동을 지울 수는 없을 거예요! 그리고 당신을 향해 이토록 마음을 불태운 남자를 당신이 미워할 수는 없다는 것을 나는 알아요."

식사를 마친 뒤 베르터는 하인에게 짐을 전부 꾸리라고 이르고는 많은 양의 서류를 찢어버렸습니다. 그러고는 자질구레한 빚들을 청산하기 위해 외출했습니다. 그는 일단 집으로 돌아왔다가 비가 오는 것도 아랑곳하지 않고 성문 밖으로 나가서는 M 백작의 정원으로 갔습니다. 그렇게 그 부근을 계속 헤매고 다니다가, 어둑어둑해질 무렵에야 돌아와서는 다시 편지를 썼습니다.

"빌헬름, 마지막으로 들판과 숲과 하늘을 보고 왔네. 그러면 자네도 잘 있게나! 어머니, 저를 용서해주십시오! 빌헬름, 어머니를 위로해 드리게! 자네와 어머니께 하느님의 축복이 있기를! 내 짐은 전부 정리해 놓았네. 그럼 잘 있게나! 언젠가 더 기쁜 모습으로 다시 만나세.”

“알베르트, 나는 당신의 호의에 제대로 보답하지 못했습니다. 부디 나를 용서해 주십시오. 나는 당신 가정의 평화를 깨뜨리고, 당신 부부 사이에 불신을 불러일으켰습니다. 안녕히 계십시오! 나는 끝을 내려고 합니다. 오, 내 한목숨이 없어짐으로써 당신들이 행복해져야 할 텐데요! 알베르트, 알베르트, 부디 천사와 같은 로테를 행복하게 해주세요. 하느님의 축복이 당신에게 내리기를!”

베르터는 그날 밤에도 오래 서류들을 뒤적거렸고 상당수를 찢어서 난로 속에 던져넣었습니다. 몇 묶음은 빌헬름을 수신인으로 해서 봉인해두었습니다. 거기에는 짤막한 논문들과 두서없는 생각들을

적은 글 등이 들어있었습니다. 그 가운데 몇 편은
편집자인 나도 읽었습니다. 열 시쯤 그는 난로에 불
을 더 지피게 하고, 포도주를 한 병 가져오라고 한
다음, 하인에게 그만 자라고 일렀습니다. 하인의 방
은 가사를 돌보는 다른 사람들의 방과 마찬가지로
훨씬 뒤편에 있었습니다. 하인은 다음 날 새벽에 일
찍 일어나기 위해 옷을 입은 채로 잠자리에 들었습
니다. 여섯 시가 되기 전에 역마차가 집 앞으로 올
것이라고 주인이 말했기 때문입니다.

밤 열한 시 지나서

주변이 온통 고요하기 그지없군요. 내 마음도
아주 평온합니다. 하느님, 이 최후의 순간에 이
런 온기와 힘을 선물해 주셔서 감사합니다.

사랑하는 이여, 나는 창가에 서서 바깥을 내다
봅니다. 바람에 밀리듯 흘러가는 구름 사이로 끝
없이 펼쳐진 하늘의 별들을 보고 또 보고 있습니

다! 그래요, 저 별들은 결코 떨어져 사라지지 않아요. 영원하신 분은 별들은 물론이고 나까지도 가슴에 품고 계시겠지요. 나는 지금 수많은 별 가운데서도 내가 가장 좋아하는 북두칠성을 보고 있어요. 밤에 당신과 헤어져서 당신 집 대문을 나서면, 북두칠성이 맞은편 하늘에 걸려 있었지요. 너무도 황홀한 나머지 넋을 잃고 별을 바라본 적이 얼마나 많았는지! 나는 자주 두 손을 치켜들고 저 별을 그때 내가 누리는 희열의 상징이자 거룩한 증인으로 임명했답니다. 그리고 또…… 아아, 로테, 어느 것 하나 당신을 생각나게 하지 않는 것이 있을까요? 당신은 온통 나를 둘러싸고 있잖아요! 나는 마치 어린애처럼, 성스러운 당신의 손이 닿았다 싶으면 아무리 하찮은 것일지라도 닥치는 대로 긁어모았으니까요!

사랑스러운 당신의 실루엣 그림이 있네요! 로테, 이것을 당신에게 남기고 가니 부디 소중히 간직해주어요. 집에 들어오고 밖으로 나갈 때마

다 나는 당신의 실루엣에 수천 번 키스했고 수천
번 인사를 건넸으니까요.

　당신의 아버지께 나의 시신을 거두어주십사
고 편지로 부탁을 드렸어요. 묘지 뒤편 구석 자
리에 보리수나무 두 그루가 들판을 마주 보며 서
있어요. 나는 그곳에서 쉬고 싶군요. 당신 아버
지께서 친구였던 나를 위해 그 정도는 해주실 수
있을 테고, 기꺼이 그렇게 해주실 거예요. 당신
도 아버님께 부탁해 주세요. 그런데 어쩌면 독실
한 기독교 신자들은 나처럼 가련하고 불행한 남
자의 옆에 묻히기를 꺼릴지도 모르고, 나도 굳이
그러라고 강요하고 싶지 않아요. 그렇다면 나를
외딴 골짜기나 길가에 묻어주어요. 사제들이나
레위 사람들[38] 은 성호를 그으며 나의 묘석 앞을
지나갈 테고, 착한 사마리아 사람은 한줄기 눈물

---

38 유대교의 제사장을 의미한다. 야곱의 열두 아들 중 레위의 후
　손들이 제사장 계급을 맡았던 데서 기원한다. 《민수기》 1장
　47~54절 참조.

을 흘려주겠지요.[39]

보아요, 로테! 나는 황홀한 죽음을 마시려고 차갑고 섬뜩한 잔을 쥐고 있지만 조금도 떨지 않잖아요! 당신이 내게 건네준 잔이니 무얼 망설이겠어요. 이로써 내 삶의 모든 소망과 기대가 하나도 남김없이 이루어지는군요! 모두, 모두 다요! 그러니 의연하게, 담담하게 육중한 죽음의 철문을 두드릴 일만 남았군요.

로테! 당신을 위해 내가 죽는 행복을 누릴 수 있다면, 당신을 위해 이 한 몸 바치는 행복을 누릴 수 있다면 얼마나 좋을까요! 당신에게 평온하고 기쁨이 가득한 삶을 되찾아 줄 수만 있다면, 나는 기꺼이 씩씩하게 죽을 수 있어요. 그러나 아아, 아끼는 사람들을 위해 피를 흘리고, 그렇게 죽어서 친구들의 행복을 천 배, 만 배 늘리는 일은 오직 극소수의 고귀한 사람들에게만 허

---

39 《루가복음》 10장 30~37절 참조.

락되어 있을 테지요.

로테, 나는 이 옷차림 그대로 묻히고 싶어요. 당신의 손길이 닿았던 신성한 옷이니까요. 당신 아버지께도 그렇게 해주십사고 부탁을 드렸어요. 나의 영혼이 관 위를 떠돌고 있을 거예요. 아무도 내 호주머니를 뒤지지 않도록 해주어요. 호주머니 속 분홍색 리본은 내가 당신을 처음 만났을 때, 아이들과 함께 있는 당신을 처음 보았을 때, 당신 가슴에 달려있었어요. — 아아, 부디 아이들에게 천 번, 만 번 키스해 주고는 이 불행한 친구의 운명을 이야기해 주어요. 사랑스러운 아이들! 내 주변에서 놀고 있는 아이들이 눈에 선하군요. 아아, 나는 어쩌면 이리도 당신과 굳게 맺어져 있었을까요! 처음 본 그 순간부터 당신을 놓을 수 없었으니까요! 이 리본을 함께 묻어 주어요. 내 생일에 당신이 선물로 준 거잖아요! 이런 물건들을 내가 얼마나 탐냈는지! 아아, 그 길이 나를 이리로 인도하리라고는 꿈에도 생각하지 않았는데!…… 마음을 가라앉혀요! 부탁이니 제발 진정해요! 총알은 장전해 놓았어요. 시계가 열두 시를 치고 있군요! 자, 이제 시간이 다 되었네요. 로테, 로테, 안녕! 안녕!

이웃 사람 하나가 화약의 섬광을 보았고 총소리도 들었습니다. 그러나 그 이후로는 아무 소리 없이 조용했기에 더 이상 신경을 쓰지 않았습니다.

아침 여섯 시에 하인이 등불을 들고 방으로 들어왔더니 주인은 바닥에 쓰러져있었습니다. 그 옆에는 권총이 뒹굴고 있었고 바닥에는 피가 흥건했습니다. 하인은 주인을 안아 일으키고는 소리쳐 불렀습니다. 그러나 대답은 돌아오지 않고 목구멍에서 그르렁거리는 소리가 들릴 뿐이었습니다. 하인은 의사를 부르러 달려갔고 알베르트에게도 들렸습니다. 로테는 초인종 소리를 듣고는 저도 모르게 온몸을 부들부들 떨었습니다. 그녀는 남편을 깨웠습니다. 부부는 잠자리에서 일어나 함께 현관으로

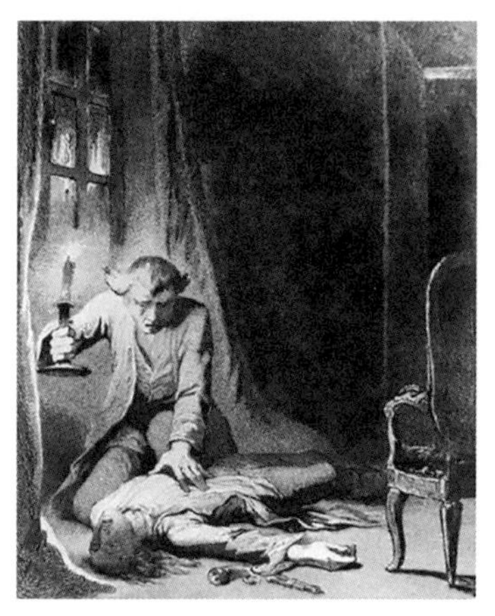

갔습니다. 하인은 흐느껴 울면서 더듬더듬 소식을 전했습니다. 로테는 정신을 잃고 알베르트 앞에 쓰러졌습니다.

의사가 도착했을 때 베르터는 딱하게도 이미 가망이 없는 상태였습니다. 맥박은 아직 뛰고 있었지만 사지는 모두 마비되어 있었습니다. 오른쪽 눈 위에 쏜 총알이 두개골을 관통하는 바람에 뇌수가 밖으로 흘러나와 있었습니다. 의사는 소용없는 일인 줄 알면서도 팔의 정맥을 찔러 피를 뽑아냈습니다. 피가 흘러나왔고 베르터는 여전히 숨을 쉬고 있었습니다.

안락의자의 등받이에 피가 묻어 있는 것으로 미루어, 베르터는 책상 앞에 앉아서 방아쇠를 당긴 듯했습니다. 그러고는 바닥으로 굴러떨어져 경련을 일으키며 의자 주위를 뒹굴었나 봅니다. 베르터는 축 늘어져서는 고개를 창문 쪽으로 향하고 누워 있었습니다. 그는 옷을 제대로 갖춰 입고 있었습니다. 푸른 연미복에 노란 조끼를 받쳐 입고는 장화를 신고 있었습니다.

집안은 물론이고 이웃과 도시 전체가 발칵 뒤집혔습니다. 알베르트가 도착했을 때 베르터는 침대에 뉘어져 있었고 이마에는 붕대가 칭칭 감겨 있었습니다. 그의 얼굴빛은 벌써 죽은 사람이나 다름없었고 팔다리는 꿈쩍도 하지 않았습니다. 폐에서만 아직 그르렁거리는 소리가 거칠게 새어 나왔습니다. 그 소리는 약해졌다가 강해지기를 반복했습니다. 이제 임종을 기다릴 수밖에 없었습니다.

베르터는 포도주를 한 잔밖에 마시지 않았습니다. 책상 위에는 <에밀리아 갈로티>[40]가 펼쳐져 있었습니다.

알베르트가 얼마나 충격을 받았는지, 로테가 얼마나 비통해했는지는 굳이 이야기하지 않으렵니다.

늙은 법무관은 소식을 듣자마자 급히 달려왔습

---

[40] 독일의 극작가 고트홀트 에프라임 레싱의 희곡으로 1772년 3월 처음으로 공연되었다. 시민 계급의 처녀 에밀리아 갈로티는 왕자의 유혹을 받고 마음이 흔들리자, 자신의 정절을 지키기 위해 아버지에게 부탁해 스스로 목숨을 끊는다는 내용이다.

니다. 그는 뜨거운 눈물을 흘리며 죽어가는 베르터에게 입을 맞추었습니다. 잠시 후 법무관의 맏이와 둘째 아들도 도착했습니다. 아이들은 슬픔을 어쩌지 못하고 침대 옆에 쓰러져서는 베르터의 손과 입에 키스했습니다. 베르터가 가장 사랑했던 맏아이는 베르터가 숨을 거둔 뒤에도 그의 입술에 키스를 거듭하는 바람에 사람들이 억지로 떼어내야 했습니다.

베르터는 정오에 숨을 거두었습니다. 법무관이 시신을 지키면서 사태를 수습한 덕분에 별다른 소동은 없었습니다. 밤 열한 시경 법무관은 베르터의 시신을 그가 원했던 장소에 묻게 했습니다. 법무관과 그의 아들들은 시신을 따라갔지만, 알베르트는 그럴 수가 없었습니다. 로테의 생명이 염려스러웠기 때문입니다. 일꾼들이 시신을 메고 갔습니다. 성직자는 한 사람도 동행하지 않았습니다.

우리 곁의 베르터

독일을 대표하는 작가 괴테가 스물넷의 나이에 한 달 만에 썼다는 소설 《젊은 베르터의 고뇌》(이하 〈베르터〉로 표기함)는 문학사에서 레전드로 여겨질 만큼 독보적인 고전이다. 1774년 발표된 즉시 독일뿐 아니라 유럽 문화계 전반에 센세이션을 일으키며 초대형 베스트셀러가 된 것은 물론이고 250년 세월이 훌쩍 지난 지금도 여전히 우리 곁에 살아 숨 쉬며 문학, 영화, 공연, 미술 등 예술 분야는 물론이고 사회학, 심리학 등 학문 분야에 영감을 주고 있기 때문이다. 서양 문화권이 아닌 우리나라도 예외는 아니다. 이 소설을 읽지 않은 사람은 많아도 베르터, 아니 베르테르[41]라는 이름을 모르는 사람은 드물 것이다. 1953년부터 꾸준히 사랑받는 가곡 〈사월의 노래〉에는 "베르테르의 편지를 읽노라"라는 가사(박목월 작시)가 나온다. 이는 베르터라는 허구의 인물이 지난 세기 전반부터 우리 문화 깊숙이 스며들어 있음을 보여준다. 또한 2000년에는 이 소설에 바탕을 둔 창작 뮤지컬 〈베르테르의 슬픔〉이 초연되었고 25년째 사랑받으며 공연되고 있다. 여주인공 로테의 이름을 따른 롯데 그룹에

---

41 이 작품의 독일어 원제는 'Die Leiden des jungen Werthers'로 오랫동안 《젊은 베르테르의 슬픔》으로 번역되었지만 '베르테르'는 독일어 발음과는 동떨어진 일본식 발음이기에 원어 발음을 존중하는 취지에서 '베르터'로 바꿨다. 또한 '슬픔'이라는 단어는 'Leiden'이라는 독일어 단어를 담아내기에는 역부족이므로 '고뇌'로 옮겼다.

서는 2023년 소설 출간 250주년을 기념해 서울 잠실에 '베르테르 가든'을 설치하기도 했다.

문학에 관심이 없는 사람일지라도 '베르테르 효과'라는 단어를 들어보았을 것이다. 이 소설이 발표된 직후 청년들 사이에서 주인공을 모방하여 자살하는 일이 늘어났는데 200년 후인 1974년 사회학자 데이비드 필립스David Philips는 유명인이 자살하고 나서 모방 자살이 확산하는 현상을 '베르테르 효과'라 명명했다. 우리나라에서는 2008년 국민배우 최진실이 극단적 선택을 한 후 자살자 수가 대폭 늘어나면서 '베르테르 효과'라는 용어가 일반 상식으로 자리 잡았다. 이렇듯 이 작품은 책장에 꽂혀 먼지만 덮어쓰는 먼 나라의 고전이 아니라 늘 새로운 사고와 창조의 단초를 제공하는 고전이라 할 수 있다.

그런데 비극적인 연애 이야기는 흔하디흔한데 유독 베르터가 불멸의 연애를 상징하는 아이콘으로 자리 잡은 이유는 무엇일까? 그 이유에 조금이나마 다가가려면 소설 표면에 자리한 연애 이야기에 얽힌, 혹은 그것 이면에 자리한 이야기들을 알아야 할 것이다. 그런 사연들을 알게 되면 이 작품을 읽는 재미가 한층 더 풍요하고 다채로워질 것이고 사랑이라는 수수께끼에 대한 독자의 사유가 깊어지리라 믿는 마음이다.

청년 괴테, 그리고 베르터

요한 볼프강 폰 괴테Johann Wolfgang von Goethe는 독일 상공업의 중심지인 프랑크푸르트암마인에서 1749년 8월 28일 태어났다(베르터의 생일도 같은 날이다). 괴테 가문은 이름에 폰von이 붙는 귀족은 아니지만 친가와 외가 모두 시민계급으로는 최고의 명문가였고 부유했다. 괴테는 맏아들로 태어나서 한 살 터울의 누이동생 코르넬리아Cornelia(1750~1777)와 함께 성장하게 되는데 명예욕이 강하고 성실했던 괴테의 아버지는 오누이가 어린 시절부터 최고의 영재 교육을 받도록 했다. 괴테와 코르넬리아는 이런 쉽지 않은 과정을 함께 거치며 남다른 우애를 다졌다.

1765년 괴테는 부친의 뜻에 따라 라이프치히 대학에서 법학을 공부하기 시작했다. 하지만 법학에 별다른 흥미를 느끼지 못한 괴테는 문학 창작에 더 몰두했다. 집에 남겨진 코르넬리아는 오빠와 편지를 교환하며 온갖 생각과 감정을 공유하는 사이로 한층 더 가까워진다. 누이동생은 오빠의 작품의 첫 번째 독자이자 비평가로서 없어서는 안 될 존재가 된 것이다. 괴테는 1770년 슈트라스부르크(현재는 프랑스령의 스트라스부르) 대학으로 옮기는데 그곳에서 헤르더Johann Gottfried Herder(1744~1803)를 만난다. 헤르더는 후일 '슈투름 운트 드랑Sturm und Drang'이라 불리게 될 문학운동을 주도한 사상가로서 괴테에게 호메로스, 오시안, 셰익스피어, 골드스미스 등의 작품을 소개함으로써 그를 '슈투름 운트 드랑'

으로 이끈다. 슈투름 운트 드랑은 질풍노도(疾風怒濤)로 번역되는데 이는 거친 바람과 성난 파도를 의미한다. 대략 1765년에서 1785년에 걸쳐 독일 문단을 휩쓴 질풍노도 운동은 봉건 질서와의 타협을 거부할 뿐 아니라, 일방적으로 이성을 강조하는 계몽주의에 맞서 감성의 격렬한 분출을 옹호하며 예술을 기존 규범으로부터 해방시키려 했다. 괴테가 1771년 집필한 희곡 〈괴츠 폰 베를리힝엔〉에는 이러한 질풍노도의 정신이 잘 드러나 있다. 청년 문인들이 주도한 이 운동은 조직력이 없었고 청년이 쏟아붓는 에너지의 소진은 큰 데 반하여 청춘은 짧았기에 오래가지 않고 소멸했다. 주의 깊은 독자는 이 대목에서 이미 〈베르터〉가 질풍노도 운동을 대표하는 작품임을 알아챘을 것이다.

그런데 청년의 감성이 가장 격렬히 분출하게 되는 계기는 무엇일까? 바로 사랑이라는 데에는 아무도 이의를 제기하지 않을 것이다. 이제 괴테의 사랑 이야기로 들어가 보자.

〈베르터〉가 자전적 소설이라는 사실은 잘 알려져 있다. 괴테는 만년에 쓴 자서전《시와 진실 Dichtung und Wahrheit》에서 이 작품을 쓰게 된 배경을 상세히 기록하고 있는데, 시적 비약과 기억의 왜곡이 있는 만큼 내용 전부를 실제 사실로 받아들일 수는 없지만 편지들과 여타 자료를 참조하여 당시를 재구성하다 보면 한 편의 소설처럼 흥미로운 사연이 펼쳐진다. 1771년 법률가 자격증을 취득한 괴테는 고향으로 돌아와 변호사로 개업했지만, 여전히 창작을 이어가며 질풍노도 성향의 젊은 문인들과 가까이 지냈다. 그러다가 1772년 5월부터 아버지의 권유로 프랑크푸르트 북쪽의 소도시 베츨라Wetzlar에 있는 신성로마제국의 제국법원에서 법관 시보로 넉 달간 머물게 된다. 이로써 문학사에 영원히 남을 사랑이 시작된다.

당시 독일은 영국이나 프랑스처럼 중앙집권적 국가 체제를 갖추지 못했으며 신흥강국 프로이센을 비롯해 300개가 넘는 영방국가(領邦國家)가 공존하는 상태였고 제국법원이 있는 베츨라에는 각국의 이익을 대변하는 외교 사절과 법률가들이 주재하고 있었다. 이렇듯 베츨라는 독일의 복잡한 정치 상황을 유독 잘 반영하는 장소였고 젊은 법률가가 경력과 인맥을 쌓기에는 안성맞춤의 장소였다. 하지만 괴테는 일터인 법원을 멀리하고 인근의 아름다운 마을 가르벤하임Garbenheim을 즐겨 찾았는데 이곳이 바로 작품에 등장하는 발하임Wahlheim('선택된 고향'이라는 의미이다)이다. 6월 9일 괴테는 베츨라 외곽에서 열린 무도회에서 샤를로테 부프Charlotte Buff(1753~1828)라는 열아홉 살의 여인을 만난다(이 무도회에는 푸른 연미복과 노란 조끼 차림의 예루잘렘이라는 청년도 참석했는데 곧 이 청년에 관해 이야기하게 될 것이다). 괴테는 재기발랄하고 영리한 로테(샤를로테의 애칭)에 첫눈에 반하지만, 그녀는 괴테의 친구인 케스트너Johann Georg Christian Kestner(1741~1800)와 약혼한 사이였다. 이미 공사관의 비서로 근무 중이던 케스트너와는 달리 한가했던 괴테는 로테와 많은 시간을 보내며 사랑을 키워가지만, 로테는 괴테의 구애를 단칼에 거절했다. 결국 괴테는 9월 10일 로테와 케스트너를 만나 의미심장한 대화를 나눈 후, 다음 날 새벽 작별 인사도 없이 베츨라를 떠나 고향인 프랑크푸르트로 향한다.

그런데 그는 베츨라를 떠난 지 일곱 주 만에 충격적인 소식을 듣게 된다. 라이프치히 대학에서 같이 법학을 공부했고 베츨라에서 다시 만난 지인 카를 빌헬름 예루잘렘Karl Wilhelm Jerusalem(1747~1772)이 10월 30일 자살했다는 것이다. 예루잘렘은 저명한 신학자이자 고위 성직자의 아들로 수려한 용모에 재능이 빼어난 청년이었던 만큼 그의 자살은 큰 사회적 파문을 일으

켰다. 아직 법률 시보였던 괴테와는 달리 예루잘
렘은 1년 전부터 브라운슈바이크 공사관에서 근
무하고 있었으며 앞서 언급한 그 운명적인 무도
회에도 푸른 연미복과 노란 조끼를 입고 참석했
다. 괴테는 소식을 들은 직후 베츨라에 들러서
며칠을 머무르며 예루잘렘에 관한 정보를 모았
고 케스트너에게 자세한 정황을 알아봐달라고
부탁했다. 11월 말쯤 케스트너는 아주 길고 상세
한 편지로 다음과 같은 사실을 알린다. 예루잘렘
은 동료의 부인을 짝사랑하다가 부부로부터 절
교당하고는 절망한 나머지 자살했다는 것이다.
그가 오래전부터 까탈스럽기로 소문난 상관과
극심한 갈등을 겪었고, 그 때문에 장관의 견책을
받은 점, 귀족의 사교계 모임에 시민 신분의 그
가 우연히 동석했다가 모욕적으로 쫓겨난 적이
있으며, 갈수록 사회적으로 고립된 삶을 살았다
는 점 등도 그를 자살로 몰고 간 듯하다고 케스
트너는 적고 있다. 이 대목에서 알 수 있듯이 소

설의 2부는 예루잘렘이 베츨라에서 겪었던 일들을 소재로 삼고 있다. 공교롭게도 예루잘렘이 자살에 사용한 권총은 로테의 약혼자인 케스트너에게서 빌린 것이었다. 예루잘렘이 사망하던 현장에 있었던 케스트너는 특히 예루잘렘의 마지막 하루와 장례까지의 상황을 생생히 전했는데, 괴테는 베르터의 마지막 하루를 묘사하면서 케스트너의 보고에 많이 의존하고 있으며 때로는 고스란히 베껴 쓰기도 한다. 케스트너가 작품에 대해 자신의 지분을 요구한다 해도 할 말이 없을 정도이다. "성직자는 한 사람도 동행하지 않았습니다"라는 마지막 문장은 케스트너의 보고서를 그대로 인용한 것이다. 기독교는 자살을 죄악으로 보았기에 예루잘렘의 장례는 실제로 성직자 없이 치러졌다고 한다.

마치 펠리컨처럼 가슴의 피를 먹여
탄생시킨 작품

괴테는 예루잘렘의 죽음에서 자신에게도 닥칠 수 있었던 비극을 보았기에 더욱 충격을 받았고 그의 아픔은 오래갔다. 결국 그는 자신의 고통을 문학으로 승화함으로써 치유했다. 그런 의미에서 〈베르터〉는 작가의 말대로 '마치 펠리컨처럼 가슴의 피를 먹여 탄생시킨 작품'이다. 괴테는 자서전에서 이 사건을 계기로 작품을 구상했고 단숨에 완성했다고 서술한다. 이렇듯이 예루잘렘의 자살은 괴테 자신의 불행한 사랑에 이어 〈베르터〉를 쓰게 된 두 번째 동기이다. 그런데 여기에 비교적 알려지지 않은 세 번째 동기가 하나 더 있다. 이 작품이 쓰인 시기에 주목해보자. 괴테는 예루잘렘이 사망한 지 열다섯 달이 지난 1774년 2월에야 소설을 쓰기 시작하는데 여기에는 막시밀리아네 브렌타노Maximiliane

Brentano(혼전 성 von La Roche, 1756~1793)라는 여인과의 사연이 있다. 괴테는 1772년 9월 로테 곁을 떠나서 프랑크푸르트로 돌아가는 도중 유명 작가 조피 폰 라로슈의 저택에서 며칠을 보내면서 그녀의 딸인 "검디검은 눈동자"의 소녀 막시밀리아네를 알게 된다. 괴테는 "과거의 정열이 채 꺼지기도 전에 새로운 정열이 마음속에 싹텄다"라는 말로 막시밀리아네에 대한 애정을 표현했다. 그렇게 짧지만 강렬한 만남을 끝으로 헤어진 막시밀리아네를 그는 열다섯 달 후에 프랑크푸르트에서 다시 만난다. 막시밀리아네는 부모의 뜻에 따라 스물한 살 연상의 홀아비 파울 브렌타노Paul Brentano와 결혼42하고는 남편을 따라 프랑크푸르트로 와서는 괴테의 이웃이 되었다. 검은 눈동자의 소녀는 이제 갑작스러운 변화에

---

42 브렌타노와의 결혼에서 태어난 클레멘스Clemens Brentano와 베티나Bettina는 독일 낭만주의를 대표하는 작가이다. 베티나는 괴테와의 서신 교환으로도 유명하다.

힘들어하는 젊은 아내이다. 항상 예술과 문화가 가득하던 환경에서 자랐는데 졸지에 삭막한 상인의 삶에 적응해야 했을 뿐 아니라 전처와의 사이에서 태어난 다섯 아이들(3세~10세)의 어머니 역할까지 해야 했기 때문이다.

베츨라에서 돌아와서 프랑크푸르트에서 보낸 1년 남짓의 시간 동안 괴테는 외로움에 시달리며 불안한 상태였다. 그가 케스트너에게 보낸 편지에는 로테를 향한 정리되지 않은 감정이 고스란히 표현되어 있다. 거기에 미래에 대한 불안과 자신의 예술적 천분(天分)[43]에 대한 회의가 더해지면서 내면의 위기가 고조되었고 자살 충동을 느끼기도 했다고 괴테는 자서전에 적고 있다. 소울메이트인 누이동생 코르넬리아가 1773년 11월 초 결혼해서 프랑크푸르트를 떠난 후, 극심한 상실감과 배신감에 시달리던 괴테는 연초에 재

---

43 타고난 재주와 기질이나 직분.

회한 막시밀리아네 브렌타노를 "전사", "내 삶의 기쁨"이라고 열렬히 반기며 떠받든다. 괴테는 거의 날마다 막시밀리아네를 방문해서 같이 책을 읽고 악기를 연주하는가 하면, 아이들과 놀아주며 젊은 계모를 도와주었다. 베츨라에서 동생들에 둘러싸인 로테와 만나던 당시와 비슷한 상황이 펼쳐진 것이다. 그런데 파울 브렌타노는 늘 괴테와 로테의 우정을 존중했던 케스트너와는 달리 노골적인 질투와 적대감을 숨기지 않았다. 괴테가 브렌타노의 저택에 드나든 지 한 달 후 사태는 파국으로 치달았던 것으로 보인다. 그는 자서전에서 이 상황에 대해 "삶에 대한 염증"이 도졌고 "여기서 해방되려면 새삼 군은 결심이 필요했다"라고 에둘러 언급하며 예루잘렘의 죽음 덕분에 꿈에서 깨어났다고 밝힌다. 1774년 2월 1일 괴테는 방에 틀어박혀서 "몽유병 환자처럼" 무의식 상태에서 소설을 쓰기 시작해서 4주 만에 완성한다. 이렇듯이 막시밀리아네와의

미묘한 관계에서 겪은 위기는 괴테가 〈베르터〉를 쓰게 한 최종 동력이다. 소설 속 로테의 검은 눈동자에 대한 절절한 묘사가 시사하듯 막시밀리아네는 여주인공 로테의 또 다른 모델임을 짐작할 수 있다.

다시 한번 정리하면 작품의 1부가 베츨라에서 로테를 짝사랑하던 괴테의 이야기를 많이 담고 있다면 2부는 베츨라에서 관리로 근무했던 예루잘렘의 이야기와 기혼의 막시밀리아네와 가깝게 지내던 괴테의 이야기를 담고 있다. 이렇게 2년이 채 못 되는 기간의 직간접 경험을 소재로 쓰인 소설은 두 여인에 대한 짝사랑이라는 자전적 요소와 동료의 자살이라는 실제 사건에 작가의 상상력과 예술적 역량이 더해져서 놀라우리만큼 자연스러운 유기체를 이루고 있다. 이 소설이 출간된 후 많은 독자들은 지금도 어디까지가 팩트이며 어디까지가 허구인지를 궁금해한다. 물론 이 작품에는 자전적 요소가 다분하지만, 당연히 베르터는 괴테가 아니며 로테와 알베르트도 실제가 아닌 허구의 인물이다. 문학이란 작가의 체험을 바탕으로 하더라도 상상력에 의한 창작이므로 결코 현실과 동일시될 수 없다. 그렇다 해도 베르터의 감정들은 사랑에 아파하던 작가가 '마치 펠리컨처럼 가슴의 피를 먹여 탄생시킨 작품'이기에 구절구절 진정성이 배어나며, 작품의 인물들은 생생하게 살아있으며 구성은 놀라우리만큼 정교하다. 이렇듯 제각각의 사건과 경험에다가 친구의 사무적인 보고서를 바탕으로 넉 주 만에 몽유병자처럼 이런 소설을 완성했다니! 혹시 예술의 신이 걸작의 탄생을 위해 미리 각본을 짜놓고 괴테를 고통에 들게 한 건 아닌지 의심이 들 지경이다.

베츨라와 발하임

발하임
(실제 지명: 가르벤하임)
베르터가 경치를
구경하던 곳
수렵 별장
Wahlheim
Jagdhaus
Garten des
Grafen M.
Aussichtspunkt
Ball auf
dem Lande
DIE STADT
Finsterloh
Staatsforst
괴테가 산 곳
(베츨라)
M 백작의 정원
무도회가 열린 곳
(실제 지명: 폴퍼르츠하우젠)

괴테는 베츨라에서 4개월 동안 체류하며 로테와 그녀의 약혼자 케스트너를 자주 만난다. 그런데 이 도시 자체는 소설에서 드물게 등장하며, 이름도 언급되지 않는다. 반면에 베르터가 즐겨 찾는 인근의 아름다운 시골 마을은 발하임이란 이름으로 여러 차례 언급된다. 이런 사정 탓에 독자들은 발하임이 로테와 베르터가 사는 곳이라고 착각하기 쉽다.[44] 물론 베르터는 발하임에서 많은 시간을 보내기는 하지만 베르터도, 로테도 발하임에 거주하지 않는다. 정확히 말하면 발하임은 베르터가 사는 시내에서 도보로 1시간 걸리는 아름다운 시골 마을이며 발하임에서 로테가 사는 수렵 별장까지는 30분이 걸린다. 즉 베르터가 사는 도시와 로테가 사는 수렵 별장 중간에 위치한 장소이며 그가 귀여운 삼 형제와 순박한 머슴을 마주치는 곳이다. 그가 거주하는 도

---

44 일례로 창작 뮤지컬 〈베르테르의 슬픔〉은 발하임을 소설의 공간적 배경으로 전면에 내세운다.

시의 이름이 이니셜로도 언급되지 않아서 생긴 오해인 듯하다. 발하임의 실제 이름은 가르벤하임이며 좀 더 외곽으로 나가면 실제로 무도회가 열렸던 고장인 폴퍼르츠하우젠이 나온다. 위의 지도는 그런 오해를 바로잡고 독자의 이해를 돕기 위해 소설의 내용에 근거하여 주요 장소들을 표기한 것이다. 물론 이 지도는 허구의 공간을 재구성한 것이기에 가르벤하임 등 언급된 장소들의 실제 위치는 위의 지도와는 조금 다르다.

2부에서 로테와 알베르트는 결혼 후 시내에 살고 있으며 베르터 역시 가까이 살고 있다. 이렇듯 로테의 도시 베츨라는 보일 듯 보이지 않을 듯 소설 속에 등장한다. 베츨라는 4,000명 인구 중 4분의 1이 법률가들과 각국의 외교 사절들일 만큼 독일의 분단 상황에 첨예하게 노출된 장소였다. 당시 공직의 윗자리는 귀족이 차지했던 만큼 귀족 사회의 고리타분함과 봉건성이 유달리 강했고 시민계급과의 갈등도 잦았다. 예루잘렘이 법률가로 근무하며 귀족 사회와 겪은 갈등에서 이런 분위기가 잘 드러난다. 이렇듯 베르터가 머무는 D시의 궁정사회는 베츨라를 모델로 삼고 있다. 소설이 발표된 직후 베르터의 열혈 팬들이 베츨라로 몰려들어서 로테와 예루잘렘의 집을 방문했고 괴테의 산책로를 따라 가르벤하임을 거쳐 무도회가 열렸던 폴퍼르츠하우젠까지 순례하곤 했다. 그 전통은 베츨라 시가 운영하는 '베르터 투어'라는 프로그램으로 여전히 이어지고 있다.

2026년 2월

정상원

불멸의 연애 시리즈 07

젊은 베르터의 고뇌

초판 1쇄 발행 2026년 3월 20일

지은이 요한 볼프강 폰 괴테
옮긴이 정상원
펴낸이 이혜경
기획 · 관리 김혜림
편집 변묘정, 박은서
디자인 여혜영
마케팅 양예린

펴낸곳 니케북스
출판등록 2014년 4월 7일 제300-2014-102호
주소 서울시 종로구 새문안로 92 광화문 오피시아 1717호
전화 (02) 735-9515
팩스 (02) 6499-9518
전자우편 nikebooks@naver.com
블로그 blog.naver.com/nikebooks
페이스북 facebook.com/nikebooks
인스타그램 (니케북스) @nike_books
　　　　　　　(니케주니어) @nikebooks_junior

ⓒ 니케북스 2026

ISBN 979-11-94706-28-1 02850

정상원

연세대학교 독어독문학과를 졸업하고 동 대학교 대학원에서 석사 학위를 받았다. 이후 독일 베를린자유대학교에서 박사 과정을 수료했다. 현재는 번역과 연구 활동을 하고 있다. 옮긴 책으로는 《변신》, 《광기와 우연의 역사》, 《마주보기 : 에리히 캐스트너 시집》, 《쇼펜하우어 : 쇼펜하우어와 철학의 격동시대》, 《조제프 푸셰 : 어느 정치적 인간의 초상》, 《보이지 않는 소장품》, 《감정의 혼란》 등이 있다.